BBULMEDIA

http://www.bbulmedia.com

http://www.bbulmedia.com

혈왕전서

혈왕전서

1판 1쇄 찍음 2015년 1월 29일
1판 1쇄 펴냄 2015년 2월 3일

지은이 | 미르영
펴낸이 | 정 필
펴낸곳 | 도서출판 **뿔미디어**

편집장 | 이재권
기획 · 편집 | 윤영상

출판등록 | 2002년 9월 11일 (제081-1-132호)
주소 | 경기도 부천시 원미구 소향로 17번길(두성프라자) 303호 (우)420-864
전화 | (032)651-6513 / 팩스 (032)651-6094
E-mail | bbulmedia@hanmail.net
홈페이지 | http://bbulmedia.com

값 8,000원

ISBN 979-11-315-6206-2 04810
ISBN 979-11-7003-272-4 04810 (세트)

血王全書

사천입성(四川入城)

5

혈왕전서

미르영 신무협 장편 소설

목차

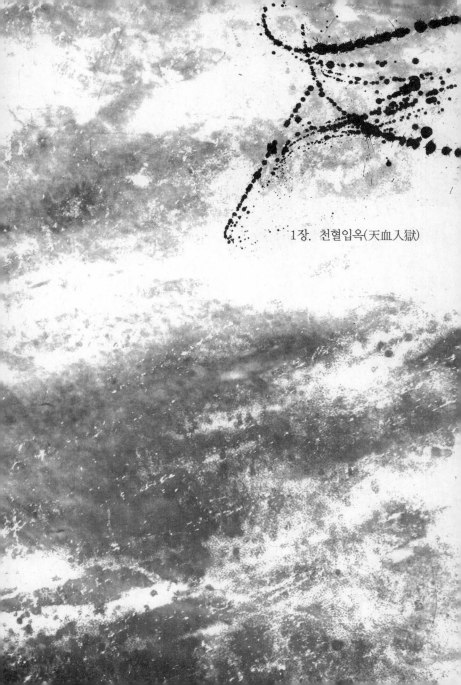

1장. 천혈입옥(天血入獄)

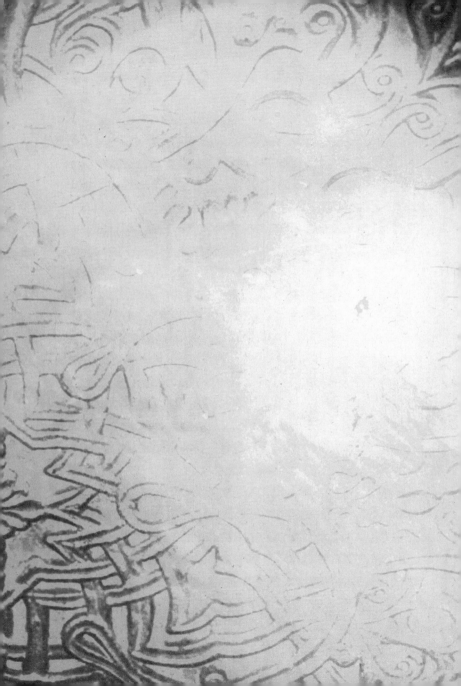

검절(劍絕) 장호기(張豪奇).

파절(把絕) 등섭인(鄧燮仁).

참절(斬絕) 곽인창(郭鱗倉).

광절(狂絕) 철무정(鐵無情).

사밀혼이라 불리는 이들이자 사사묵련을 대표하는 이들이다. 사사밀교를 상대하기 위하여 치밀한 계획 하에 실력을 키워 성장하고 마침내 정점에 선 절대의 고수들!

비록 거느린 세력은 없다고는 하지만 수많은 파벌이 형성하고 있는 사사묵련의 행사에 직간접적으로 간섭하며 행보를 정하는 이들의 말을 허투를 들을 수는 없었다.

'그렇지만⋯⋯.'

검반향에 대하여 비밀을 지켜야 한다고 하니 서린으로서는 이해가 가지 않았다. 검반향이라면 사사묵련의 전력을 한층 키울 수 있는 일이라 욕심을 낼 수도 있었기에 더욱 그랬다.

의문은 얼마 가지 않았다. 서린의 내심을 짐작한 듯 장호기가 설명으로 이어 나갔던 것이다.

"내가 왜 이렇게 하려는 것인지 너로서는 궁금할 것이다. 지금부터 그 이유를 설명해 주겠다."

"세이 경청하겠습니다."

서린의 대답에 장호기의 설명이 다시 이어졌다.

"사사묵련이 존재하게 된 진짜 이유는 그리 거창한 것이 아니다. 그러니까⋯⋯."

장호기는 목소리를 낮추고는 말을 이어 나갔다. 그의 이야기는 쉽게 끝나지 않았다. 장장 한 시진에 걸친 긴 이야기였다. 서린과 사령오아는 장호기의 설명을 들으며 놀라지 않을 수 없었다. 사사묵련의 비밀에 대해 알게 된 때문이다.

"이상이 우리가 존재하고 있는 이유다."

"으음, 그렇군요."

'사사묵련과 암흑련이라는 단체가 동서로 나뉘어 한족을 제외한 다른 민족을 감시하고 제어해 왔다니⋯⋯.'

사도와 흑도를 아우르는 사사묵련과 암흑련이 대륙천안

이라는 곳에 의해 만들어졌고, 창설목적이 세외 이족을 제어하는 것이라니 놀라운 일이 아닐 수 없었다.

서린과 사령오아의 놀람을 짐작한 듯 장호기가 다시 말을 이었다.

"내가 지금까지 한 이야기는 극비다. 평생 너희들의 가슴에 묻어 두고 살아야 할 것이다."

"사사묵련이 천안의 휘하라는 것을 나는 이들이 누굽니까?"

"우리들과 련주, 그리고 삼영의 영주만이 아는 사실이다."

"그렇다면?"

"맞다. 우리는 사사묵련에 소속된 자들 중에서 유일하게 천안에 든 사람들이다."

"그렇군요."

"방금 전에 말을 했다시피 너희들은 천안에 들 자격을 얻었다. 아직은 후보이기는 하지만 그런 자격을 얻었기에 이야기를 해 준 것이다."

"그랬군요."

"하나 안심하지 마라. 너희들이 자격을 얻었다고는 하더라도 아직은 천안에 든 것이 아니니 말이다. 천안에 완전히 들지 못한다면 아마도 너희들은 쥐도 새도 모르게 제거될 것이니 말이다."

"아직도 시험이 남아 있는 모양이군요?"

"그렇다. 후보에 들었다고 하더라도 합당한 자격이 되지 않으면 천안에 의해 제거된다. 비밀 엄수는 천안의 최고 율법이까 말이다."

"알겠습니다."

"명심하겠습니다!"

장호기의 엄숙한 눈빛을 받으며 서린이 대답하자 사령오아도 뒤를 따라 대답을 했다.

"이제 이야기가 끝났으니 자리를 잠시 비워야겠다."

"어디를 가시는 겁니까?"

"아직은 몰라도 된다. 너희들은 이곳에서 잠시 수련을 하고 있도록 해라. 삼 일 후에 너희들을 데리러 오는 사람들이 있을 것이다. 그들을 따라가면 되는 것이다."

"그렇게 하도록 하겠습니다."

"곤명에서는 너희와 이것이 마지막이었던 것 같구나."

"마지막이라 하시면……."

"한동안 보기 힘들 것이다. 아마도 앞으로 십 년 후에나 너희들을 보게 될지 않을까 싶다."

"알겠습니다. 몸조심하십시오."

"알았다. 너희들이 잘해 주기를 빈다. 그래야 사사묵련도 번창할 수 있을 테니 말이다."

장호기는 말을 마치고 삼절과 함께 자리에서 일어났다.

이제부터 상부에서 떨어진 일에 매달려야 하기 때문이었다. 오백여 년 전 피바람을 불러 온 혈교에 관한 일이라 서두르는 것이었다.

그들은 곧장 방을 나와 장원을 나섰다. 서린과 사령오아도 방을 나서 네 사람을 배웅했다.

"어서 들어가거라."

"조심하십시오."

"알았다. 너희들도 몸조심 하거라."

인사를 받은 사밀혼은 곧바로 사천쪽을 향해 길을 재촉했다.

그렇게 떠나는 것을 배웅하고 방으로 돌아 온 서린과 사령오아는 조금 전 들은 것에 대해 이야기를 나누었다.

"예상은 하고 있었지만 놀라운 일입니다."

"그렇습니다, 소문주님. 그토록 철저히 세외 이족을 감시하고 경계할 줄은 몰랐습니다."

성겸 또한 장호기의 이야기에 상당히 충격을 받은 듯했다.

"그러니 그동안 이 넓은 땅을 지배했겠지요. 아마 사밀혼들도 대륙천안에 대해서는 완전히 알고 있지 못할 겁니다. 그들이 절정고수라고는 하지만 대륙천안 내에서는 그저 부리는 하수인들일 테니 말입니다."

"그런 목적이 있다는 것도 놀라운 일이지만 이번 대륙천안으로 들어가서 우리가 해야 할 일이라는 것도 놀랍기는 마찬가지입니다. 십 년 동안 황궁지하에서 수련을 한다니 말입니다."

"그렇습니다. 명의 황실 또한 대륙천안의 입김이 닿은 것이 분명합니다. 그렇지 않고서는 십 년간이나 그곳에서 수련을 할 수는 없을 테니까 말입니다. 어떤 수련인지는 모르겠지만 대륙천안이 비밀스럽게 존재하며 사사묵련과 암흑련을 거느린 힘의 원천일 테니 모두들 각오를 단단히 하셔야 할 겁니다."

"그렇겠지요. 그렇지 않다면 도저히 있을 수 없는 일일 테니 말입니다. 저희들도 최선을 다하겠습니다, 소문주님!"

"맞습니다. 그동안 그들은 철저히 세외를 탄압했습니다. 음으로 양으로 말입니다. 전쟁을 일으키기도 했고, 한 국가의 왕을 암살하기도 했지요. 이제 진정한 시작입니다. 그들과 우리들의 본격적인 전쟁이 말입니다."

장호기는 대륙천안에 들 후보들은 사사묵련에서는 서린을 비롯한 여섯 명 그리고 암흑련에서 네 명이라고 했다. 후보생들은 특별한 수련을 거치게 되는데 그 이후에는 누구도 무시하지 못할 절정고수의 반열에 오른다고 했었다.

후보로 추천된 자들 대부분이 수련을 견디어 내기는 하지만 간혹 탈락자가 나오기도 한다는 이야기도 있었다. 그렇게 된다면 가차 없이 제거되기에 방심하면 문제가 될 수도 있었던 것이다.

후보로 추천된 자들이 상당한 재능과 실력을 겸비한 자들임에도 탈락한 자들을 가차 없이 제거하는 것은 대륙천안의 비밀을 지키기 위해서라고 하니 그 치밀함을 혀들 내두를 수밖에 없었다.

하지만 서린과 장호기는 이미 각오를 하고 이번 일을 시작한 것이었다. 오래 전부터 치밀하게 준비되어 온 안배에 따라 움직이고 있는 것이었다.

사밀혼들이 떠나고 삼 일 후. 장원에는 뜻밖의 손님들이 찾아왔다. 곤명에 주둔하고 있던 천호소(千戶所)에서 서린과 사령오아를 데리러 병사들이 왔던 것이다.

천호소라면 지방에 주둔하고 있는 군대였다. 군대에서 어떻게 자신들을 찾는 것인지는 모르겠지만 서린과 사령오아는 따라 나설 수밖에 없었다.

병사들이 천호소의 수장인 정천호(正千戶)가 자신들을 모시고 오라고 했다는 이야기를 들었기 때문이었다.

'그들이 말한 사람들이란 이들을 말하는 것이었군. 그런데 병사들이 우리를 데리러 오다니?'

서린은 자신들을 데리러 오는 자들 있을 것이라는 사밀혼의 말을 기억해 내며 병사들이 바로 그들임을 알 수 있었다.

서린은 사령오아와 함께 병사들을 따라 천호소가 있는

곳으로 향했다.

천호소는 곤명의 외곽에 위치해 있었다. 병영으로 쓰이는 곳이라 그런지 곤명과는 다른 분위기를 풍기고 있었다.

서린은 병사들이 주둔해 있는 곳을 지나 정천호가 있는 곳으로 안내되어 갔다.

군영의 중심에 있는 정천호의 집무실은 그다지 화려해 보이지 않았다. 서린과 사령오아는 병사들의 안내로 정천호의 집무실로 들어서자 구렛나루가 무성한 한 사나이를 볼 수 있었다.

"너희들인가?"

"무슨 말씀이신지?"

"아무 이야기도 듣지를 못했나 보군. 너희들은 지금 즉시 밖으로 나가 지급해 주는 군복을 입고 사천성으로 갈 것이다. 그러니 이만 나가 보도록!"

정천호는 짧게 말을 끝낸 후 다시 집무를 보기 시작했다.

"나가 보겠습니다."

서린은 그에게 물어봐야 아무런 대답을 듣지 못한다는 것을 느꼈기에 머리를 조아린 후 집무실을 나섰다.

밖에는 이미 병사가 군복을 입고 대기하고 있었다. 그들은 서린과 사령오아에게 군복을 주고는 갈아입을 곳으로 안내했다.

군복을 갈아입고 나서자 서린 일행을 기다리고 있는 것

은 군사 백 인을 다스리는 정백호였다. 그는 말에 올라탄 채 서린을 기다리고 있었다. 그리고 그의 뒤에는 여섯 필의 말이 주인을 기다린 채 서 있었다.

"말들을 타도록 해라. 최대한 빨리 사천성에 있는 도지휘사사(都指揮使司)에 가야 하니 서둘러야 할 것이다."

도지휘사사라면 사천성의 병권을 틀어쥐고 있는 곳이었다.

도지휘사사에 간다는 것이 의아했지만 서린은 그들의 말에 따를 수밖에 없었다.

서린과 사령오아는 말에 올라탔다.

그리고 정백호를 따라 사천성으로 향했다.

사천성으로 가는 길은 순조롭기 그지없었다. 역참마다 들려 튼튼한 말을 바꿔 타고 갔기에 그들은 육 일 만에 사천의 성도에 이를 수 있었다.

밤낮을 가리지 않는 강행군이었지만 서린과 사령오아는 정백호의 뒤를 묵묵히 따랐다.

도지휘사사의 군영이 보이는 곳에 정백호는 말을 멈추었다.

그는 군영 앞을 지키고 있던 군졸에게 무엇인가 말을 전했다. 그러자 군영 앞을 지키던 군졸은 황급히 군영 안으로 들어갔다.

군졸이 들어가자 정백호는 말을 몰아 서린 일행에게로

왔다.

"후후, 대단하다. 육 일 동안 강행군에도 견디어 내다니 말이다. 너희들은 이곳 사천성의 도지휘사사에 들린 후 다시 북경으로 향할 것이다."

지금까지 길안내를 하며 말이 없던 정백호가 입을 열었다.

"정백호께서는?"

"도지휘사사에 너희들을 인계만 하고 다시 운남으로 떠날 것이다."

"저희들이 북경에 가게 되다니요?"

"너희들은 너희가 금의위에 선발되었다는 것을 못 들었느냐? 어째서 일개 야인을 금의위로 들이는지는 모르겠지만 사천성 도지휘사사에서 내려온 명령이니 따를 뿐이다."

"으음, 그렇군요."

'뭐가 뭔지, 모르겠군.'

이곳으로 가도록 한 정천호나 자신을 안내해 온 정백호가 대륙천안에 알고 있지 않을지도 모른다는 생각이 든 서린은 의아스러웠다.

하지만 그것도 잠시, 안으로 들어갔던 군졸이 누군가를 데리고 나오고 있었다.

"사람이 나오는군."

정백호는 장교로 보이는 자에게 다가가 품에서 무엇인가

를 꺼내 주었다. 마중 나온 자는 고개를 끄덕이며 서린 일
행에게로 다가왔다.

"어서들 오게. 일단 안으로 들어가서 이야기를 하도록
하지."

그는 서린과 사령오아를 군영 안으로 이끌었다. 정백호
는 잠시 그런 모습을 지켜보더니 말을 돌려 운남으로 떠났
다.

서린이 안내되어 간 곳은 사천성의 군권을 책임지고 있
는 도지휘사가 머물고 있는 처소였다.

군영 안에는 여기저기 병사들이 보이던 반면 도지휘사의
처소에는 군영과 달리 군사들이 거의 없었다.

"기다리던 자들이 왔습니다."

"들라고 해라."

안내하던 자가 처소 앞에서 서린 일행이 왔음을 고하자
안에서 중후한 목소리가 들려왔다.

"들어가도록 해라."

자신의 일이 끝났는지 안내를 맡은 자가 돌아가는 것을
보며 서린과 사령오아는 도지휘사의 처소로 들어갔다.

처소 안에서 기다리고 있는 자는 군인이라고 보기에는
무리가 있는 자였다. 가느다란 체형에 연약해 보이는 모습
을 하고 있는 중년인이 앉아 있었다.

"어서들 와라. 기다리고 있었다. 앉도록 해라."

그는 서린 일행을 오래전부터 기다리고 있었던지 반갑게 맞았다. 어찌된 영문인지 잘 모르는 서린과 사령오아는 그의 말에 의자에 앉았다.

"난 사천성의 도지휘사사를 책임지고 있는 양영(楊影)이라고 한다. 어째서 이곳으로 온 것인지 궁금한 것이 많을 것이다."

"그렇습니다."

"궁금할 테지만 참아야 할 것이다. 모든 궁금증은 북경에 가면 자연히 풀린 것이니 말이다."

"하지만……."

서린이 머뭇거리자 양영이 뭔가 생각을 하더니 입을 열었다"

"아무것도 알려 주지 않는 것도 그러니 한 가지만 이야기를 해 주겠다. 먼저 너희들은 이곳 사천의 도지휘사사를 대표해 금의위로 선발되었다고, 내일 다른 이들과 함께 북경으로 향할 것이다. 그리고 그곳에 가면 따로 너희들을 부르는 사람이 있을 것이다. 모든 이야기는 그에게 듣도록 해라."

"알겠습니다."

서린은 그의 말에서 정천호나 정백호와는 달리 사천성의 도지휘사가 대륙천안과 밀접한 관계를 가지고 있는 자임을 알 수 있었다.

"내가 너희들을 북경으로 그냥 떠나보내도 되지만 이리로 부른 건 한 가지 당부할 것이 있어서다."

"무슨 말이십니까?"

"그곳에 가면 알게 되겠지만 섣불리 사람을 판단하지 말라는 말을 전하기 위해서다."

"예?"

"나중에 너희들에게 선택의 시기가 오게 되면 신중히 처신하라는 소리다."

"선택의 시기라니 무슨 말씀이십니까?"

"아직은 몰라도 된다. 때가 되면 내가 무슨 이야기를 하는지 알게 될 테니까 말이다."

"알겠습니다."

영문을 모르는 이야기였지만 서린은 양영의 굳은 목소리에 수긍할 수밖에 없었다. 물어보았자 더 이상의 이야기를 들을 수 없다는 직감한 탓이기도 했다.

"이만 나가 보도록 해라. 내일이면 먼 길을 떠나야 할 테니 쉬도록 하고. 쉴 곳은 아까 너희들은 안내를 했던 사람이 일러 줄 것이다."

"알겠습니다."

서린은 사령오아와 함께 조용히 도지휘사 양영의 처소에서 나왔다. 처소 밖에는 어느새 자신들을 안내 했던 자가 기다리고 있었다.

"따라오도록 해라."

서린과 사령오아는 그의 뒤를 따라 병영의 안쪽으로 향했다. 그곳에는 그리 크지 않은 전각이 있었다.

"오늘밤 이곳에서 머물도록 해라. 식사는 이리로 올 것이니 괜히 나돌아 다니지 말고 이곳에만 머물러야 할 것이다."

더 이상 할 말이 없는 듯 안내해 온 자는 말을 마치고 돌아가 버렸다.

"무슨 이야기가 있었습니까?"

"별다른 말을 하지는 않더군요. 오늘은 일단 쉬도록 하지요. 이곳까지 오는 동안 고생을 했으니 쉬는 것이 좋겠습니다."

"알겠습니다, 소문주님."

서린의 말에 사령오아는 전각에 마련된 방으로 들었다. 그곳에는 구복 몇 벌과 장검이 놓여 있었다.

"아까 그자가 갖다 놓은 것 같습니다."

"그런 것 같습니다."

여섯 사람은 말없이 옷을 갈아입었다.

그렇게 옷을 다 갈아입은 후 서린이 입을 열었다.

"감시하고 있는 자가 물러난 것 같습니다."

"군영에 저만한 고수라니 상당하군요."

"군영에 있기에는 놀라운 자입니다. 못해도 일류를 상회

하는 수준인 것 같습니다."

"그렇습니다. 군영에 있을 만한 자가 아닙니다. 혹시?"

"사밀혼이 보낸 자는 아닌 것 같습니다. 기질 자체가 완전히 달랐으니 말입니다."

"그나저나 황궁지하에서 수련을 한다고 하더니 우리가 금의위라니? 조금 이상하군요."

"그렇습다. 금의위는 아무나 되는 것이 아닌데 말입니다."

황제를 수호하는 이들이 금의위다. 아무런 신원조사도 하지 않고 선발이 된다는 것은 있을 수가 없는 일이었다.

"도대체 무슨 일인지 알 수 없으니 답답합니다."

사령오아의 마음을 대변하듯 백천이 입을 열었다.

"그냥 저들이 시키는 대로 하면 될 겁니다. 모든 것은 북경에 가면 알 수 있다고 하니 기다릴 수밖에요."

서린도 영문을 잘 모르기에 이런 대답밖에는 할 수 없었다. 사령오아 또한 그 사실을 잘 알고 있었다.

"소문주님, 그런데 아까 그 양영이라는 자 말입니다. 어떻게 보셨습니까?"

"아저씨도 느끼셨나 보군요."

"우리가 합공을 한다 해도 승부를 장담할 수 없는 자 같았습니다."

"그런 것 같더군요. 연약해 보이긴 했지만 그가 갖고 있는 기운은 우리를 모두 누르고도 남음이 있었습니다. 그자도 대륙천안과 깊은 관련이 있는 것 같으니 앞으로 조심해야 할 자인 것 같습니다. 그자의 말투로 보아 언젠가 우리와 마주칠 가능성이 높은 것 같았으니까 말입니다."

"알겠습니다."

서린은 양영을 볼 때부터 기이한 기분을 느꼈다. 어쩐지 숙명적으로 마주칠 것 같은 기분이 든 것이었다.

그리고 그의 몸에서 풍기던 알 수 없는 기운은 설린의 마음에 돌덩이를 안긴 것처럼 무겁게 했다.

서린과 사령오아가 양영에 대해 이야기를 나누고 있는 사이 양영 또한 서린을 안내해 온 자와 이야기를 나누고 있었다.

"합하, 사사묵련에서 이번에는 꽤나 괜찮은 자들을 선발한 것 같습니다."

도지휘사 양영을 향해 만뇌사(萬腦師) 공량(蚣亮)은 자신이 본 서린과 사령오아의 느낌을 이야기했다. 그가 살핀 바로는 지금까지 사사묵련에서 선발되었던 자들 중 제일 나을 것 같았기 때문이었다.

"네가 보기에도 그렇더냐?"

"예, 잘 갈무리된 기운과 냉철해 보이는 눈이 이번에는 볼 만하겠습니다."

양영 또한 그렇게 보고 있었다는 듯 고개를 끄덕였다.

"사밀혼이 심혈을 기울인 것 같다만 아직은 확실히 모르지. 하나 분명한 것은 여건만 주어진다면 크게 자랄 놈들이라는 것은 분명해 보였다. 특히 그 서린이라는 소년은 대륙천안 역사상 최고로 어린 나이에 후보에 들게 된 것이니까. 그리고 자네는 어떻게 생각하는지 모르겠지만 이번에 암흑련에서 올 아이들과 비교해 보면 재미있을 것 같아."

"합하의 말씀이 맞는 것 같습니다. 그 아이들도 만만치 않아 보였으니 말입니다. 그런데 합하, 그들을 시험을 해 보지 않아도 되겠습니까?"

"그건 됐다. 괜한 오해로 나에 대해 안 좋은 감정을 가지게 될지도 모르니 말이다."

양영은 서린에 대해 일말의 호감을 가지고 있었다. 그렇기에 시험을 하다 괜한 오해로 서린과 틀어지는 것이 싫었다.

"그건 그렇고 혈교의 움직임에 대해서는 사밀혼이 맡게 되었다는데 넌 어떻게 생각하느냐?"

"아무래도 그것이 조금 이상합니다."

"무엇이 말이냐?"

"혈교의 움직임은 감숙, 섬서, 그리고 산서성에서 포착되고 있습니다. 그런데 그것이 일반 백성들 사이에서만 은밀히 퍼질 뿐, 딱히 혈교도로 짐작될 만한 인물들이 보이지 않는다는 것입니다. 그리고 혈교가 처음 뿌리를 내렸던 곳이 이곳 사천성인데 그곳에서는 그림자조차 볼 수 없다는 것도 이상하고 말입니다."

공량은 사천성에서부터 발호 했던 혈교의 무리가 이상하게도 사천성에서는 눈을 씻고 찾아봐도 볼 수 없다는 것이 의심스러운 모양이었다.

"무엇인가 있는 것이 분명하다. 혈교 근거지는 지난날 사사묵련에 의해 완전히 와해되었다. 무림인들이야 자기들이 혈교를 무찔렀다고 나대지만 마지막에 확실하게 혈교의 숨통을 끊은 것은 사사묵련이었지. 그런데 이제 와서 혈교가 다시 나타났다는 것은 암중에 누군가 손을 쓰기 시작했다는 것을 뜻한다. 내가 보기에는 사사밀교에서 손을 쓴 것 같지만 조금 더 지켜봐야겠지. 나로서도 그리 나쁜 것은 아니니 말이다."

"그렇습니다, 합하. 그동안 중원은 너무 평온했습니다. 요녕과 요동에서도 그렇고 무림맹과 마교, 그리고 혈교까지, 합하께서 바라시는 난세의 조짐이 여러 곳에서 보이고 있으니까 말입니다. 특히 이번 여강에서의 참사로 인해 마교에서 대대적인 움직임을 보일지도 모르니 그 점에 대해서 주의를 잊지 않고 있습니다만…… 난세가 시작되려는 징조가 틀림없습니다."

"마교가 나선다면 무림맹도 나설 것이다. 나선다고는 해도 쉽게 부딪치지는 않겠지. 곧바로 충돌하지는 않겠지만 향후 오 년 정도면 중원을 서서히 난세로 접어들 것이 분명하다. 그리고 요녕에서의 움직임은 암흑련 쪽에서도 신경을 쓰고 있는 모양이니 너의 역할이 크다. 상황을 예의 주시하고 힘을 기르는 것을 잊지 말도록!"

"걱정하지 마십시오, 합하! 이 만뇌사 공량 합하의 대업에 차질이 없도록 만전을 기할 것입니다."

"알겠다. 너의 능력을 알지만 만에 하나라도 날 실망시키는 일이 없어야 할 것이다."

"예, 합하."

공량에게 당부의 말을 마친 양영은 눈빛을 빛냈다.

이제부터 본격적인 쟁투가 시작되려는 조짐이 보이고 있었다. 원이 패망하고 백여 년이 흐른 지금, 천안 내에서는 서서히 암투의 조짐이 일고 있었던 것이다.

'팔야야(八夜爺)의 자리에 오르기까지 험난한 여정을 겪어 왔다. 죽음의 나락으로 떨어지는 위기에서도 기어코 기어오르며 여기까지 왔다. 천주가 노회한 지금 천안 내부에서는 서서히 암투가 시작될 것이다. 하지만 그 자리는 반드시 나의 것이 되고 말 것이다. 반드시!'

대륙천안은 권력의 정점에 있는 천주를 중심으로 여덟 명이 관리하는 방식을 취해 오고 있었다.

각기 특별한 능력을 가지고 있는 여덟 명은 팔야야로 불리며 천주를 보좌해 오고 있었던 것이다.

양영 또한 대륙천안을 지배하는 팔야야 중 하나였다. 개개인이 사사묵련이나 암흑련의 힘에 필적하는 힘과 세력을 가지고 있는 암중의 지배자였던 것이다.

원의 지배가 끝나고 각자 균형을 이룬 채 자신의 세력을 키워 오던 대륙천안에서는 천주의 지배가 약화되고 있었다. 이제 그의 죽음이 멀지 않은 것이다.

서서히 천주의 자리를 노리는 쟁투가 시작되고 있었다. 사방에서 서서히 그 조짐이 보이고 있었다. 어떤 자가 어떤 세력을 일으키는지는 몰라도 그 느낌을 양영은 온몸으로 느끼고 있었다. 그래서 그는 이번 사사묵련의 일을 암중으로 돕고 있었던 것이다.

예하 단체라고는 하지만 천주의 직속인 사사묵련이나 암흑련의 힘을 얻는다는 것은 향후 행보에 지대한 영향을 미칠 것이 분명했다.

어떻게 보면 자신의 세력과 사사묵련이 손을 잡는다면 그에게는 날개를 단 것이나 마찬가지이기에 이번 일에 많은 노력을 기울였던 것이다.

'사사묵련의 수뇌부에서도 천주의 사후를 대비하는 것이 겠지. 천주가 죽는 순간 대난세가 시작되는 것이니까.'

양영은 사밀혼과 맺었던 밀약을 생각하며 앞으로의 일을 그려 나갔다. 앞으로 다가올 대난세의 정점에서기 위한 그의 계획은 이미 서린을 통해 진행되고 있었기 때문이었다.

서린과 사령오아는 다음 날 아침 일찍 길을 떠날 수 있었다. 북경으로가 금의위가 되기 위해서였다.

　사천성의 도지휘사사에서는 서린과 사령오아 말고도 네 명의 다른 사람들이 함께 출발하게 되었다. 그들 또한 금의위가 되기 위해 추천된 자들이었다.

　네 사람은 서로 각기 다른 천호소에 속해 있던 자들이었다. 서린 일행과 그들은 많은 차이점이 있었다. 그들은 원래부터 군문 출신이라 군기가 바짝 든 것이 금의위에 추천된 것을 자랑스러워하는 것 같았지만 서린 일행은 아니라는 것이었다.

　"이들은 너희들과 같이 금의위에 추천이 된 이들이다. 북경에 가서 동고동락을 나눠야 할 사람들이니 인사들 하게."

　공량의 말에 서린은 네 사람 중 직위가 높아 보이는 이에게 다가가 인사를 했다.

　"같이 가게 되어 반갑습니다. 서린이라고 합니다."

　"나도 반갑네. 난 유창인(楡槍刃)이라고 하네. 이 사람은 곽자성(郭茈成), 그리고 이 사람들은 형제지간으로 등자승(鄧自乘)과 등인호(鄧寅淏)라고 하지."

　같이 가는 자중 선임으로 보이는 유창인은 서린과 사령오아에게 자신들을 소개했다. 이야기가 있었던 듯 그들은 서린과 사령오아에게 별다른 의혹을 품지 않은 것 같았다.

'다들 강직해 보이는구나. 이들은 진짜 금의위가 될 자들일지도 모르겠구나.'

금의위는 황제의 직속 심복이었다. 대신들의 감찰과 황제의 경호를 주 임무로 하는 그들은 동창과 함께 공포의 대상이었다. 반역에 해당하는 일에 대해서는 무소불위의 권력이 그들에게 주어지기 때문이었다.

금의위의 선발은 중앙의 오군도독부(五軍都督府)와 지방의 열여섯 개의 도지위사사에서 추천하는 형식으로 이루어진다. 그들은 별도의 자질심사와 수련을 거쳐 금의위로 선발되는데 선발되는 가장 중요한 기준은 황제에 대한 충성심이었다. 무인의 기세는 별로 없이 군기 가득한 네 사람을 보며, 서린이 이들이 대륙천안의 일과는 관련이 없음을 알수 있었다.

"저는 천서린이라고 하고 이분들은 사령오아라 불립니다. 이쪽부터 천가 성에 성겸, 도운, 명수, 호명, 그리고 백천이라는 이름을 쓰고 있습니다."

"모두 한 집안 식구들인가?"

"그렇다고 할 수 있습니다. 여기 계신 아저씨들은 저희 집안에서 성을 내리신 분들이니 말입니다."

"이야기는 들었네. 도지휘사께서 대단한 무위를 가진 이들을 수하로 거두셨다는 말을 말이야. 이렇게 보니 그 말이 허언이 아닌 것 같아 보이는군."

"과찬이십니다."

어떤 식으로 자신들을 소개했는지 알게 된 서린은 겸양하며 고개를 숙였다.

"그럼 이제 출발하도록 할까. 한 달여의 시간이 있다고는 하지만 빨리 출발하는 것이 좋을 것 같으니 말이네."

"그러시지요."

서로 간의 인사를 끝낸 열 사람은 말을 타고 서둘러 길을 떠났다. 사천에서부터 북경까지는 먼 길이었기 때문이었다.

말을 탄 이들은 역참에서 말을 갈아타며 관도를 따라 섬서성(陝西省)을 지나 산서성(山西省)을 거쳐 하북(河北)에 이른 후 북경으로 가는 여정을 잡고 있었다.

'후우, 드디어 놈들의 진정한 모습을 볼 수 있겠구나. 드디어!!'

이제는 범의 굴로 들어가는 것이었다. 대륙천안에 대해 알고 있는 것은 전무했다. 하지만 그들이 가지고 있는 힘은 그 누구보다도 절실히 느끼고 있었다.

천 년도 훨씬 전에 한족(漢族)의 결사로서 출발한 대륙천안 세외의 이족과 처절한 싸움을 벌여 온 그들이었다.

그동안 대륙천안과 맞서 이겼던 민족이나 국가는 없었다. 세계를 지배했던 원마저 중원에서 물러나게 했던 힘이 바로 대륙천안이었다. 대륙천안은 한족의 가장 마지막 저력이었던 것이다.

'그동안 당한 치욕은 깨끗이 되갚아 주마. 너희들이 하는 방식 그대로 말이다.'

서린은 말을 달리며 앞으로 펼쳐질 일에 대해 결심을 다졌다. 이제부터는 일보일보가 생사의 갈림길에 선 것이나 마찬가지였기 때문이었다.

"이랴!!"

두드드드드!!

도지휘사사를 나선 열 필의 말은 관도를 따라 달리기 시작했다. 그들은 그렇게 사천성을 출발해 북경으로 향했다.

북경으로 향하는 길은 지루한 일이었다. 밤이 오면 풍찬노숙을 하고 날이 새면 그저 말을 달릴 뿐이었다.

사천성 도지휘사사에서 같이 합류한 유창인을 비롯한 네 사람은 처음 소개할 때를 제외하고는 필요한 말 이외에는 거의 말이 없었다.

일부러 그러는 것인지는 몰라도 그저 말을 갈아타고 달리기만 할 뿐이었다.

서린 또한 그들이 자신들을 일부러 멀리하는 것 같은 인상을 받았기에 그리 구애 받지 않았다.

오히려 고맙게 여겼다.

말을 타고 가는 여정이었지만 북경까지는 한 달 가까이 걸리는 여정이었다. 서로 간에 말없이 간다는 것이 어색한 일이었지만 속내를 들여다보면 그것도 아니었다.

사천성 도지휘사사에서 같이 오는 자들도 나름대로 무엇인가 분주했고 서린과 사령오아 또한 자신들만의 일로 분주했다.

말을 타고 가는 동안 서린은 사령오아와 전음으로 여러 가지 이야기를 나누었다.

그들이 나눈 전음은 주로 무공에 관한 이야기였다. 계속해서 말을 달려야 했기에 대타 같은 수련은 하지 못했지만 이야기를 나누는 것만으로도 충분히 수련이 될 수 있다고 판단했기 때문이었다.

말을 타고 갈 때는 주로 밀마당과의 결전에 대한 이야기를 나누었고 저녁에 잠을 자기 전에는 자신들이 익히고 있는 사사밀혼심법에 대한 이야기를 심도 있게 주고받았다.

모든 것이 전음으로 이루어진 일이기에 유창인을 비롯한 네 사람은 서린 일행이 무엇을 하는지 알지 못하고 있었다.

서린은 북경으로 향하면서 자신의 절기에 대해 가다듬고 있었다. 비록 실전의 경험이 짧기는 했지만 마교와의 일전으로 그동안의 수련이 헛되지 않았다는 것을 느낄 수 있었기에 자신이 알고 있는 것들에 대해 집요하게 파고들었다.

서린은 사령오아와의 전음을 이용한 토론이 끝나면 명상에 잠겼다. 심상을 이용한 가상의 적과의 실전을 끊임없이 거듭하며 자신의 절기를 가다듬고 있었던 것이다.

천세혈왕삼극결(天洗血王三極結)을 더욱 참오하는 한편

혈왕오격의 부족한 부분을 매우는 것에 전력을 다했다.

혈왕기를 얻는 자가 가지게 되는 세가지 능력인 혈혈기감(血趨寄感), 혈왕잠월(血王潛月), 그리고 혈왕창천(血王蒼天)은 이미 두 가지를 완성한 상태였다. 하지만 완전한 혈왕기를 얻은 것이 아니기에 혈왕창천(血王蒼天)만은 아직 미완성인 상태로 남아 있는 서린이었다.

서린은 자신의 이런 상태가 문제가 될 수 있음을 알고 있기에 수련에 심혈을 기울였다.

삼극정법의 바탕 위에 천세결을 더하고 스승에게 배운 천간십이수와 백두산에서 얻은 철한풍의 기운, 사사묵련에서 얻은 사사밀혼심법과 여러 가지 절기들, 그리고 진짜 천서린의 생모가 남긴 절기들을 토대로 자신만의 절기로 만들어 내고 있는 것이 바로 혈왕오격(血王五擊)이었다.

음유로운 기운을 바탕으로 한 음인(陰引)의 자전철풍(紫電鐵風), 극양의 기운을 간직한 탄양(彈陽)의 음양혈기(陰陽血氣), 음양의 조화를 중요시하며 오행의 기운을 일으키는 곤룡(困龍)의 오행제밀(五行制密), 끈임 없이 몰아치는 절맥(絶脈)의 철혈제왕기(鐵血帝王氣)와 혼돈과 파멸의 힘을 추구하며 모든 것을 합일 시키는 교혼(交魂)의 삼극혈혼결(三極血魂結)이 바로 그것이었다.

서린은 현재 오행제밀의 완성에 거의 도달해 있었다.

하지만 철혈제왕기와 삼극혈혼결은 깨달음이 없어 대강

의 기초만 다지고 있었고 완성은 보지 못한 상태였다.

만약 깨달음을 얻는다면 새로운 경지를 볼 수 있을 것이 분명했다.

북경으로 가는 동안 서린은 오행제밀의 수련에 주력하고 있었다. 음양의 기운을 나누어 세세히 분류하여 오행의 기운으로 나누는 것에 심력을 기울이고 있는 것이다.

비록 지금 자신의 내력이 일 갑자를 넘어서 이 갑자에 가까이 이르렀지만 오행제밀을 완성하지 않는다면 혈왕기와 철한풍을 온전히 쓸 수 없기에 대륙천안에 들어가기 전 완성하기 위해 노력하고 있는 것이었다.

서린이 자신과의 처절한 싸움을 통해 성장해 가는 동안 일행이 북경에 도착한 것은 동짓달 북풍이 몰아치는 시기였다.

눈발이 날리는 길을 뚫고 북경으로 들어온 서린 일행은 말을 몰아 자금성으로 향했다. 그들이 자금성에 도착한 시간은 해가 지고 어둠이 몰려와 인적이 드문 술시(戌時)가 넘은 시각이었다.

"워워!! 이제 도착했군. 모두들 여기에서 대기하도록."

유창인은 자금성의 입구에서 수문위사에게 다가가 영패를 보인 후 자금성 안으로 들어갔다.

안으로 들어간 유창인은 채 일각이 지나지 않아 나왔다.

"우리는 곧장 북진무사(北鎭撫司)로 간다."

―소문주님! 북진무사라면 금의위 최고 권력기관인데 우리가 그곳으로 가게 되었나 봅니다.

―그렇군요.

금의위는 창설할 당시 황성과 북경의 호위가 주된 임무였으나 오늘날은 성격이 조금 바뀌어 있었다.

황제의 거동 때 의장을 챙기는 것은 물론 죄인의 체포 및 심문 등이 추가된 것이다.

금의위는 총지휘(總指揮) 밑에 두 명의 부지휘(副指揮)를 두고 다섯 명의 천호(千戶)가 수뇌부를 이루고 있었는데 총지휘는 황제의 인척이 아니면 오를 수 없는 자리로 당금에는 황제의 조카뻘이 되는 주천휘(朱天暉)가 권력을 쥐고 있었다.

이런 금의위는 예하에 경력사(經歷司)와 진무사(鎭撫司)를 거느리고 있는데 경력사는 문서의 이동을 관장하며 진무사는 형옥(刑獄)과 군장(軍匠)을 담당하고 있었다.

특히 이 중 북진무사(北鎭撫司)는 영락제 때 설치된 기관인데, 동창이 등장한 이후로는 그 위세가 줄어들기는 했지만 한때 그야말로 나는 새도 떨어뜨리는 힘을 가지고 있었고, 지금도 황제를 제외하고는 누구의 관여도 받지 않고 독자적으로 움직이는 특무기관(特務機關)이었다.

서린 일행과 사천성에서 추천된 자들은 유창인과 함께 자금성 안으로 들었다.

자금성 안은 곳곳에 불이 밝혀져 있었다. 금의위들과 군사들이 경계를 돌고 있었다. 성안으로 들어서자 서린 일행을 누군가 기다리고 있었다.

금의위 특유의 복장에 날카로운 눈매를 하고 있는 그는 범상치 않은 모습을 하고 있었다. 한 자루 장창을 신기에 가깝게 다루는 그는 금의위에 있는 두 명의 부지휘 중 하나인 악승호(岳昇弧)였다.

늦은 시각 금의위로 추천을 받은 일개 도지휘사사의 무관들을 부지휘가 직접 마중 나온 것은 뜻밖이었다.

"난 금의위의 부지휘인 악승호라고 한다. 모두 따라오도록!"

그는 자금성으로 들어온 서린 일행을 따르도록 한 후 전각 사이로 걸어가기 시작했다.

'으음.'

한순간 부드러운 악승호의 눈빛이 유창인을 향하는 것을 볼 수 있었다.

금의위의 부지휘라면 막강한 권력을 지니고 있는 자였다. 한데 일개 성의 무관인 유창인에게 보인 눈빛은 아랫사람을 대하는 것이 아니었다.

유창인들이 대륙천안의 일과 관련이 없다고 생각을 했던 서린으로서는 의외가 아닐 수 없었다.

─아무래도 사사묵련이 금의위와 밀접한 관계가 있나 봅

니다. 그리고 사천성의 도지휘사인 양영 또한 관계가 있는 것 같습니다. 저자가 유창인을 바라보는 눈빛이 심상치 않은 것 같으니 말입니다.

―그렇습니까?

―예.

―조심해야겠군요.

―그래야 할 것 같습니다.

자금성 안은 무척이나 넓었다.

몇 개의 전각을 지나치고도 그들이 갈 목적지가 나타나지 않았다. 일각여가 넘는 시간 동안 걷던 그들은 어느 한 전각이 이르렀다.

"어르신, 저 승호입니다."

악승호는 전각 앞에 이르자 공손한 목소리로 자신이 왔음을 고했다. 그의 목소리에는 무한한 존경과 공경이 배어 있었다.

"들어오도록 해라."

"예."

악승호는 안에서 승락이 떨어지자 공손히 대답하고는 서린 일행을 바라보았다.

"다들 들어가자. 총지휘께서 계신 곳이니 경거망동은 하지 말도록!"

악승호는 주의를 당부한 후 전간 안으로 들어갔다. 유창인을 비롯한 서린 일행이 그의 뒤를 따랐다.

악승호를 따라 전각 안으로 들어간 서린은 책을 보고 있는 고요한 안색의 중년인을 볼 수 있었다. 그가 바로 당금 금의위의 권력을 틀어쥐고 있는 총지휘 주천휘였다.

"양영 도지휘사께서 보내신 사람들입니다."

"꽤나 빨리 왔군. 연락을 받고 출발했다면 앞으로 열흘 후에나 당도할 줄 알았는데."

"말을 달려 밤낮을 가리지 않고 왔습니다. 여기 도지휘 사께서 보내신 서신이옵니다."

유창인은 품에서 봉서를 꺼내 주천휘에게 공손히 바쳤다.

주천휘는 유창인이 건넨 봉서를 받아 들고는 천천히 읽기 시작했다.

"흐…… 음."

고민이 담긴 콧소리였다. 주천휘는 인상을 찡그린 후 서린을 바라보았다.

"네가 천서린이란 아이냐?"

맑으면서도 위엄이 서린 목소리였다.

"그렇습니다."

"나이가 어떻게 되는가?"

"이제 새해가 되면 열여덟이 됩니다."

"으…… 음!"

서린의 나이가 이제 열여덟이란 이야기에 주천위는 침음

성을 삼켰다. 체격이야 청년처럼 훤칠하니 키도 크고 다부져 보였지만, 동안의 얼굴에 어린 티가 확연히 났다.

금의위가 각 도지휘사사나 금군에서 실력이 뛰어난 자를 뽑는 것이 관례이고 보면 이토록 어린 나이에 금의위에 들어 왔다는 것이 상례를 벗어나는 것이기 때문이었다.

"내 양영의 안목을 믿는 사람이지만 이토록 어린 나이에 금의위에 추천을 받다니 놀라운 일이로군."

"양영 도지휘사사께서도 기대가 크다고 하셨습니다."

주천휘의 놀라움에 답변을 한 사람은 뜻밖에도 유창인이었다. 언질을 받은 듯 서린에게 기대를 걸고 있다고 사천성 도지휘사사 양영을 대변했다.

"알았네. 그럼 자네들은 그곳으로 가게. 이미 통보가 갔을 터이니 기다리고 있는 사람이 있을 것이네. 수련에 들어간다면 당분간 보기 어려울 테니 내 훗날을 자네들의 성취가 어떨지 기대하도록 하겠네. 부지휘는 이들을 그곳으로 데려가도록 해라."

"알겠습니다."

주천휘는 서린과 일행을 둘러보며 진정으로 기대를 품은 듯 눈빛을 빛냈다.

밖으로 나온 악승호는 서린과 일행을 데리고 한곳으로 향했다. 그곳은 자금성 안에서도 후미진 곳에 위치한 전각이었다.

곳곳에 은신한 채 전각을 지키는 자들이 있었다. 경계가 그 어느 곳보다 삼엄하기 그지없었다.

—소문주님, 예상외의 경계로군요. 숨어 있는 자들의 실력이 상당한 것으로 보아 중요한 곳인 것 같습니다.

—맞는 것 같군요. 저에게조차 희미하게 느껴지는 것을 보니 이곳이 아주 중요한 곳임에는 틀림없습니다.

서린과 성겸은 주변의 기척을 감지하고는 전음을 주고받으며 전각으로 들어갔다. 전각 안에는 바깥과 마찬가지로 숨어 있는 자들이 있었다.

그들의 기척은 아주 미세해 혈혈기감으로도 겨우 포착할 수 있을 정도였다. 마치 금성철벽과 같이 전각을 수호하고 있다면 이곳은 중지 중에도 중지임이 분명했다.

전각 안에는 단상이 있었고 단상 위에는 덩그러니 태사의 하나가 놓여 있었다. 경계하는 것과는 달리 전각 안은 그리 화려하지 않은 채색으로 치장되어 있었다.

"이제부터 들어갈 곳은 꿈에서도 발설해서는 안 될 곳이다. 너희들은 이미 모든 시험을 거친 자들이지만 이 안에서도 시험은 계속될 것이다. 그리고 이곳을 나서더라도 너희들에 대한 감시는 계속될 곳이다. 이곳에 대해 발설하는 순간 너희들은 세상을 다시 볼 수 없을 것이다. 이 말은 평생을 두고 명심해야 할 말이다."

악승호는 말을 마친 후 전각을 지탱하고 있는 기둥으로

다가갔다. 그곳에는 등을 달도록 용으로 장식된 돌출물이 있었다.

끼기기긱!

악승호는 돌출물을 아래로 내렸다. 기괴한 소리가 텅 빈 전각 안에 울려 퍼졌다.

그르르릉!

기관이 움직이는 소리가 들리며 바닥이 전각의 바닥이 서서히 아래로 내려가기 시작했다. 서린은 전각 안에 아무 것도 없는 것이 이해가 갔다.

전각 내에 물건들이 있다면 기관을 움직일 경우 비밀리에 설치된 기관이 노출됐을 것이라는 생각이 들었다.

아무리 황궁의 안이라지만 놀라운 기관이었다. 기관이 움직이는데도 거의 소리가 나지 않았다. 미끄러지듯 내려가는 기관이 멈춘 것은 십여 장을 내려와서였다.

내려선 곳에서 바라보이는 것은 사방으로 나 있는 통로였다. 황궁 안에 지하 미로가 존재한다는 풍문이 있었지만 실제로 존재하고 있었던 것이다.

악승호는 거침없이 벽면에 나 있는 통로 중 하나로 걸어 갔다. 일행 또한 악승호의 뒤를 따라 들어갔다.

퀴퀴한 냄새가 나기는 했지만 통로 안은 지하답지 않게 습기 하나 없었다. 천정에는 야명주를 박아 넣은 듯 그리 어둡지 않았다.

악승호의 뒤를 따라 일각여를 그렇게 걷던 일행은 붉은 유등이 붉은 밝히고 있는 곳에 들어섰다. 그곳은 거대한 용들이 양각되어 있는 팔각형의 방이었다.

악승호는 그중 한쪽의 벽면으로 가더니 양각되어 있는 용의 여의주를 어루만졌다.

그르르릉!

튀어나올듯 생생하게 조각되어 있는 여의주를 어루만지자 기관이 움직이기 시작했다. 벽면마다 새겨져 있는 용들의 여의주가 밀려들어 용의 입속으로 사라지기 시작했던 것이다.

그르르릉!

여의주가 사라지자 그들이 밟고 있던 바닥이 갈라지며 팔각형의 구멍이 나타났다. 얼마나 깊은지 속을 알 수 없을 정도로 어둠이 물든 공간이 나타난 것이다.

"그리로 뛰어들어라."

악승호는 나타난 입구를 가르키며 서린을 비롯한 일행에게 명령했다.

"……."

"그리로 뛰어들면 너희들이 갈 곳으로 연결된 장소가 나온다. 내가 안내할 수 있는 곳은 여기까지다."

악승호의 설명에 먼저 나선 것은 유창인이었다.

"그럼 먼저 가도록 하지."

유창인은 아무런 거리낌 없이 구멍으로 뛰어들었다. 그의 뒤를 이어 사천성에서 추천된 자들이 모두 뛰어들었다.

서린과 사령오아 또한 연이어 구멍 안으로 뛰어들었다.

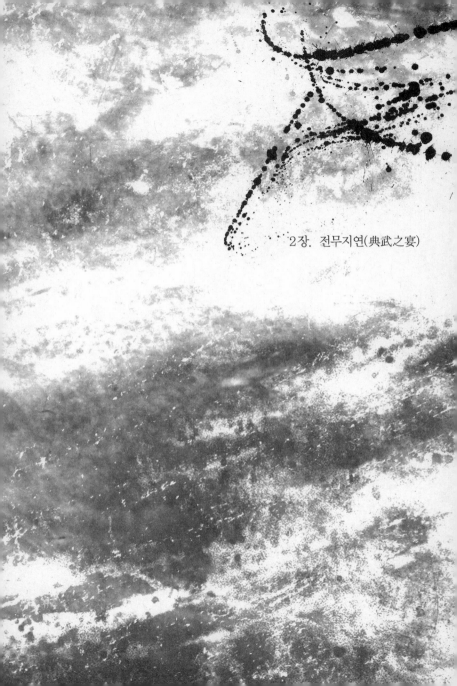

2장. 전무지연(典武之宴)

사람들이 모두 뛰어들자 악승호는 처음 기관을 작동했던 곳의 반대편으로 가 이번에는 용의 눈을 어루만졌다. 기관을 원상태로 되돌리기 위해서였다.

그르릉!

천천히 기관이 원래의 자리로 돌아갔다.

"후후, 천혈옥에 들어갔으니 무사히 나오기를 기원해 주마. 너희들이 그곳에서 살아 나올 수 있을지 없을지는 너희들이 하기에 달렸다. 암흑련과 경력사에서도 후보자들을 집어넣었을 테니 그들과의 경쟁에서 살아남으려면 최선을 다해야 할 것이다."

기관이 원상태로 돌아간 것을 확인한 악승호는 구멍 안

으로 들어간 일행이 무사히 천혈옥에서의 수련을 마치고 돌아오기를 바랐다.

대륙천안의 중지이자 비밀을 간직하고 있는 천혈옥에서 무사히 나올 수만 있다면 자신이 모시고 있는 주군에게도 큰 힘이 될 수 있으리라 생각한 것이다.

서린은 모르고 있었지만 이곳이 바로 진정한 천혈옥이었다.

일명 천장비고라 불리는 대륙천안의 비처는 황궁의 지하에 존재하고 있었던 것이다.

서린은 그토록 원하던 대로 대륙천안의 심장에 들어온 것이었다. 드디어 대륙천안에 들 자들을 뽑기 위한 전무연(典武宴)이 시작된 것이다.

*   *   *

자금성은 구중비처(九重秘處)라 불리는 곳이다.

곳곳마다 수많은 비밀이 간직되어 있고 그 안에 거주하는 사람조차 저만의 비밀을 간직하고 있는 곳이 바로 자금성.

그런 자금성의 한쪽 구석에는 장서각이 마련되어 있었다. 고금을 통 털어 주요 전적(典籍)이 보관되어 있는 장서각은 오직 황궁의 요인들만이 출입할 수 있는 곳이었다.

굵은 황촉이 켜져 있는 장서각 안에는 지금 두 사람이 마주 앉아 무엇인가를 열심히 살펴보고 있었다. 그들이 보는 것은 황색 표지로 된 책들이었는데 그 안에는 누군가의 인적사항이 빼곡히 기록되어 있었다.

"이자들은 특이하군."

"무엇이 말인가?"

"네 사람 모두 태어난 곳이 장강을 중심으로 한 인근 지역의 성(省)이었는데 주로 활동한 곳은 하북과 요녕성, 그리고 요동 지방이라는 말이지."

"그런데 그것이 무엇이 문제라는 말인가?"

"이들이 활동한 기간 중에 시기는 다르지만 묘하게도 한결같이 일 년 정도의 시간이 빈단 말이야."

"후후! 아직 자네는 모르겠군. 암흑련에서는 그들이 입련 한 후 전과는 달리 특별한 수련을 시켰다고 하네. 그 기간이 아마 일 년 정도였을 것이네. 이는 상부에서도 용인한 사항이니 별 문젯거리는 아닐세."

"그렇군."

의문을 푼 사나이는 다시금 책을 살피기 시작했다. 이들은 바로 대륙천안에 들 자들에 대한 행적을 조사하여 혹시 간세가 스며들지 않았는지 살피는 자들이었다.

후보자마다 기록된 인적사항과 그동안의 행적을 살피며 간세가 아닌지 판단하는 것이었다.

그들이 이렇듯 서책을 살핀 것이 벌써 여러 날이었다. 몇 차례의 검토를 거치고 최종적인 사항을 살피는 자들이기에 꼼꼼히 주요한 행적을 살피고 있는 것이었다.

탁!

"이제야 끝났군."

"지난 보름 동안 살핀 결과 난 아무런 이상을 발견할 수 없었는데 자네는 어떤가?"

"나 또한 이상이 없었네."

"다행이로군."

"문제가 발생하면 귀찮은 일만 생기니 다행한 일이지. 그나저나 이번에 전무연에 참석하는 자들의 성취가 놀랍지 않던가?"

"나도 그런 생각이 드네. 사사묵련이나 암흑련 쪽은 물론이고 군부와 상계, 그리고 무림까지 상당한 자들이 후보로 추천되었더군."

"이런 일은 근래에 처음이지."

"이 정도의 재원들이 후보로 추천되었다면 앞으로의 수련을 통해 상당한 자들이 배출될 것이네. 그리고 대륙천안 내의 세력판도도 많이 바뀌게 되겠지?"

"맞는 말이네. 앞으로 십 년 후가 되면 나와 자네도 어쩌면 그 판도에 휩쓸리게 되겠지."

두 사람은 대륙천안에 들 자들을 심사하는 마지막 심사

자로서 후보자들이 어떤 자들인지를 세세히 검증한 사람들이었다. 그만큼 정보를 접하기 쉬운 위치라 세상의 흐름도 볼 수 있는 안목을 가지고 있었다.

그들은 앞으로 대륙천안에 새로운 물결이 일 것을 의심치 않았다. 대륙천안을 구성하고 있는 암중의 인물들이 이번에는 후보자들에게 전력을 기울인 것이 역력히 나타났기 때문이었다.

*　　　*　　　*

용은 대대로 천자를 상징하는 상상의 동물이었다. 천자가 입는 옷에는 용이 새겨져 용포라 불리는 것은 물론 앉는 의자에도 용이 새겨져 있었기에 용상이라 불린다.

금빛의 찬연한 빛을 발하는 용이 새겨진 용상 위에 금색 비단으로 만들어진 옷을 입은 초로의 사나이가 앉아 있었다. 그는 눈을 반개한 상태로 무엇인가 골몰히 생각을 거듭하고 있었다.

그러다 초로인의 눈이 이채를 발했다. 누군가 조심스럽게 그에게 다가오고 있었던 것이다.

다가오고 있는 자는 노인이었다. 눈 밑에 주름이 자글거리는 그는 도저히 나이를 짐작할 수 없을 정도로 늙은 사람이었다. 하지만 걸음걸이는 여느 사람처럼 꼿꼿했고 풍기는 분위기 또한 심상치 않은 자였다.

"후보자들은 모두 연공실에 들었습니다."

조심스러운 어조로 노인은 초로인에게 보고를 올렸다.

그가 보고를 하고 있는 대상은 대륙천안의 실력자 중 실력자였기 때문이었다.

천주를 제외하고 대륙천안을 실재로 지배하는 팔야야 중 하나인 그는, 구룡(九龍)이라 불리고 있는 존재였다.

털털해 보이는 인상과는 달리 언제나 냉철한 계산과 과감한 추진력으로 다음 대의 천주에 가장 근접한 자라는 평가를 받고 있는 인물이었다.

"이번에는 몇이나 될 것 같은가?"

구룡은 대륙천안에 들 자들을 총괄하고 있는 염사(念士) 진명승(秦瞑嵊)에게 후보자들 중 살아남을 자들에 대해 질문했다. 향후 천주의 좌에 오르기 위해서는 그들의 향배가 중요했기 때문이었다.

"대부분이 뛰어난 자들만 선발해 보낸지라 상당수가 천안에 들 것으로 보입니다."

"그럼 향후 그들의 행보에 따라 천안의 세력이 완전히 개편되겠군. 각자 추천을 하기는 했지만 속에 든 것은 열어봐야 아니 말이야."

"그렇습니다. 천주께서 병중인 이상 그렇다고 봐야 할 것입니다. 그들이 나래를 펼칠 시기가 되면 무엇인가 결정을 하겠지요."

"그렇겠지. 천주께서 버틸 수 있는 시간은 길어야 십오 년을 넘지 않을 것이네. 그동안 준비를 철저히 하도록 하고 이번에 들어온 자들에게도 신경을 쓰도록 하게. 천고(天庫) 또한 개방하도록 하고 말이야."

"천고까지 말입니까?"

천고라는 말에 염사는 놀라지 않을 수 없었다. 현재까지 천지인(天地人) 삼고 중 대륙천안에 들 후보자들에게는 지고(地庫)까지만 개방되었기 때문이었다.

천장비고를 연 것도 놀라운 일인데 무림과 황궁의 최후 비전들이 보관되어 있는 천고까지 개방한다는 것은 그로서도 생각을 못한 일이었기 때문이었다.

"후후, 놀랐는가? 그래, 크게 질러야 크게 먹을 것 아닌가. 그리고 이건 천주의 엄명이기도 하네."

구룡은 무엇인가를 꺼내 보이며 의아해하는 염사에게 단호하게 천주의 엄명임을 강조했다. 그것은 중앙에 날아가는 듯한 용이 새겨진 팔각으로 되어 있는 금패였다.

"으음! 그렇기는 합니다만……."

염사는 구룡이 전한 말이 사실임을 알 수 있었다. 그가 꺼내 보인 것이 천주의 명을 대행하는 것임을 알 수 있었기 때문이었다. 팔각으로 만들어진 금패는 천주가 직접 명을 내렸다는 것을 뜻했다.

"그런데 이번에 든 자들 중에 특이할 만한 자들은 없던 가?"

구룡은 호기심 어린 눈빛으로 염사를 쳐다보았다.

염사의 사람 보는 재능은 대륙천안 내에서도 정평이 나 있는 것이라 싹수가 보이는 자를 가려 보자는 생각이었다.

"있습니다. 암흑련과 사사묵련에서 든 자들인데 특이한 자들이지요. 특히 암흑련에서 든 자들은 지켜봐야 할 자들 입니다. 그리고……."

"그리고 뭔가?"

"사사묵련에서 들어온 자들 중에 나이가 이제 열여덟밖에 되지 않은 아이가 하나 있습니다."

"호오, 그래?"

"사밀혼들이 밀고 있는 아이인데 자질이 특출 난 것으로 보고되었습니다. 지난 시간 동안 지켜본 바로는 하자가 없는 것으로 보입니다."

"그럼 지켜볼 자들이 모두 다섯인가?"

"그 아이들이 조금 특출 나다 뿐이지 나머지도 관심을 기울여야 할 것입니다. 하나하나 만만한 자들이 아니니 말입니다. 특히 나머지 팔야야가 들여놓은 자들은 철저히 감시해야 하고 말입니다."

"그건 자네가 알아서 하게. 자네의 눈을 벗어날 리 없으니 말이야."

"알겠습니다."

염사는 구룡의 지시에 길게 읍하며 대답을 했다. 팔야야
의 추천을 받은 자들에 대한 감시는 구룡 또한 관심을 가지
는 일이었기에 그의 눈은 예리하게 빛나고 있었다.

*   *   *

은은하게 빛을 내고 있는 야명주에 의해 어둠이 밝혀진
곳은 천연의 동굴이었다. 지하수가 스며든 듯 동굴의 바닥
은 물이 가득 차 있었다.

풍덩!

종유석이 내려온 동굴천정의 구멍에서 무엇인가 지하 동
굴안의 호수로 떨어져 내렸다. 그것은 사람이었다.

풍덩!

첫 번째 사람이 떨어진 후 연이어 사람이 떨어져 내렸다.
떨어진 자들은 연이어 떨어질 자들을 대비해 호수 속에서
헤엄쳐 급히 낙하 지점에서 벗어나고 있었다.

"푸후!"

제일 먼저 호수에서 얼굴을 내민 이는 유창인이었다. 그
는 호수에 내밀고는 물이 없는 곳으로 서서히 헤엄치기 시
작했다.

그 뒤를 서린과 사령오아, 관자성 등이 헤엄치며 따랐다.

호수를 벗어나 땅을 밟은 이들은 자신들을 기다리고 있는 통로를 볼 수 있었다.

호수와는 달리 야명주와 함께 횃불이 불을 밝히고 있는 통로였다. 호수를 벗어난 열 사람은 이내 통로를 따라 걷기 시작했다. 한참을 걷던 일행은 거대한 지하 광장에 도착할 수 있었다.

'사람들이 꽤 많이 있군.'

서린은 지하광장 안에 많은 수의 삶들이 도착해 있음을 알 수 있었다. 그들은 무리를 이루어 군데군데 모여 있었다.

"저리로 가자."

유창인은 동굴 안에 모여 있는 사람들에게로 다가갔다. 새로운 사람들이 도착하자 모여 있던 자들의 눈빛이 빛나고 있었다.

그들도 대륙천안에 들 자로 추천되었기에 자신들과 경쟁할 자들을 살피는 것이었다.

서린과 사령오아 또한 마찬가지로 그들을 살피고 있었다.

—소문주님, 저희에 비해 뒤떨어지지 않을 정도로 상당한 실력자들입니다.

—그렇군요. 하나같이 예기를 갈무리한 것으로 보아 지독한 수련을 해 온 자들이 분명합니다.

서린은 혈혈기감으로 후보자 하나하나를 모두 살피고 있

었다. 그들이 가진 기운을 파악하여 얼마나 강한 자들인지 살핀 것이었다.

서린과 같이 광장 안에 있는 자들은 모두 서른 세 명이었다. 모두가 안으로 기운을 갈무리할 정도로 뛰어난 자들이었다.

이런 자들이 일개 후보밖에는 안 된다는 사실에 서린은 대륙천안의 저력을 새삼스럽게 느껴야 했다.

"모두들 주목하라!"

광장의 한쪽 끝에서 누군가 소리를 질렀다. 그는 검은색의 장포에 역시 검은색의 검을 차고 있는 자였다.

"질문은 허락되지 않으니 지금부터 내 설명을 잘 들어라. 너희들은 이제부터 전무연에 들 것이다. 모두들 대륙천안을 이루는 분들에 의해 선택된 자들이지만 전무연에 대해서는 한 번도 들어 본 적이 없을 것이다. 전무연은 대륙천안을 이끌 미래의 기둥들을 수련시키는 일종의 폐관 수련이다. 너희들에게는 두 가지 과제가 주어진다. 하나는 자신의 무공을 최대한 완성하는 것이다. 이를 위해 본 천에서는 너희들에 대한 지원을 아끼지 않을 것이다. 구대문파의 무공은 물론 마교의 무공 등 세상에 존재하는 거의 대부분의 무공을 사본이나마 너희들에게 제공할 것이다. 두 번째는 한가지씩의 기물을 선택해 그 안에 숨겨져 있는 비밀을 풀어야 한다는 것이다. 이 과제는 어쩌면 너희들에게는 평생의 숙

원이 될지도 모른다. 비밀이 풀리지 않는 이상 평생 너희를
따라다닐 것이기 때문이다."

그는 광장에 모여든 자들에게 일방적으로 통고를 하고는
그의 수하들에게 전음을 보냈다.

—각자의 연공실로 안내한 후 천장보고에서 기물을 선택
하도록 하도록 해라.

그르르릉!

그의 명령이 떨어지자 기관이 작동하기 시작했다. 그리
고 지하 광장의 팔방에서 벽이 올라가며 통로가 생기기 시
작했다.

스스슥!

통로 안에서 복면을 뒤집어쓴 자들이 소음조차 없이 빠
르게 빠져나왔다.

지하광장에 있는 사람들의 숫자와 같은 수의 사람들이었
다. 그들은 후보자들마다 지정된 듯 각자 맡은 사람의 앞에
섰다.

"그들은 앞으로 너희들의 수련을 도와줄 자들이니 그들
을 따라가도록 해라."

검은 장포인은 마지막 말을 마친 후 한쪽 통로로 광장을
빠져나갔다. 장포인이 빠져나가자 복면인들은 후보생들을
통로로 이끌었다.

후보자들로 추천된 자들은 모두 팔십 명이었다. 그들은

자신들을 이끄는 자들에게 선택되어 팔방으로 나누어진 통로로 들어갔다. 복면인들은 각자 연공실을 후보자들에게 확인시킨 후 다른 곳으로 이동했다.

그곳은 대륙천안에서 그동안 모아 온 기물들이 보관되어 있는 천장비고였다.

아홉 개의 용이 양각되어 있는 벽 앞으로 안내된 후보자들은 영문을 몰라 어리둥절하고 있었다.

그들은 말없이 자신들을 안내해 온 자들을 바라보며 눈으로 묻고 있었다.

스스스!

누군가 벽 앞에 나타났다. 소리 없이 갑자기 나타난 자를 바라보며 후보자들은 모두 놀라워하고 있었다. 오직 한 사람만 제외하고 나타난 자의 기척을 감지하지 못했기 때문이었다.

"그들에게 물어보았자 소용이 없다. 그들은 모두 혀가 잘린 상태니까. 너희들이 온 것을 환영한다. 이곳은 천장비고라 불리는 곳이다. 난 이곳을 관리하는 사람이지. 천장비고는 지난 시간 동안 대륙천안이 얻은 온갖 기물들 중 정체가 밝혀지지 않은 것만 모아 놓은 곳이다. 너희들은 이곳에서 한 가지 기물을 선택해서 가지고 나올 수가 있다. 기물의 어떤 것인지 밝혀내는 것이 너희들의 두 번째 과제인 것이다. 어떤 것을 선택할지는 각자의 몫이다. 어떤 선택을

하느냐에 따라 천하일세의 기연을 얻을 수도 있고 그렇지
않을 수도 있다. 아무리 재능이 있어도 운이 없는 자는 실
패하기 마련이다. 이 과제는 어쩌면 너희들의 천운을 시험
하는 것이라 할 수 있을 것이다. 반드시 한 가지만 선택해
야 한다는 것을 명심하도록 해라. 그럼 이제 문을 열겠다."

천장비고를 담당하는 자는 벽에 양각된 구룡 중 중앙의
가장 큰 용의 발을 부여잡더니 내력을 일으켰다. 내력을 집
어넣어 기관을 발동시키는 것이 분명했다.

쿠르르릉!

벽이 갈라지며 석실이 나타났다. 그리 밝지도 어둡지도
않은 석실이었다. 석실은 꽤나 커보였다.

"너희들은 이곳에서 한 시진을 머물 수 있다. 정확히 한
시진 후 다시 문이 열릴 것이니, 기물을 선택한 후 시간에
맞추어 나오기 바란다."

그르르릉!

후보자들이 모두 석실 안으로 들어갔다. 그러자 문이 다
시금 닫히기 시작했다.

'으음, 이곳이 내가 찾고자 하는 곳인 천혈옥의 천장비
고인가? 드디어 왔군. 하지만 너무도 많이 돌아왔다. 이자
들은 한 치의 틈도 용납하지 않는 자들이니…….'

서린은 천장비고 안으로 들어 선 후 흥분한 마음을 애써
가라앉히고 있었다. 자신이 찾아야 하는 천우신경이 있는

곳이 바로 이곳임을 알기 때문이었다.

완전한 혈왕기를 얻기 위해서는 반드시 천우신경이 있어야 하기에 서린은 격동을 감추며 다른 후보생들과 같이 석실을 살펴보기 시작했다.

─아저씨들도 인연이 있는 물건을 찾아보세요. 눈으로 찾으려 하지 말고 마음으로 찾도록 해 보세요. 그러면 아저씨들에게 맞는 인연을 찾을 수 있을 겁니다. 그리고 기물을 찾은 후 주의하세요. 연공실에는 감시할 수 있는 장치가 되어 있을 겁니다. 기물의 신비를 풀더라도 놈들에게 들키지 않도록 주의하시라는 뜻입니다.

서린은 사령오아에게 주의를 당부했다. 아직도 감시의 눈길이 있다는 것을 느끼고 있기 때문이었다.

─염려하지 마십시오.

장방형으로 이루어진 석실은 가로 세로가 십여 장이 넘었다. 땅을 파고 만들어진 석실은 중간중간에 자연암석으로 이루어진 거대한 기둥이 삼 열로 이어지며 천정을 받치고 있었다.

그리고 기둥을 중심으로 돌들이 원형의 탁자 형태를 이루고 있었고 그 위에는 기물들이 놓여 있었다.

후보자들은 기둥 사이를 스쳐 지나가며 돌탁자 위에 놓인 기물들을 살피기 시작했다. 자신과 인연이 있을 만한 것을 선택하기 위해서였다.

자신의 운명을 결정지을지도 모르는 것이기에 후보자들은 신중을 기하고 있었다. 이곳 천장비고는 지난 시간 동안 대륙천안이 모아 온 것 중 불가해한 것만 따로 모아 놓은 것이었다.

아무에게도 인연이 찾아오지 않은 기물들이었기에 그들로서도 신중을 기할 수밖에 없었던 것이다.

서린 또한 기둥 사이를 걸으며 천우신경을 찾기 시작했다. 완전하지 않은 혈왕기를 완성해 줄 것이기에 눈빛을 빛내며 기물들을 훑기 시작했다.

'분명 이곳에 있을 것이다. 천장비고에 들어왔다는 것은 확실하니까.'

선린은 각종 무구들과 법기 그리고 특이한 모양을 하고 있는 기물들을 차례로 살펴보며 지나쳤다.

'으…… 음!'

서린은 한곳을 바라보며 신음을 흘릴 수밖에 없었다. 너무도 익숙한 기운이 서린이 바라보는 돌탁자 위에서 흘러나오고 있었기 때문이었다.

세상에서 오직 한 사람만이 느낄 수 있는 기운인 혈왕기가 바로 그것이었다.

서린은 기물들이 놓여 있는 돌탁자로 가까이 다가갔다.

탁자 위에는 청동으로 된 거울들 몇 개가 가지런히 놓여 있었다. 고대 제천 행사에 쓰였을 법한 거울들은 빛이 바래 사람의 모습을 비추지는 못하지만 범상치 않은 기품을 가지고 있는 것들이었다.

서린의 눈길을 끈 것은 그중 주먹보다 약간 작은 조그마한 거울이었다. 그곳에서 미약하게나마 자신의 기운과 동화되는 기운이 흘러나오고 있었던 것이다.

'이것은 완전한 것이 아니다.'

서린은 손바닥 안에 들어오는 작은 거울을 쥐며 완전한 천우신경이 아님을 알 수 있었다. 온전히 있어야 할 혈왕기가 거의 남아 있지 않았기 때문이었다.

'분명 이것과 짝이 되는 것이 있을 것이다.'

서린이 손에 쥔 것은 같이 놓여 있는 청동 거울과는 다른 형태의 것이었다.

묵빛을 약간 띠고 있었고 거울은 앞뒤가 같은 형태를 이루고 있었다. 그리고 거울의 옆면으로는 사방으로 구멍이나 있어 무엇인가를 끼우도록 되어 있었던 것이다.

서린은 거울을 손에 쥐고는 다른 돌탁자를 살피기 시작했다. 자신이 쥐고 있는 거울과 짝을 이루는 것을 찾기 위해서였다.

'자신에게 맞는 것들을 찾은 자들도 있는 모양이로군.'

몇몇 후보자들은 자신이 선택한 기물을 취한 것 같았다. 돌탁자 앞에서 선택한 기물을 살펴보는 자들이 꽤 있었던 것이다.

사령오아 또한 자신들에게 맞는 기물을 선택한 것인지 어느새 기물을 살피는 서린에게로 다가오고 있었다.

─소문주님! 찾으셨습니까?

성겸은 아직도 살피고 있는 서린을 보며 전음으로 물었다.

─아직요. 찾기는 찾은 것 같은데 완전한 것이 아니어서요. 분명 짝을 이루는 것이 있을 텐데 그것을 찾고 있는 중입니다.

─그럼 같이 둘러보도록 하지요.

─예!

서린이 돌탁자를 살피는 동안 사령오아는 은밀히 서린의 주위에 장막을 치고 뒤를 따랐다. 서린이 이곳에서 무엇인가 중요한 것을 찾고 있다는 것을 아는 까닭이었다.

'저것인가?'

서린은 무기들이 나열되어 있는 돌탁자에 멈추어 섰다, 그곳에 눈길을 끄는 것이 놓여 있었기 때문이었다.

돌탁자 위에는 단병들이 놓여 있었다. 비수와 단검 그리고 단창들이었다. 그중 서린의 눈길을 끈 것은 어른 손바닥 두 배만 한 금강저였다.

다른 금장저와는 형태를 달리하는 것으로 길이가 서린이 손에 쥐고 있는 작은 거울만 한 것 두 개가 나란히 놓여 있었던 것이다.

서린은 금강저를 들어 자신이 들고 있는 거울 옆면 구멍에 맞추기 시작했다.

딸깍!

자연스럽게 금강저 하나가 맞물렸다.

'이러면 다른 쪽은 구멍이 막힐 텐데…….'

서린은 거울의 한쪽 구멍에 금강저가 딱 맞아떨어지자 직각으로 나 있는 다른 구멍이 막힐 것을 염려하며 구멍을 쳐다보았다.

'이럴 수가!'

속이 텅하니 비어 있었다. 분명 직각으로 꽂힌 금강저로 인해 구멍의 중간이 막혀 있어야 함에도 텅 비어 있었던 것이다.

서린은 놀람을 감추며 다른 금강저를 구멍에 끼웠다.

딸깍!

스스스!

역시 정확하게 맞아 들어갔다.

두 개의 금강저가 완전히 끼워지자 거울의 옆면에는 끼워 들어갔다는 흔적이 하나도 남아 있지 않았다. 대신 거울의 옆면은 홈이 파인 듯 푹 들어가 있었다.

서린은 자신이 완전하게 조립한 작은 거울을 들고는 유심히 살펴보았다.

이런 형태의 거울은 한 번도 본적이 없을 뿐만 아니라 이런 변화를 보인다는 것이 이상했지만 자신이 들고 있는 것이 분명한 천우신경임은 알 수 있었다.

두 개의 금강저를 완전히 맞추는 순간 거울의 앞뒤로 천(天)자와 우(宇)자가 잠시간 나타났다가 사라졌기 때문이었다.

서린의 이런 행동을 본 사람은 아무도 없었다. 사령오아가 사람들의 시선을 철저히 가로막고 있었기 때문이었다.

어느덧 한 시진이 다되어 가는지 후보자들은 모두 출입구가 있는 쪽으로 모여들고 있었다.

"가시죠."

"예!"

서리은 발걸음을 돌려 문 쪽으로 향했다. 천우신경을 얻었으니 더 이상 볼일이 없었기 때문이었다.

문 쪽으로 향하자 많은 후보자들이 각양각색의 표정으로 대기하고 있었다. 어떤 이는 애써 감추고 있었지만 희열에 들뜬 모습으로 서 있었고, 어떤 이는 사명을 완수한 듯 결연한 표정으로 서 있기도 했다.

'저들은 일이 잘 안 된 모양이로군.'

서린은 자신과 같이 사천성을 출발해 북경으로 온 유창인 등의 표정이 곤혹으로 물들어 있음을 볼 수 있었다.

무슨 일인지는 모르겠으나 그들은 당황한 빛이 역력해 보였다.

'하긴 저들이 무엇을 얻던 간에 내가 상관할 필요는 없겠지.'

그르르릉!

서린이 유창인 등에 대핸 생각을 접자 문이 열리기 시작했다. 이제부터는 수련생으로서의 시간이 시작된 것이다.

대륙천안의 일원으로 들기 위한 십 년간의 폐관수련이 시작되는 것이었다.

문 밖으로 나오자 몇 사람이 서 있었다.

그들은 밖으로 나온 수련생들의 몸을 샅샅이 수색했다. 행여나 자신이 선택한 것 이외에 다른 것을 가지고 나왔을지도 모르기 때문이었다.

수색을 끝낸 후보자들은 하나하나 자신의 연공실로 안내되어 갔다. 서린 또한 자신이 선택한 기물을 내보이자 수색이 시작되었고 잠시 후 안내인을 따라 연공실로 향할 수 있었다.

안내되어 온 서린은 연공실로 들어섰다.

육중한 문이 열리자 그 안에는 작은 돌침상 하나와 운기조식을 취할 수 있는 좌대 하나가 눈에 들어왔다.

'이제부터 시작이구나. 수련하는 동안에도 감시의 끈을 늦추지 않겠다는 이야기로구나.'

서린은 연공실로 들어와 누군가 자신을 감시하는 눈길을 느꼈다. 연공실 안에 자신을 감시할 수 있는 기관이 설치되어 있는 것이 분명했다.

'정말이지. 철저한 놈들이다. 이러니 지난 시간 동안 이 놈들의 정체가 드러나지 않았지.'

대륙천안의 철저함에 가슴이 시리지 않을 수 없었다. 천 잔도문에서 사사묵련으로 들어갈 당시에도 분명 자신에 대 해 조사한 것이 틀림없었다.

사사묵련에 들어가서도 사혼밀법을 이용해 정체를 밝히 려고 했을 뿐만 아니라 사밀혼 또한 꾸준한 감시를 벌였었 다.

어지간한 단체라도 그 정도면 의심을 풀었을 것이다.

하지만 대륙천안에서는 그것도 모자라 십 년의 수련기간 동안 감시를 하려고 하는 것을 보고 서린은 대륙천안의 치 밀함에 혀를 내두른 것이다.

'너희들이 그렇게 한다고 해도 우리의 정체를 밝히는 건 어려울 것이다. 수련하는 모습을 보고 우리의 정체를 파악 한다는 것은 불가능할 테니까. 그나저나 천우신경을 얻기는 얻었는데 대륙천안에서 모르게 비밀을 밝혀내야 하니……. 큰일이로군. 섣불리 비밀을 밝히려 한다면 의심만 초래할 테니 방법을 강구해야겠군.'

혈왕기중 반에 해당하는 기운이 담겨 있는 것 말고는 천 우신경에 무엇이 담겨 있는지 서린도 정확히 모르고 있었 다.

천우신경이 가지고 있는 비밀이 실체를 드러낼 때 경천동지할 일이 벌어진다는 것만 어렴풋이 알 뿐이었다.

천우신경 비밀을 밝히는 것이 대륙천안에 알려진다는 것은 지금까지의 계획이 물거품이 된다는 뜻이었기에 서린은 신중을 기할 수밖에 없었다.

'급하게 생각할 것 없다. 천천히 생각하자. 아직 시간은 많이 남아 있으니 말이다. 수련이 꼭 연공실에서만 이루어지는 것은 아닌 것 같으니 방법을 찾을 수 있을 것이다. 방법을 찾을 때까지 수련에만 전념하는 것이 낫겠다.'

서린은 자신이 가진 것들을 하나로 통합해 가는 수련을 거치고 있었다. 이곳에서 그동안 배운 것을 하나로 엮어 자신만의 무예를 만드는 것이 일차 목표였기 때문이다.

바탕은 이미 충분한 상태였다. 그러나 그동안 대륙천안에 들어오기 위해 본격적인 수련을 할 시간이 거의 없었다.

감시의 눈길이 항상 따라붙었기 때문이기도 하지만 가장 큰 이유는 한적한 곳에서 차분히 수련할 시간을 거의 갖지 못했기 때문이었다.

서린은 이곳에서 심상을 통한 수련을 할 생각이었다. 혈왕기를 완전히 얻는다면 수련에 큰 진전이 있을 것이지만 아직은 천우신경의 비밀을 풀 수 없었기에 본격적인 수련은 뒤로 미루고 심상을 통한 수련으로 부족한 부분을 메우기로 한 것이다.

천장비고에서 기물을 선택해 각자의 연공실에 틀어박힌 자들은 자신의 무예를 수련하거나 선택한 기물의 비밀을 푸느라 여념이 없었다.

기물의 비밀을 풀려 했던 후보자들 중 대부분이 한 달여의 기간 동안 비밀을 풀다가 못 풀고는 자신의 수련에 매진하기 시작했다.

짧은 시간 동안 풀 비밀이었으면 벌써 대륙천안에서 비밀을 풀었을 것이라는 생각 때문이었다.

자신들이 가진 기물들의 비밀은 일조일석에 풀 수 없는 것임을 자각한 그들은 자신의 무예를 수련하는 것에 박차를 가하기 시작했다.

그렇게 한 달이 더 지나자 후보자들에게는 첫 번째 변화가 생겼다. 수발을 위해 자신들에게 배정된 자들이 어디론가 그들을 이끌었던 것이다.

그들이 간 곳은 대륙천안 내에서도 중지 중의 중지로 천고라 불리는 곳이었다.

천고의 앞에는 염사가 후보자들을 기다리고 있었다. 천고의 출입을 관리하는 자가 바로 그였기 때문이었다.

주름진 노안으로 그는 천고 앞으로 모여드는 후보자들을 하나하나 바라보고 있었다. 염사는 후보자들이 다 모이자 천고에 대해 설명하기 시작했다.

"대륙천안에는 세 군데의 서고가 있다. 천지인으로 분류

되는 서고는 무림의 각 문파에서 비전되는 무공들이 보관되어 있다. 인고와 지고는 언제든지 개방되지만 이곳 천고는 대륙천안에 들어 공이 있는 자들에게만 일부분 개방되는 곳이다. 이번에 너희들에게 개방되는 것은 천주님의 각별한 기대 덕분이다. 천지인 삼고는 이제부터 열흘에 한 번 하루만 개방될 것이다. 너희들은 이곳에서 각파의 비전을 보고 자신의 무예를 갈고 닦기 바란다. 이곳에 있는 무예를 익혀도 좋고 자신의 무예와 접목해도 좋다. 하지만 무공 비급들은 밖으로 유출이 안 되는 것이니 이 점 명심하기 바란다."

말을 끝낸 염사는 천고의 문을 열었다. 각파의 비전이 보관되어 있는 곳이라 엄중하게 매복이 감추어진 기관을 해제하고 문을 열자 역한 냄새가 밀려 나왔다.

오랜 시간 보관된 책 냄새였다. 후보자들은 말없이 일제히 천고 안으로 들었다.

사방에 야명주가 박혀 있어 밝은 서고 안은 몇 개의 서가가 일렬로 벽을 따라 서 있었고 가운데에는 서탁이 놓여 있었다.

사방 십여 장이 넘는 공간이었으나 서른 세 명의 사람들이 일시에 들어서자 서고가 좁아 보였다. 그들은 각자 흩어져 서가에 있는 비급들을 훑어보기 시작했다.

'대단한 자들이다. 비록 필사본이라지만 구대문파는 물론 각 세가의 비전오의까지 모두 보관되어 있다니⋯⋯,'

사면의 서가는 좌측에는 정파의 무공이, 가운데는 사파류, 그리고 우측에는 마류의 무공들이 보관되어 있었다. 서린이 살핀 곳은 좌측의 서가였다. 그곳에는 정대문파라 불리는 곳들의 비전들이 빼곡히 놓여 있었던 것이다.

무공비급뿐만 아니라 구결은 물론 그 주해까지 자세히 기록된 책자들이 꽂혀져 있었다. 서린은 차근히 서고를 훑어보며 자신에게 상당히 도움이 될 수 있음을 알 수 있었다.

천고에 보관되어 있는 비급들이라면 자신이 익히고 있는 천세혈왕삼극결과 혈왕오격의 부족한 부분을 충분히 메울 수 있다는 것을 직감한 것이다.

서린은 일단 중원무림의 근간이라는 소림의 무공부터 살폈다. 정통 불가의 자비가 깊이 배인 무공들에서 자신에게 부족한 정중동의 묘리를 배우고자 한 것이었다.

서린이 정종무학에 빠져 있을 때 다른 이들 또한 각자가 선택한 무공비급을 들추며 오의를 탐구하기에 바빴다. 그들로서도 이 정도의 비전을 한꺼번에 볼 수 있는 기회가 흔하지 않았기 때문이었다.

그렇게 각자 비급에 빠져 있던 하루의 시간은 무척이나 짧았다. 하루의 시간이 지나고 천고를 빠져나와 각자의 연공실로 향할 때 모두들 진한 아쉬움을 표했다.

하지만 열흘에 한 번 하루의 시간 동안 비급을 탐독할 수 있다는 사실에 안도하며 자신들이 본 무공을 잊지 않겠다는 듯 연공실로 가는 발걸음을 서둘렀다.

'특이한 자군.'

서린은 자신을 안내해 가고 있는 자를 보며 이상한 생각이 들었다. 덩치는 건장한 자였지만 혈혈기감을 파악한 그의 기는 상당히 불순한 것이었기 때문이었다.

마치 주화입마에 걸려 기혈이 혼탁해 진 것처럼 몸 안에 맴돌고 있는 기운이 상당히 불안했다.

'저런 몸을 하고도 아무렇지 않게 행동하다니 이상한 일이다. 염천혈(廉泉血)과 뇌호혈(腦戶血)이 거의 막히고 이지가 제압된 것 같은데도 보통 사람처럼 활동할 수 있다니 놀라운 일이다. 대륙천안에서 이자에게 금제를 가한 것인가?'

후보자를 안내하던 자들 중에 서린을 안내하는 자와 같은 경우는 없었다. 다른 이들은 모두 정상적인 기의 흐름을 보였던 것이다.

'어째서 이런 자가 나의 수발을 맡은 것인가? 혹시! 나를 감시하기 위한 수단인가? 시간이 나면 이자에 대해 한번 알아볼 필요가 있겠군.'

다른 자들과는 다르게 마치 인형 같은 움직임을 보이는 안내인을 보면서 서린은 그에 대해 알아볼 필요성을 느꼈다.

혀가 잘린 것도 아니고 이지(理智)를 상실한 상태에서 자신을 안내하고 있다면 그에게서 새로운 사실들을 알아낼 수도 있다는 생각이 들었던 것이다.

안내인에 대한 생각을 하며 연공실로 간 서린은 수련에 매달리기 시작했다.

천고에서 본 무공비급을 바탕으로 자신이 부족한 부분은 보완하고 필요 없는 부분은 과감히 삭제하며 하나의 거대한 틀을 완성해 갔다.

수련의 대부분은 심상을 통해 이루어졌다. 혈왕기와 철한풍의 기운을 무리 없게 내공과 합류시켜 운용할 수 있도록 자신의 몸을 관조하며 수련을 해 나갔다.

또한 무공비급 내에 있는 무공들을 심상(心象) 속에서 현실화시켜 대결을 벌이면서 장단점을 파악하고 수련을 해 갔다.

그렇다고 서린이 온전히 수련에만 매달리는 것은 아니었다. 연공실을 통해 자신을 감시하는 눈길이 교대 시간 때문인지 하루 두 번, 자시와 오시 경 일각여씩 빈다는 사실을 알아내고는 그 시간에 천우신경에 대한 비밀을 풀고 있었다.

천우신경을 살피기에는 시간이 짧은 탓도 있었기는 하지만 비밀의 실체는 쉽게 밝혀지지 않았다.

미약하게나마 혈왕기의 기운이 느껴지는 것을 제외하고

는 아무것도 발견할 수 없었다.

천우신경에 어떤 변화가 있어야만 진실이 밝혀진다는 것을 알고는 있지만 어떤 변화인지는 서린조차 잘 모르고 있었기에 비밀의 실체는 쉽게 밝혀지지 않았던 것이다.

그렇게 서린의 수련은 열흘의 수련을 거치고 천고에서 무공비급을 탐독하는 일상이 반복되었다. 서린은 그동안 자신을 안내하는 사람의 기혈을 혈왕기로 조금씩 치료하고 있었다.

너무 빨리 변하면 감시하는 눈길이 눈치챌 수 있기에 조금씩 치료를 했던 것이다.

서린의 예상대로 안내하던 자는 금제가 걸려 있었다. 고도의 제혼대법이 그의 뇌호혈에 걸려 있었던 것이다.

서린은 삼몽환시술 중 기전세혈술(氣傳勢血術)에 혈왕기를 담아 금제의 가닥을 조금씩 풀어내며 자신만의 금제를 가하고 있었다. 대륙천안에서 가한 금제가 풀려야만 그를 제압하고 자신이 원하는 것을 얻을 수 있었기 때문이었다.

처음 금제를 풀어내면서 서린은 상당히 놀랐었다. 알 수 없는 힘들이 그의 상단전과 중단전을 점유한 채 혈왕기의 진로를 막았기 때문이었다.

잠재된 힘은 혈왕기와 맞먹을 정도로 강대한 힘을 품고 있었다. 혈왕기가 내력과는 다른 선천의 기운이 아니었다면 그 힘에 휩쓸려 내상을 입었을 것이 분명할 정도로 강한 힘이었다.

서린은 상단전과 중단전에 자리를 틀고 있는 힘이 자신을 안내하는 자를 이런 상태로 만들어 놓은 것임을 알 수 있었다. 그 힘에 의해 주화입마의 상태에 빠져 있던 것이다.

중단전에 머물고 있던 힘이 상단전을 관통하려는 순간 주화입마에 걸린 것이 틀림없었다.

서린은 상단전에서 자신의 힘을 풀어내지 못해 으르렁거리듯 꿈틀거리는 힘들을 이끌었다.

상단전은 뇌와 연결된 곳이기에 위험할 수 있어 상단전에 자리 잡고 있는 기운을 중단전으로 끌어내린 것이다.

그 와중에 대륙천안에서 걸어 놓은 금제가 일부 해제되었고, 이후로는 혈왕기로 손쉽게 금제를 해제할 수 있었던 것이다.

열흘에 한 번 천고로 자신을 안내하는 자를 치료하며 서린은 사령오아와의 접촉도 게을리 하지 않았다.

사령오아와의 연락은 천고 내에서 전음으로 이루어졌다.

후보자들끼리는 대화가 허용되지 않아서 같은 무리들 사이에서 전음으로 자신들끼리 의사소통을 하고 있었기에 아무도 서린과 사령오아에 대해 의심을 품지 않았다.

전음으로 대화하며 서린은 사령오아의 성취를 듣고는 그들이 타고난 무골들이라는 것을 알 수 있었다.

천고 안에 있는 무공비급들이 사령오아의 성취를 비약적
으로 상승시키고 있었기 때문이었다. 사령오아 또한 심상을
통한 수련으로 수련을 하고 있었기에 놀랄 정도로 무섭게
발전하고 있다는 것을 아무도 눈치채지 못하고 있었다.

　그렇게 일 년여의 시간이 흘러갔다.

　　　　　　*　　　　*　　　　*

　'알 수 없는 노릇이로구나. 분명 완전한 천우신경이건만
혈왕기에도 반응하지 않고 내공에도 반응하지 않다
니……'

　서린은 일 년여의 시간동안 천우신경의 비밀에 대해 밝
히려고 노력했지만 아무런 결과를 얻을 수 없었다.

　해 볼 수 있는 방법이라고는 자신이 가지고 있는 기운을
이용해 천우신경을 탐색해 보는 것이었지만 아무것도 알아
내지 못한 것이다.

　'할 수 없지. 내가 쉽게 밝혀낼 수 있었다면 대륙천안에
서도 벌써 비밀을 밝혀냈을 테니까. 천우신경은 인연이 있
어야만 비밀을 풀 것 같으니 나에게 인연이 다가오기를 기
다려 봐야겠다. 그리고 오늘은 천고에 가는 날이니 무공비
급이나 전력으로 탐독해 나머지 무공비급을 다 외우고 천세
혈왕삼극결(天洗血王三極結)의 완성에 주력해야겠다.'

지난 일 년여간 비밀을 풀기 위해 노심초사 해 온 서린은 천우신경에 대한 것은 일단 접고 천고의 비급들을 외우는 데 주력하기로 마음을 먹고 연공실을 나섰다.

연공실을 나서자 안내하는 자가 기다리고 있었다.

서린은 이미 지난 일 년간 모든 금제를 다 풀어내고 자신의 금제를 심어 놓은 상태였다.

천고로 향하는 동안 감시자의 눈길이 사라지는 때를 기다리고 있었던 터라 서린은 혈왕기를 운용해 기전세혈술(氣傳勢血術)을 시전 했다.

타인에게 자신의 기운을 전할 수 있는 기전세혈술이 운용되자 혈왕기는 안내하는 자의 뇌호혈로 파고들었다.

뇌호혈로 파고든 혈왕기는 그의 이지를 회복시키는 한편 서린이 완성해 놓은 금제를 발동시켰다. 이지가 회복되는 것인지 안내하던 자의 몸이 움찔거렸다.

'드디어 다 풀어냈군. 이대로 두면 안 되니…….'

─당신은 이제부터 내 말을 절대적으로 믿게 될 것입니다. 지금은 어쩔 수 없이 금제를 가했지만 나중에 다 풀어 줄 것이니 안심하십시오.

서린이 전음을 보내자 정신을 차리려고 하는 듯 안내하는 자가 고개를 휘둘렀다.

─전음을 할 수 있습니까?

─너, 너는 누구냐?

정신을 어느 정도 차린 듯 서린의 귀로 전음이 흘러들었다.

—난 당신이 이지가 제압당한 것을 알고 금제를 풀었습니다. 내가 누구인지를 밝히기 전 당신이 누구인지를 먼저 밝히는 것이 순서가 아닐까요?

—으음! 난 저량이라고 한다. 대륙천안에 후보로 들기 위해 온 자 중 하나였지. 그러고 보니 넌 이번에 후보로 든 자로군.

—맞습니다. 그런데 어째서 당신이 이런 모습을 하고 있는 건가요? 후보자들이 대륙천안에 들지 못하고 탈락했다면 제거되었을 텐데 말입니다.

—난 탈락하지 않았다. 내가 이렇게 된 것은 천안 내로 들고 난 후였으니까. 난 천장비고에서 얻은 기물의 비밀을 풀고 기연을 얻었지만 그로 인해 주화입마에 빠지게 되었다. 그로 인해 이지를 상실한 것 같지만 지금까지 무슨 일이 있었는지는 나도 잘 모르겠다.

—그랬었군요.

서린은 대륙천안에 든 자가 기물의 비밀을 얻어 이렇게 된 것이 놀라웠다. 그리고 한편으로는 의혹이 일었다. 상당한 실력을 갖추고 있는 자였기에 천안에 들 자로 선발됐다는 것은 놀라운 일이 아니었다.

서린이 놀라고 있는 것은 거의 폐인이나 다름없는 그를

대륙천안에서 그냥 내버려 두고 있다는 생각이 들었기 때문이었다. 다른 예를 들어 본다면 저량이라는 자는 지금까지 살아 있을 수 없었기 때문이었다.

―나, 나에게 무슨 일이 일어난 것이냐?

저량은 자신에게 일어났던 일이 무척이나 궁금한 모양이었다. 목소리에서 자신에게 무슨 일이 벌어진지 알아야만 한바는 절박함이 묻어났다.

―저도 잘 모릅니다. 다만 당신이 지난 일 년 동안 나에게 배정되어 수발을 드는 일을 했다는 것밖에는 모릅니다.

―크…… 크! 천안에서는 나를 버렸던 거군.

저량은 자신이 대륙천안에서 버려졌다는 것을 알 수 있었다. 후보자들을 수발드는 자들의 운명을 알고 있었던 것이다.

―무슨 말입니까?

―나중에 알게 될 것이다. 그럼 지금은 지고로 가는 길이겠군.

―아니요. 우리는 지금 천고로 가는 중입니다.

―천고까지 개방되었다는 말인가? 놀라운 일이로군. 아무래도 많이 알아봐야 할 것 같군. 그런데 천고가 열린 지는 얼마나 되었지?

―이제 일 년 정도 되었습니다.

―일 년이라…….

─이제 다 온 것 같군요.

　서린은 천고에 다다르자 생각에 잠긴 저량의 주의를 환기시켰다. 자칫 저량이 이지를 회복한 것을 눈치채면 곤란했기 때문이었다.

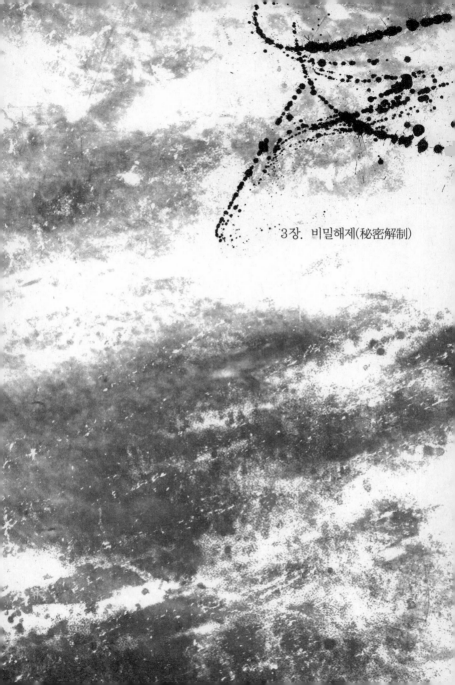

3장. 비밀해제(秘密解制)

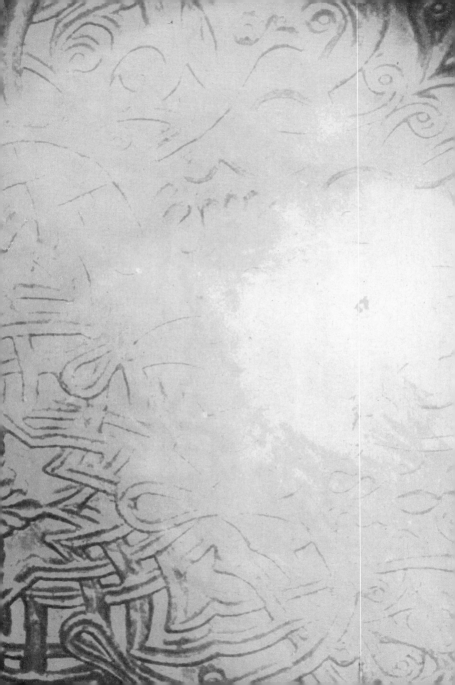

천고를 지키는 염사를 본 저량이 전음을 보내 왔다.

—아직도 염사가 주관하고 있는 것 같군.

—저자의 이름이 염사로군요. 조심하십시오. 눈치가 비상한 자 같았으니 말입니다. 당신은 완전히 회복된 것이 아닙니다. 금제를 풀어내기는 했지만 그저 안정만 시켰을 뿐입니다. 그러니 무슨 일인지 모르겠지만 주의하십시오. 당신이 회복했다는 것을 대륙천안에서 아는 것이 좋지 않을 것 같으니 말입니다.

—알았다. 그리고 고맙다.

천고에 다다르자 저량은 안색을 변화시켰다. 순식간에 총기를 잃은 것 같은 눈빛으로 변해 버린 것이었다.

'대단하군.'

서린은 그런 저량의 기색을 느꼈지만 아무렇지 않게 천고에 들었다. 저량이 대륙천안에 들었던 자라면 지금 자신의 처지에 대해 생각해 볼 시간이 필요한 것 같았기 때문이다.

또한 대륙천안에서 버려졌다면 자신의 편으로 회유할 가능성이 있기에 자신에 대해서 생각해 볼 필요성이 있을 것 같아서였다.

자신의 정체에 대해 의심을 품는다면 어차피 금제를 통해 제재가 될 것이기에 천고로 든 것이었다.

'이곳을 빠져나갈 방법을 찾아야 한다. 이대로 있다가는 허무하게 죽을 뿐이다. 대륙천안 내에서 나는 지워진 자니까.'

저량은 서린이 천고로 들어가자 자신의 처지를 생각했다. 후보로 추천된 자들의 수발을 든다는 것은 이미 대륙천안 내에서 잊혀진 것을 뜻했기 때문이다.

잊혀진 것은 어쩔 수 없다 치더라도 그다음이 문제였다. 후보자들의 수발을 드는 자들은 나중에 그들의 무공 성취를 측정하기 위해 후보자들의 일차 시험대로 쓰인다.

후보자들과 대결을 벌이면 대부분이 죽어 나가지만 정신을 차린 자신이야 죽지 않을 것이 분명했다.

하지만 그것도 문제였다. 자신이 정신을 차렸다는 것을

들킨다면 거의 살아남을 수 없었던 것이다.

'아직 시간이 있는 것 같으니 방법을 찾아야 한다. 그런데 저 아이는 내 정신을 어떻게 회복시킨 것인지 모르겠군. 대륙천안에서 시행된 제령술에 당하면 그 어떤 것으로도 풀기가 힘들 텐데 말이다.'

저량은 대륙천안을 탈출할 방법을 생각하다 서린이 자신을 회복시킨 것에 생각이 미쳤다.

대륙천안에서 가한 금제를 없애고 자신을 회복시킬 정도라면 이미 천안에 든 것이나 마찬가지였다. 얼마 나이를 먹지 않은 것 같은데 서린의 하는 행동이 노회한 강호인을 뺨치는 것이었기 때문이었다.

'천천히 생각해 봐야겠군. 역사상 처음으로 천고를 개방할 정도라면 지금 이곳에 있는 자들의 능력이 무서울 정도라는 것을 뜻하는 것이니 말이다. 그리고 내가 정신을 잃고 있는 동안 사정이 어떻게 변했는지 알아볼 필요도 있고.'

저량은 아직은 시간이 있음을 알 수 있었다.

천고에 들었다면 아직은 구 년이라는 시간이 남아 있었기에 자신의 몸을 회복시키는 한편 서린이라는 존재에 대해 알아보자는 생각이었다.

대륙천안에서 베푸는 제령술은 팔야야라도 쉽게 풀지 못하는 것이었다. 그것은 무공과는 거의 상관이 없었다. 그런데 나이 어린 서린이 풀어냈다면 무엇인가 감추고 있는 것이 있다는 것을 뜻했기 때문이었다.

앞으로의 일을 생각하며 저량은 다른 이들과 마찬가지로 천고 앞에서 서린을 기다리기 시작했다. 다른 후보자들을 수발드는 자들이 그저 멍하니 천고 앞에 서 있었기 때문이었다.

저량이 천고 앞에서 자신을 기다리는 동안 서린은 천고 안에서 마도의 무공비급을 외우고 있었다. 심상의 통한 수련이 어느 정도 궤도에 올랐기에 이번에 모두 외우고 얼마 동안은 천고에 오지 않을 생각이기 때문이었다.

이제는 비급이 얼마 남지 않았기에 외우는 속도에 박차를 가했다. 완전하게 외운 다음 연공실로 당분간 수련에 매진할 생각인 것이다.

서린은 천고 안에 들어가 무조건 외우기 시작했다. 삼몽환시술 중 현음천자술을 이용했기에 남들이 보기에는 그저 책장을 넘기는 것으로만 보였다.

하루 동안 모든 책을 외운 서린은 천고를 나서 곧장 연공실로 향했다. 저량이 전음을 보내지 않아 그도 아무런 말없이 연공실로 향했다.

서린은 그 이후부터 벽곡단을 먹으며 수련에 매진했다. 지난 일 년 동안 천세혈왕삼극결의 완전한 체계를 잡을 실마리를 발견했기 때문이었다.

정사마의 최고절학들을 바탕으로 체계를 잡고 있는 천세

혈왕삼극결이 이제 거의 완성을 보이고 있었다.

서린이 천세혈왕삼극결을 완성한 것은 저량과의 일이 있고 난 후 삼 개월이 가까워 올 무렵이었다. 아직 수련을 해야겠지만 자신의 무예를 완성하기 위한 가장 큰 고비를 넘긴 것이었다.

'후우, 이제야 한고비를 넘긴 것 같구나. 이제 수련하는 것만 남은 것인가? 이론상으로만 완성한 것이라 어떨지는 모르겠지만 만약 이것을 완전히 수련해 낸다면 이들과의 싸움에서 좀 더 유리해질 수 있을 것이다. 이제는 천우신경에 대해 살펴볼까?'

서린은 천세혈왕삼극결을 완성하고 나자 천우신경을 살펴보기로 했다. 서린은 품에서 천우신경을 살펴보기 시작했다.

그러다 문득 천우신경의 앞뒤 거울 면이 약간 경사를 이루었다는 것을 알 수 있었다.

'이건 무심히 지나친 것인데……'

안쪽으로 미세하게 더 들어가 있는 천우신경의 형태에 관심이 들었지만 아무리 살펴봐도 다른 것은 발견하지 못했다.

'후후! 괜히 헛고생 했군. 버나와 닮은 것 같은데 오랜만에 한번 돌려 볼까.'

아무런 것도 발견하지 못하자 서린은 천우신경을 한번

돌려 보기로 했다. 지난날 남사당패에서 즐겨 하던 버나가 생각났기 때문이었다.

서린은 사사묵련에서 지급한 검을 이용해 천우신경을 돌려 보기로 했다. 검첨에 천우신경을 올려 놓고 돌리기 시작하자 지난 시간 동안 쌓였던 피로가 풀리는 것 같았다.

휘이이익!

검첨 위에서 회전하는 천우신경을 공중으로 던져 올렸다.

"응?!"

서린이 이채를 발했다. 회전하는 천우신경에 변화가 생긴 것을 볼 수 있었기 때문이다. 재빨리 신색을 감춘 서린은 몇 번 더 천우신경을 던져 올렸다.

'내가 본 게 헛것이 아니었구나.'

서린은 회전하는 천우신경의 아래에서 붉은 기운이 거울면을 따라 원을 그리며 빠르게 거울 안쪽에 퍼지는 것을 확인한 다음 천우신경을 돌리는 것을 멈출 수 있었다.

'저들이 눈치를 채지는 않은 것 같군.'

자신을 지켜보고 있는 자의 기운이 변화하지 않는 것을 느끼며 서린은 지금 자신이 발견한 것을 감시자에게 들키지 않은 것을 알 수 있었다.

'이제 실마리를 잡았으니 감시자가 교대 시간에 알아봐야 하겠다.'

서린은 감시자들이 자시와 오시에 교대하면서 벌어지는

빈틈을 이용해 다시 한 번 살펴보기로 하고는 천우신경을 품에 넣었다.

겉으로는 태연한 척 했지만 천세혈왕삼극결을 완성하고 뒤이어 천우신경의 비밀을 알 수 있는 실마리를 발견했으니 속으로는 흥분을 감출 수 없었다.

'완전한 혈왕기를 얻는다면 계획이 대폭 단축될 것이다. 뜻하지 않게 기연을 얻었으니 앞으로의 일에 좀 더 심사숙고해야 할 것이다. 저량이라는 자 또한 수족으로 만들어야 할 것이고…….'

서린은 혈왕기에 대한 실마리를 발견하자 앞으로의 계획에 골몰했다.

어느 정도 계획이 잡히자 내일 천고로 가는 날이기에 사령오아와 의논을 한 후 모든 것을 결정하기로 마음먹은 후 조용히 명상하며 가부좌를 틀고 앉았다.

다음날 일찍 서린은 연공실을 나섰다.

저량은 예전과 마찬가지로 연공실 앞에서 기다리고 있었다. 서린이 나오자 저량은 앞서서 걷기 시작했다.

―나와 거래할 생각은 없는가?

―거래?

―그래. 네가 천안에 들기 위해서는 앞으로 넘어야 할 고비들이 많다. 난 이미 예전에 천안에 들었던 사람이다. 내가 도와준다면 너에게 상당한 도움이 될 것이다.

전음으로 전해 오는 저량의 제안은 뜻밖이었지만 서린은 저량의 의도대로 해 주고 싶은 생각은 전혀 없었다.

—후후, 뭔가 착각을 하고 계시는군요. 당신은 저와 거래를 제안할 수 없는 사람입니다.

—어째서냐?

—잡은 고기와 거래하는 어부를 본 적이 있습니까?

—무엇이!!

서린은 혈왕기를 발동시켰다. 대륙천안에서 저량에게 베푼 금제를 해제하면서 이미 자신의 금제를 완성시켜 놓은 상태였기에 발동시킨 것이다.

삼몽환시술 중 혼몽혼원술(魂夢混元術)을 시전 한 것이다. 혼몽혼원술은 피시술자의 영혼에 각인을 남기는 것이었다.

보통의 제혼대법이 의식 세계를 제압하는 것인 반면 혼몽혼원술은 정신적 근원에 직접 금제를 거는 것이기에 벗어날 방법이 없었다.

—후후, 기분이 어떻습니까?

—모르겠다. 그냥 멍하다. 그리고 너에게 친근한 마음이 든다. 어째서 이런 기분이 드는 것인지 모르겠다.

—당신은 모든 의식을 그대로 가지고 생활하게 될 겁니다. 보아하니 예전의 기억을 모두 찾고 그동안 이곳에서 나름대로 알아보신 것이 있는 것 같으니, 당신이 알고 있는

것은 시간 나는 대로 알려 주십시오.

―알았다.

서린은 시간이 지날수록 저량이 변해 갈 것임을 알고 있었다. 혼몽혼원술로 인하여 저량은 서린을 세상 누구보다도 믿을 수 있는 존재로 여길 것이 분명했다.

―천고로 가는 날을 골라 이곳의 사정을 알려 줄 수 있도록 해 주기 바랍니다.

어느덧 천고에 이른 서린은 저량에게 전음을 남기고 천고로 들어갔다.

이미 많은 수의 후보자들이 천고에 들어 무공비급을 살피고 있었다. 서린은 한쪽 구석에서 무공비급을 탐독하고 있는 사령오아에게로 다가갔다.

―소문주님!

―그동안 잘 계셨습니까?

―지난 석 달 동안 천고에 들리시지 않아 걱정했습니다.

―수련할 것이 있어서요.

―그래, 진전이 있으셨습니까?

―어느 정도 있었습니다. 그런데 아저씨들은 어떠신지요?

―저희도 나름대로 성취를 얻어 가고 있는 중입니다.

―그러셨군요. 제가 몇 가지 무공비급을 추천해도 될까요?

─소문주님께서 그래 주신다면 더할 나위 없이 좋겠습니다.

서린은 수련을 하면서 틈틈이 사령오아를 위해 무공비급을 분류하고 있었다. 이들에게 맞는 것을 고심 끝에 선정해 놓고 있었던 것이다.

서린은 서가를 둘러보며 사령오아가 봐야 하는 무공비급 몇 가지를 일러 주었다.

사령오아는 서둘러 무공비급을 살폈고 서린은 천천히 기다려 주었다. 알려 준 무공비급을 다 읽은 것 같아 서린은 다시 전음을 보냈다.

─아저씨들, 제가 대륙천안에 들어온 일차 목표가 어느 정도 달성된 것 같습니다. 그러니 이제부터는 자신들의 실력을 키우는 것에 전념하세요. 그리고 수련이 어떻게 진행되는지 알아볼 방법이 생겼으니 한동안은 빠지지 마시고 천고로 나오십시오.

─알았습니다, 소문주님. 그리고 원하신 것을 이루셨다니 감축 드립니다.

─아직은 축하받을 일이 아닙니다. 이놈들의 세력이나 저력을 볼 때 우리는 아직 미약합니다. 이놈들의 뿌리부터 흔들어 놔야 하지만 아직 실체조차 정확히 파악하지 못하고 있습니다. 그러기에 우리는 놈들의 수뇌부에 필히 접근해야 합니다.

—무슨 말씀이신지 알겠습니다, 소문주님.

당부를 끝낸 서린은 하루를 채우지 않고 연공실로 향했다. 연공실로 돌아오는 동안 저량으로 하여금 지금 이곳에서 벌어지는 상황에 대해서 알아보도록 시켰다.

이미 서린의 금제에 완전히 제압당한 상태였기에 저량은 서린이 시키는 대로 할 것이 분명했다.

집요하고 용의주도한 자들이었지만 저량 또한 이곳에서 살아남은 자였다. 어떤 무공을 익히다 주화입마에 든 것인지는 모르겠지만 이곳에서 살아남아 대륙천안에 들었을 정도였다면 제 앞가림은 할 수 있을 것이기에 시킨 것이었다.

빠른 걸음으로 연공실로 돌아온 서린은 자신이 알아낸 비밀을 자세히 알아낼 방법을 모색하기 위해 고민하기 시작했다.

서린에게 주어진 시간은 오시와 자시경의 일각뿐이었다. 자신을 감시하기 위해 있는 자들이 교대하는 틈에 살펴볼 수밖에 없는 것이었다.

'저량이 완전히 회복되었다는 것을 저들이 알게 되면 어떤 반응을 보일까?'

서린은 저량을 이용해 시간을 벌 수 있을지 여부를 검토하기 시작했다.

예전 대륙천안에서 실시하는 시험을 통과해 천안에 들었을 정도였다면 쉽게 저량을 포기하지 않을 것이라는 생각이

들었다.

지금 이곳에서 자신과 같이 수련을 하는 자들은 하나같이 만만한 존재가 없었다.

어떤 시험을 통해 대륙천안에 들 자들을 선발하는지는 모르겠지만 인재를 쉽사리 포기할 것 같지는 않았다.

'일단 저량에게서 이야기를 들은 후 방법을 모색해 봐야겠구나. 그들에 대해 알아야 뭔가 방법을 모색할 수 있으니 말이다. 일단 수련에 계속 매달리자 고민해 봐야 답이 나오는 것도 아니니…….'

서린은 다음번 천고로 갈 때를 기다리기로 했다. 열흘이라는 시간이 있을 것이기에 저량이 가지고 오는 소식을 기다리기로 한 것이다.

서린은 저량에 대한 생각을 끝내고 다시금 수련에 매달리기 시작했다. 천우신경의 비밀을 밝혀내기는 했지만 이제 이론적으로나마 천세혈왕삼극결을 완성한 지금 익히는 것이 우선 과제라는 것을 잘 알기 때문이었다.

'혈왕오격은 천세혈왕삼극결을 수련해 낼 수 있는 가장 좋은 방법이니 이제부터는 혈왕오격에 매달리자 어차피 천세혈왕삼극결은 심상의 수련만으로도 성취를 더 할 수 있으니 말이다. 그리고 사사묵련에서 배운 참절백로를 더욱 갈고 다듬어야 할 것이다. 참절백로는 비록 미완의 무학이기는 하지만 중원무예의 정화가 담긴 것이니 말이다.'

서린은 천세혈왕삼극결을 완성해 가면서 뜻밖의 소득을 얻을 수 있었다. 사사묵련에서 누구에게나 가르치는 참절백로의 진정한 가치를 이번에 깨달을 것이었다.

수많은 무공비급을 통해 연구하면서 그리 대단해 보이지 않았던 참절백로가 각 일로마다 무공의 극의를 통한 자만이 알 수 있는 오의를 담고 있었다는 것을 알게 된 것이었다.

'비록 그 형태는 단순하지만 일백로의 각 초식마다 정화가 담긴 것은 분명하다. 비록 중간중간에 그 참뜻이 오역되기는 했지만 제대로 손만 본다면 혈왕오격에 못지않은 위력을 발휘할 것이다. 일단은 몸에 익도록 수련을 해내야 하는 것이 우선이다.'

서린은 서서히 몸을 풀기 시작했다.

조선을 떠나서는 한 번도 하지 않았던 남사당패의 재주들을 통해 몸을 풀기 시작한 것이다.

어려서부터 익혀 온 것을 몸으로 구현해 내는 것이라 그리 어렵지 않았다. 줄이 없다는 것을 제외하고는 아쉬운 점이 없었다. 서린이 배운 재주들은 무인의 몸으로서도 하기 힘든 것들이 많아 몸을 푸는 데는 적당했다.

앞곤두, 뒷곤두, 번개곤두, 그리고 자반뒤지기 등이 차례로 펼쳐졌다. 서린은 살판에서 벌어지는 재주를 펼치며 한 가지를 의식하고 있었다.

땅을 짚으며 재주를 넘을 때는 의식적으로 천세혈왕삼극

결을 운용했던 것이다. 삼극정법으로 행하던 대로 언제나 기운의 정점은 평형으로 두고 하는 것처럼 천세혈왕삼극결을 중심으로 돌리는 것을 잊지 않았던 것이다.

재주넘기가 끝나자 서린은 검을 집어 들었다. 그리고 연속적인 동작을 시전하기 시작했다. 검로가 나타나는가 하면 권과 퇴가 사방으로 날았다. 참절백로의 초식들이 풀어지는 것이었다.

이런 서린의 모습을 흥미로운 눈으로 지켜보는 이가 있었다.

'대단한 자다. 사사묵련에서 들어온 자들 중에 저토록 참절백로를 능숙하게 시전 하는 자가 없었는데.'

서린은 감시하고 있는 자는 지금 천세경으로 서린의 동작 하나하나를 지켜보고 있었다.

거울과 야명주로 만든 천세경의 은밀히 연공실 안을 살필 수 있는 장치였다.

야명주의 빛을 반사해 석실 안의 모습을 보여 주는 천세경 앞에 있는 자는 대륙천안 예하 조직인 암향(暗香)의 일원이었다. 암향은 천주의 직속으로 특별한 권위를 갖는 자들이었다.

지난바 무공도 놀라울 뿐만 아니라 특별한 권한을 가지고 있는 자들이었다.

대륙천안에 든 자들에게는 언제나 암향의 일원 중 두 사람이 따라붙게 된다.

그리고 그들의 모습을 언제나 지켜보는 것이 바로 그들의 임무였다. 그들은 대륙천안의 인물들을 감시하며 일거수일투족을 천주에게 보고하는 역할을 맡고 있는 것이다.

그는 지금 놀라고 있었다. 지난 시간 동안 몸으로 하는 수련이 일체 없었던 서린이었다.

가부좌를 틀고 항상 명상만으로 일관해 오던 서린이 격렬한 움직임을 보이며 동공(動功)을 수련하자 자세히 지켜보기 시작한 것이었다.

본격적으로 수련을 하는 모습을 보이자 흥미로운 눈으로 지켜보던 암향의 십호는 지금까지 자신이 본 서린의 모습을 통해 그가 나이와는 달리 무시하지 못할 자임을 짐작할 수 있었다.

사사묵련에서 대륙천안으로 들어온 자들 중 참절백로의 성취가 가장 높다는 것을 알았기 때문이었다.

'저 아이보다 배나 많이 나이를 먹었던 사사묵련의 사람들이었다 하더라도 저 정도로 능숙하게 하지는 못했다. 오랜만에 보고 거리가 생긴 것 같군.'

그는 서린에게서 발견한 사실을 기록하기 시작했다.

그 기록은 자신과 함께 서린을 감시하는 자가 오면 인계될 것이고 자신을 통해 곧바로 상부로 보고될 것이 틀림없었다.

서린은 계속해서 수련을 하다 이제 오시가 다가온 것을 알게 되었다. 자신을 감시하던 자가 교대할 시간이 다가온 것을 느낀 서린은 조용히 마음의 준비를 하고 있었다.

"이제야 갔군. 시간이 없다."

서린은 다급히 품에서 천우신경을 꺼내 들고 있는 검첨 위에 올려 놓고 돌리기 시작했다.

기이이익!

천우신경이 돌아가기 시작하자 쇠와 쇠가 부딪치는 소리가 나기 시작했다. 서린은 지기를 이용해 천우신경을 더욱 빠르게 돌리기 시작했다.

그러자 천우신경의 아랫면에서 희미하게 붉은 선이 나타나기 시작했다. 붉은 선은 제일 외곽에 나타났다가 거울운의 안쪽으로 점점 좁혀져 들어갔다.

어느새 원이 점이 되었다. 그리고 붉은 기운은 거울 면에서 흡수되듯 사라져 버렸다.

하지만 붉은 기운은 사라진 것이 아니었다. 점으로 화한 붉은 기운은 속도를 더해 감에 따라 한 점으로 모였고, 검신을 따라 서린의 손으로 흘러들고 있었던 것이다.

'이 기운은 혈왕기가 분명하다. 그렇지만 내가 가지고 있던 혈왕기의 성질과는 조금 다른 것 같구나. 마치 음양의 기운처럼 정반대의 성질을 가지고 있지만 본래의 본질은 하나인 것처럼 움직인다.'

흘러드는 기운이 서린의 몸에 잠재하고 있는 혈왕기와 섞이기 시작했다. 점이 되어 검신을 통해 흘러드는 기운은 서린의 몸 안에 들어오자마자 혈왕기를 자극하기 시작했다.

혈왕기가 출렁이고 있었다. 삼단전을 관통한 기운으로 인해 요동을 치고 있는 것이다.

'이대로 가다가는 위험하다. 어떻게 작용할지 상상을 불허하는 기운이다.'

서린은 혈왕기가 흔들리는 것을 느끼며 다급히 천세혈왕삼극결을 운용하기 시작했다. 들어온 힘은 얼마 되지 않은 것 같은데, 그로 인해 그동안 공공하게 다져온 혈왕기와 내기가 흔들리고 있었던 것이다.

그나마 다행이라면 천세혈왕삼극결을 운용하자 들어온 기운이 서린의 의도에 따라 혈왕기와 함께 몸 안을 휘돌며 서서히 흡수되어 가고 있다는 것이었다.

'이제 교대할 놈이 올 시간이다.'

어느 정도 기운이 안정되자 서린은 천우신경을 거두어 품 안에 넣고는 가부좌를 틀고 앉았다.

그리고 맹렬히 천세혈왕삼극결을 운용하기 시작했다. 아직까지 휘돌고 있는 기운의 여파를 잠재워야 했기 때문이었다.

"으음, 동공(動功)을 수련한다고 들었는데 다 끝나고 운기조식 중인가?"

십호로부터 동공을 수련한다는 말을 듣고 내심 어떤 수련인지 기대에 차 있던 암향구호는 서린이 전과 같이 가부좌를 틀고 명상에 잠겨 있는 모습을 보자 아까운 생각이 들었다.

잠도 저렇듯 명상을 하며 자는 서린이었기에 그는 기회를 놓친 것이었다.

상부로부터 관심 있게 지켜보라는 전언을 듣고 내심 주의를 기울여 온 자신이었다.

그런데 언제나 명상으로 일관하는 서린을 지켜보며 따분함을 느끼던 그가 오늘은 동공을 수련한다는 새로운 소식을 들었기에 내심 기대하고 있던 차라 아쉬움이 컸다.

"동공을 수련하기 시작했으니 본격적인 수련에 들었다는 이야기이니 언젠가는 보게 되겠지."

암향구호는 다음을 기약하며 의자에 앉아 서린을 지켜보기 시작했다.

'휴우, 다행이다. 조금 빨리 왔으면 내가 이상하다는 것을 눈치챘을 것이다.'

서린은 점점 안정되어 가는 것을 느끼며 자신을 감시하기 위해 새롭게 교대한 자가 오기 전에 천우신경을 감출 수 있어 안도했다.

자신에게서 이상을 느낀 다면 서린으로서도 낭패였기에 다행스러운 일이 아닐 수 없었다.

'그나저나 확실히 놀라운 기운이다. 내가 가진 혈왕기에 비해 일 푼도 되지 않는 기운이 이토록 당혹스럽게 만들다니.'

서린은 앞으로의 일을 생각하며 걱정이 안 될 수가 없었다. 이런 식으로라면 천우신경에 담겨 있는 또 다른 혈왕기를 자신의 것으로 만든다는 것은 요원한 일었기 때문이었다.

'조금뿐이지만 내가 천우신경에서 흘러 들어온 기운을 흡수하는 순간 혈왕기가 조금은 달라졌다. 나를 감시하는 자들의 숨결까지 느껴지니 말이다.'

서린은 천우신경에서 나온 기운이 자신의 혈왕기와 완전히 섞여 들어간 순간 자신이 가진 혈왕기의 성질이 변했다는 것을 알 수 있었다.

혈혈기감으로 느껴지는 감시자의 기운을 좀 더 명확하게 알 수 있었기 때문이었다.

'내일 자시에 한 번 더해 보고 방법을 생각해 보자. 이런 식으로라면 천우신경 안에 있는 기운을 흡수하는 것이 어려운 일이니 말이다.'

서린은 천우신경 안에 담겨져 있는 기운이 지금 자신이 흡수한 것이 전부라고는 여기지 않았다.

자신의 품 안에 있는 천우신경에서 전에는 느껴 보지 못했던 기운을 느끼고 있었기 때문이다.

자신이 흡수한 혈왕기와 일맥상통하면서 거대함을 품고 있는 기운을 느낀 것이다.

"이제 다시 수련을 시작해 볼까!"

서린은 운기조식을 마치고 일어서며 일부러 들으라는 듯이 큰소리로 말했다. 자신을 감시하고 있는 자를 대비한 말이었다.

동공 수련을 통해 천세혈왕삼극결을 완성해 나가면서 교대 시간이 되면 천우신경의 기운을 흡수하고, 다시 운기조식을 하는 모습을 보여 주면 감시하는 이들도 의심을 하지 않을 것이라는 판단 때문이었다.

서린은 자신이 알고 있는 무공들 중 대륙천안에서 알고 있는 것들만 수련하기 시작했다.

천잔도문에서 얻은 무공들과 사사묵련에서 얻은 무공들이 수련 대상이었다.

특히 사사밀혼심법은 동공도 겸한 것이라 대륙천안의 눈을 속이는 데는 더할 나위 없는 것이었다.

사사밀혼심법 자체가 워낙 뛰어난 무공이었기에 서린은 운기조식을 마치고 일어서자마자 사사밀혼심법을 수련하기 시작했다.

일단계 사밀혼(死密魂)은 기존의 내공을 변화시켜 자신에게 맞는 사사밀혼심법을 익히게 해 주는 것이라 의심을 줄일 수 있을 것이다.

그리고 이단계 사접혼(死接魂) 어떤 기운이든 끌어들여 자신의 것으로 사용할 수 있게 혼돈의 기운을 만드는 것인 만큼 천세혈왕삼극기로 인해 발휘되는 기운을 감추는 좋은 수단이 될 것이 분명했기 때문이었다.

또한 삼단계 전이혼(轉移魂)은 혼돈의 기운에서 자신이 원하는 기운을 끌어낼 수 있게 만드는 만큼 이를 이용해 내부에서는 천세혈왕삼극결을 운영하고 참절백로를 시전 한다면 감시자의 눈길을 충분히 속일 수 있다고 판단한 것이었다.

사사밀혼심법은 전삼단계가 내공의 변화라면 후삼단계는 일종의 강기공이었다. 사단계 사방투(四方鬪)는 무기를 가리지 않고 사방에 기운을 쏘아 내 적을 격상시킬 수 있는 것이고, 오단계 파령야(八嶺野)는 팔방에 기운을 뿌려 일정한 영역 안을 자신만의 기운이 지배하게 만드는 것이었다. 그리고 마지막 육단계 십밀황(十密荒)은 마음이 이는 곳에 뜻이 있는 의형수형의 경지였다.

후삼단계는 동공을 포함하는 것이기에 서린은 그것으로 대륙천안의 눈을 속이고자 한 것이었다.

대륙천안에서는 사사밀혼심법이 사왕의 본맥을 이은 것임을 모르는 상태였으니 속이는 것은 충분히 가능했다.

사밀혼들은 서린의 수련 경지가 이제 사단계에 들었다는 것을 알고 있었다. 이미 그러한 사실들은 대륙천안 내부로 보고되었을 것이기에 참절백로와 함께 사사밀혼심법을 동공으로 수련하는 것이었다.

이외에도 권장지를 이용한 체법인 무인정(無印晶), 귀신의 야행과 같은 신법인 사밀야혼(死密若倱) 등을 동공으로 수련할 예정이었다.

서린이 사사묵련이 가르쳐 준 것들을 동공으로 삼은 것은 그것들을 수련함으로써 대륙천안을 속이고 내부적으로는 천세혈왕삼극결을 수련하려는 생각 때문이었다.

서린이 지난 일 년 동안 천세혈왕삼극결을 완성하면서 심혈을 기울여 준비한 것이 바로 이것이었다.

사사밀혼심법을 비롯해 사사묵련에서 알려 준 무공들을 수련하면 자신이 창안한 것들을 수련할 수 있는 방법을 찾아낸 것이었다.

'의외인 모양인가 보군.'

동공을 수련하며 자신을 감시하는 자의 기세가 약간 흐트러지는 것을 서린은 느낄 수 있었다.

이제 열아홉이 된 자신이 사사밀혼심법의 후삼단계 중 하나인 사방투를 이용해 수련을 하면서 감시자가 보인 반응을 느꼈던 것이다.

'후후! 네놈들은 모를 것이다. 내가 익히고 있는 것이 진정 무엇인지 말이다. 이제 조금 있으면 자시가 되겠군. 다시 한 번 시도해 본다.'

서린은 사사밀혼 심법의 동공을 수련하며 이제 자시가 가까이 왔음을 알 수 있었다. 교대자가 감시의 눈길을 피하고 천우신경의 기운을 흡수할 수 있는 기회가 오는 것이다.

서린은 감시자가 사라지는 것을 느끼는 순간 다시금 천우신경을 꺼내 검으로 돌렸다.

그리고 전과 같은 현상이 일어나며 천우신경에서 흘러 들어오는 기운을 느낄 수 있었다. 아마도 안배가 되어 있는 듯 서린에게 흘러 들어온 기운의 양은 전과 같았다.

서린은 이미 마음의 준비를 하고 있었다. 천우신경을 돌리면서 천세혈왕삼극결을 맹렬히 운용하고 있었던 것이다.

기운의 여파가 전과는 달리 그리 크지 않았다. 한 번 겪은 탓도 있지만 이미 자신의 혈왕기가 천우신경에서 흘러 들어오는 기운에 적응했기 때문이었다.

서린은 일각이 채 지나지 않아 천우신경을 거두고 가부좌를 틀었다. 그리고 자신의 몸에 들어온 기운을 흡수하기 시작했다. 서린은 그렇게 열흘 동안 감시자들의 눈길을 피하면서 천우신경의 기운을 흡수할 수 있었다.

서린은 천우신경의 기운을 흡수하면서 겉으로는 사사묵련의 무공들을 수련했기에 감시자들은 서린에게서 이상한 점을 느끼지 못했다.

대신 그들은 경이로움을 느껴야만 했다. 이제 약관도 안

된 서린의 성취가 그들의 눈에는 경이적인 것이었기 때문이었다.

대륙천안에 이미 든 사사묵련의 인물들도 이런 성취를 보여 주지 못했다는 것을 알기에 그들은 좀 더 자세히 서린을 살피기 시작했다.

그들의 상관이 자신들의 보고를 받은 이후로 서린에게 지대한 관심을 쏟고 있었기 때문이었다.

"오늘은 천고로 가는 날이니 일찍 나가 봐야겠군."

다음 날 서린은 너스레를 떨며 연공실 밖으로 나왔다. 예상대로 저량은 연공실 밖에서 기다리고 있었다.

서린이 나오자 저량은 무표정한 모습으로 앞장서기 시작했다.

—일단 대륙천안에 들 자들을 어떻게 선발하는지 알려 주겠다. 이곳에서의 실질적인 수련기간은 오 년 정도다. 나머지 오 년은 외부에서 각자의 성취를 평가받게 된다. 이곳에서의 수련은 아무것도 아니다. 이곳을 나가 외부에서의 평가는 실전을 통해 이루어진다.

—실전이요?

서린의 저량의 말에 의문을 표시했다. 사밀혼으로부터 이에 대해 들은 이야기가 거의 없었기 때문이었다.

—기존의 무림인들과는 다른 암중의 지배자들과의 실전을 통해 각자에 대한 평가가 이루어지는 것이다. 그들에 대

해서는 훗날 알게 될 테니 지금부터 신경을 쓸 필요는 없다. 살아남고자 한다면 남은 기간 동안 최선을 다해 무공 성취를 높이는 것이 네가 할 일이다.

─그건 그렇고 당신은 대륙천안에 정상적으로 복귀하지 못 하는가요?

─후후, 그건 힘들다. 팔야야의 사람도 아니고 암흑련 출신이니 내가 대륙천안에 복귀한다는 것은 꿈도 꾸지 못할 일이다.

─팔야야가 누굽니까?

서린은 저량이 대륙천안에 복귀하는 것이 팔야야의 사람이 아니라는 것과 무슨 상관이 있는 것인지 궁금하지 않을 수 없었다.

─너는 사사묵련 출신이라고 알고 있는데 그들이 팔야야에 알려 주지 않았나?

─처음 들어 보는 말이로군요.

─의외로군. 대륙천안에서는 무엇보다 그들에 대해 알아야 하거늘. 그럼 좋다. 내가 팔야야에 대해 이야기를 해 주마. 너도 알다시피 대륙천안은 그 연원이 어디서부터 비롯되었는지 아는 사람은 오직 천주의 위를 이은 사람뿐이다. 그저 오랜 세월 이전부터 존재했다는 것만 알 뿐, 정확한 연원에 대해선 오직 천주만이 알고 있지. 대륙천안은 크게 여덟 명의 사람과 두 개의 조직으로 이루어진 단체다. 그를

일컬어 우리는 십천이라 부르지.

　―십천이라면?

　―팔야야와 사사묵련, 그리고 암흑련을 말하는 것이다. 사사묵련이나 임흑련은 천주의 명을 받는 별동대에 속하지만 팔야야는 대륙천안의 근간이라고 할 수 있다. 그들은 황궁을 비롯해 무림과 상계, 관부, 군부 등에서 실세라 할 수 있는 자들이 차지하고 있는 자리다. 팔야야는 정체가 밝혀지지 않은 자들이다. 그들이 누구인지는 오직 천주만이 알고 있다. 막후에서 어둠의 손길로 모든 것을 주재하는 자들이지. 그들은 언제나 한 가지 이름을 물려받는다. 이 이름들은 네가 대륙천안에 든 순간부터 잊어 먹지 말아야 할 가장 중요한 이름들일 것이다. 바로 구룡야(九龍爺), 태령야(漆零爺), 금조야(錦潮爺), 철령야(鐵靈爺), 만상야(萬象爺), 백금야(白金爺), 흑묵야(黑默爺), 태전야(馱錢爺)가 그것이다.

　―그들 여덟 명이 암중에서 대륙천안을 이끌어 가는 자들이라는 말이로군요.

　―그렇다. 그들의 힘은 막강하다. 세력 면에서도 내가 속했던 암흑련이나 네가 속한 사사묵련을 능가할 뿐 아니라, 그들 자신 또한 누구도 넘보기 힘든 절대고수에 속하는 자들이지.

　―그들이 그렇게 대단한가요?

―후후후, 넌 사사묵련 소속이니 사밀혼들을 잘 알 것이다. 그 사밀혼들도 절대고수에 속하는 자들이지. 하지만 그들 네 명이 합공을 해야 간신히 팔야야의 백 초 정도를 감당할 수 있을 뿐이다.

―으…… 음!! 무서운 자들이군요.

사밀혼들은 개개인의 거의 현경에 근접한 사람들이었다. 그런 그들이 합공으로도 백 초 정도밖에 감당할 수 없다는 것은 팔야야라는 존재가 이미 현경의 끝에 다다랐다는 것을 뜻하기에 서린은 침음성을 삼키지 않을 수 없었다.

자신이 상해야 할 자들의 무서운 일면을 알았기에 걱정이 되지 않을 수 없었다.

―하지만 더욱 무서운 것은 사방신맥(四方神脈)이 존재한다는 것이다.

―사방신맥이요?

―사사묵련에서 견제하고 있는 세력들이다. 동쪽의 봉황천맥(鳳凰天脈), 서쪽의 신왕혈맥(神王血脈), 남쪽의 천룡신맥(天龍神脈) 그리고 북쪽의 창천신맥(蒼天神脈)이 바로 그들이다. 그들은 바로 전설 중의 전설인 십왕의 전설을 간직하고 있는 무서운 자들이다. 팔야야는 바로 십왕의 전설을 상대하기 위해 대륙천안에서 길러 낸 최강의 고수들이지. 자세한 것은 아마도 네가 대륙천안에 들게 되면 알게 될 것이다. 나도 대륙천안에 든 후 곧바로 주화입마에 들어

그 이상은 알지 못하니까 말이다.

―믿을 수 없는 사실이군요.

무서운 이야기였다. 대륙천안만 하더라도 무섭기 그지없는 조직인데 그런 조직이 세상 천지에 네 개나 더 있다는 사실이 믿기지 않았다.

하지만 믿지 않을 수도 없었다. 서린 자신도 이미 혈왕과 사왕의 진전을 이은 몸이기에 믿기지 않으면서도 부정할 수 없었던 것이다.

―나머지 이야기는 천고에 다녀와서 하기로 하자. 이제 다 온 것 같으니 말이다.

서린은 저량의 말에 천고에 다 이르렀음을 알고는 곧바로 천고 안으로 들어갔다.

천고 안으로 들어서는 그의 발걸음은 무겁기 그지없었다. 대륙천안의 실체에 대해 일부나마 알게 된 것이 그의 마음을 무겁게 했기 때문이었다.

'진실을 아는 순간부터 어차피 각오하고 시작한 일었다. 이미 호랑이의 아가리로 들어왔으니 최선을 다하는 수밖에……..'

서린은 천고로 들어서자 먼저와 기다리고 있는 사령오아를 볼 수 있었다.

지난 열흘 동안 진전이 있었던 듯 그들의 표정에는 활기가 넘치고 있었다. 천고에 들어선 서린은 사령오아에게 저량에게 들은 것을 처음부터 이야기해 주었다.

사령오아 또한 새로운 사실에 무척이나 놀랐다.

—소문주님, 그런 자들과의 싸움에 평생을 걸었으니 무인으로서는 후회가 되지 않을 것 같군요.

그런 자들과 싸워야 한다는 사실이 놀랍기는 하지만 성겸을 비롯한 사령오아는 투지에 불타는 것 같았다.

강력한 적에 겁먹기보다는 무인으로서 그런 자들과 상대한다는 것이 흥분되는 것 같았다.

—그렇습니다. 저희가 해야 하는 일이 그들에게 응징을 가하는 것이지만 그들과의 싸움은 평생을 두고 해야 하는 것입니다. 그러니 앞으로 전력으로 수련에 매진하세요. 이곳 천고에 있는 것들은 우리에게 훌륭한 자양분이 되어 줄 것입니다. 마치 뻐꾸기처럼 말입니다.

서린은 사령오아에게 앞으로의 결전을 대비해 실력을 키울 것을 당부했다. 팔야야 같은 자들과 상대하려면 실력이 우선해야 한다는 것을 잘 알고 있기 때문이었다.

—그래서 제가 아저씨들께 한 가지 알려 드릴 것이 있습니다.

—무엇을 말입니까?

—전 아저씨들께 사사밀혼심법의 완전한 구결을 모두 알려 드릴 것입니다.

—그것은 소문주님이 어르신께 전수받은 것이 아닙니까?

―적이 강력한 이상 우리도 그에 걸맞는 실력을 키우려면 어쩔 수 없습니다. 그들과 필적할 만한 실력을 쌓으려면 십왕의 전설이 아니고서는 불가능하니 말입니다. 그러니 무공비급을 보는 척하며 제가 들려 드리는 사사밀혼심법의 구결을 외우도록 하세요. 그리고 그것을 바탕으로 수련하시면 될 겁니다. 천고에 들릴 때마다 작자의 심득을 서로 의논하며 수련한다면 좀 더 나은 성취를 이룰 수 있을 것이고 말입니다.

―알겠습니다, 소문주님!

서린은 천고로 들며 사왕의 진전을 사령오아에게 전하기로 이미 결심을 굳힌 후였다. 자신은 혈왕의 맥을 이은 몸이기에 사왕의 진전을 사령오아에게 전해도 큰 문제가 되지 않았기 때문이었다.

사령오아는 각자 무공비급을 고른 후 내용을 살피는 척했다. 하지만 그들은 귓속으로 쏟아져 들어오는 서린의 전음에 온 신경을 곤두세우고 있었다.

티베트의 오지에서 서린에게 전해졌던 사사밀혼심법의 완전한 구결이 대륙천안에서도 두려워하는 십왕 중 사왕의 진전이라는 것을 서린에게 들었기 때문이었다.

구결은 하루 종일 이어졌다. 시간이 그렇게 걸린 것은 지금까지 서린이 사사밀혼 심법을 익히면서 느꼈던 심득을 같이 전했기 때문이었다.

비록 오 년이라는 시간이 있었지만 사사밀혼심법의 완전한 오의를 터득하기 위해서는 터무니없이 짧은 시간임에 분명했다.

하지만 자신의 심득을 같이 나눌 수 있다면 얼마간이나마 성취를 이룰 수 있을 것이 분명했기 때문이었다.

하루의 시간 동안 서린은 사령오아에게 자신의 심득과 완전한 구결을 전한 후 천고를 빠져나왔다.

예의 천고 밖에는 저량이 자신을 기다리고 있었다. 서린이 천고를 빠져나왔을 때는 상당히 지쳐 있었다.

전음을 통해 사령오아에게 사사밀혼심법의 구결을 전하느라 상당한 심력을 소모했기 때문이었다.

그런 서린을 보며 저량은 의문이 일었지만 묵묵히 연공실로 안내하기 시작했다.

그리고 연공실로 향하는 서린의 귀로 다시금 저량의 전음이 들리기 시작했다.

─본격적인 수련 시간이 오 년이라고는 하지만 얼마 남지 않은 시간이다. 사방신맥의 자들과 상대하려면 실력을 키워야 할 것이다. 그리고 지금 천고에 든 자들도 주의 깊게 살펴야 할 것이다. 특히 암흑련에서 온 자들은 더욱 잘 살펴야 할 것이다. 아무래도 그들은 광혼정(狂魂井)의 수련을 거친 자들 같으니 말이다.

─광혼정이 무엇입니까?

―나도 잘 모른다. 난 들어가 본 적이 없는 암흑련 최대의 금지니까 말이다. 하지만 한 가지는 알고 있지. 광혼정의 수련을 끝낸 자들은 이미 인간이 아니라는 사실이다. 그곳은 창선신맥과 깊은 연관이 있는 곳이니 말이다.

―광혼정이라는 곳이 창천신맥과 연관이 있다는 말입니까?

―그렇다. 대륙천안에서는 오래전부터 사방신맥에 간자들을 투입했었다. 거의 대부분이 발각되어 죽음을 당했지만, 얼마간은 살아남아 그들의 수뇌부에 진입하기도 했지. 그들은 그곳에서 사방신맥의 비밀들을 전하기 시작했다. 단순한 비밀이 아닌 그들이 가진 힘의 근원이 되는 것들을 말이다. 대륙천안에 들어오면 한 가지씩 기물들을 얻게 되는 것을 너희도 잘 알 것이다. 그 기물들의 비밀을 파헤치는 것이 사명으로 정해진 것도 그것들 대부분이 사방신맥에서 그렇게 대륙천안으로 전해진 것이기 때문이다.

―으…… 음!

서린은 천우신경 또한 그런 식으로 이곳에 흘러들었음을 알 수 있었다.

혈왕의 전설을 간직한 천우신경 또한 예종을 죽음으로 이끌고 이들이 탈취해 가져온 것을 알 수 있었던 것이다.

―넌 어떤 것을 얻었는지는 모르지만 반드시 그 힘을 네 것으로 만들어라. 그럼 팔야야에 근접한 힘을 얻을 수 있을

것이다. 지금까지 팔야야가 건재하고 있는 것은 그들도 자신들이 얻은 기물의 비밀을 풀고 힘을 얻었기 때문이다. 나도 기물을 얻고 비밀을 풀기는 했지만 주화입마에 빠져 이 꼴이 되었다. 하지만 만약 내가 그 당시 주화입마에 빠지지 않고 그것을 내 것으로 만들었다면 난 지금 팔야야에 맞먹는 힘을 지니고 있을지도 몰랐을 것이다.

—그것이 무엇이기에?

'……'

서린이 저량이 얻은 기물의 비밀이 무엇인지 궁금해했지만 저량은 입을 열지 않았다.

혈왕기에 영혼의 금제를 당한 상태였는데도 비밀을 말하지 않는 것을 보면 상당히 중요한 듯했다.

'완전히 의지를 제압해 알아볼까? 아니다. 아직은 시간이 있다. 이자가 얻은 것이 무엇인지는 모르겠지만 시간을 두고 알아봐야 할 것이다. 오 년 정도면 나에게 완전히 복속될 테니까.'

의지를 제압하면 꼭두각시밖에는 되지 않기에 서린은 저량의 금제에 들어가는 시간을 길게 잡고 있었다.

지금 당장이라도 저량의 의지를 완전히 제압해 물어볼 수도 있지만 서린은 지금 사람을 필요로 하고 있었다. 외부로부터 도움을 받을 수가 없기에 대륙천안 내에서 스스로 해결해야 하는 것이었다.

나중에 큰 힘이 되기는 하겠지만 호연자와 함께 현왕의 진전을 이은 진짜 천서린의 도움은 얻을 수 없었다.

　섣불리 도움을 받았다가는 대륙천안에 움직임이 탄로 날 우려가 있었기 때문이다. 또한 대업을 이루기 위한 힘을 온전히 키우기 위해서는 아직 시간이 필요하기도 했다.

　―도움이 필요하다면 이야기를 하시오. 그리고 당신의 당한 주화입마의 원인을 안다면 당신의 몸을 어느 정도 정상으로 돌릴 수 있을지도 모르오. 당신의 의식을 깨어나게 하는 동안 알 수 없는 암류를 느끼기는 했지만 확실한 것을 몰라 한곳으로 몰아넣어 봉인해 놨소.

　―그 말이 정말이냐?

　―그렇소. 그것이 당신이 주화입마를 당한 원인인 것은 확실히 알겠지만 운행 경로를 잘 몰라 봉인해 놓은 것이오. 그 안에 담긴 힘은 나조차 무시할 수 없는 것이라 봉인해 놓는 것도 힘들었소. 하지만 당신이 얻은 것이 무엇인지 안다면 그 힘을 온전히 당신의 것으로 만드는 것도 힘든 일은 아닐 것이오. 잘 생각해 보고 원한다면 나에게 말하시오.

　―어째서 나에게 이런 제안을 하는 것이냐? 비록 너에게 호감이 가기는 하지만 지금까지 암흑련이나 대륙천안에서 나를 이렇게 대해 준 이는 없었다.

　―후후! 시간이 지나면 알게 될 것입니다. 내가 왜 이러

는지 말이오.

　서린은 궁금해하는 저량에게 대답을 훗날로 미뤘다. 혈
왕기의 금제가 자연스럽게 발동하기 위해서는 시간이 필요
하기 때문이었다.

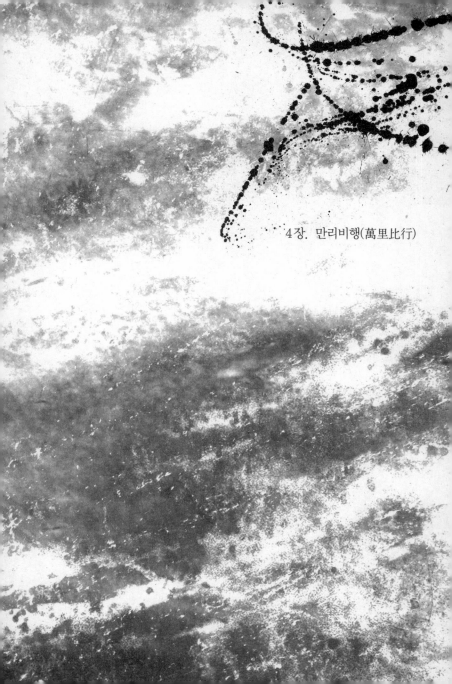

4장. 만리비행(萬里比行)

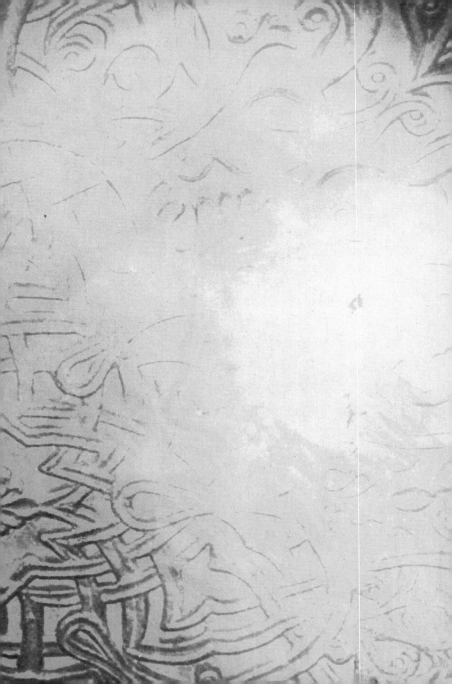

서린과 함께 대륙천안에 들어올 자들로 추천된 자들은 하나같이 뛰어난 자들이었다.

각자 기대를 한 몸에 받고 들어온 자들이었던 것이다. 그들 중 암흑련에서 추천된 자들은 이미 인간의 한계를 벗어난 수련을 끝내고 온 자들이었다.

그들은 천고에 들어서면 언제나 다른 수련자들을 살피기 위해 노력했다.

천고에 있는 무학 중 자신들이 찾아야 할 무학들을 이미 찾아 놓고 어느 정도 성취를 이룬 터라 향후에 있을 세력 다툼을 위해서였다.

암흑련에서 온 자들 중에는 지난날 한 노인이 모종의 안배를 베푼 적리소 또한 들어 있었다.

　─들어온 자들은 어떻던가?

　적리소(赤狸燒)는 천고에서 무공비급들을 살피기에 여념이 없는 자들의 면면을 살피며 자신과 같이 들어온 암흑련의 동료인 등가혁(鄧嘉赫)에게 전음으로 의견을 물었다.

　─크크크! 우리와 같이 들어온 놈들이야 뻔하지! 수련이 끝나고 무슨 일이 벌어질지 알지 못하고 아등바등하는 꼴이라니 말이야.

　─그래도 눈여겨볼 만한 자들이 있을 텐데.

　─모르지 저놈들이 어떤 자들인지는 말이야. 워낙 속내를 잘 감추는 자들이니 잘은 모르겠지만 특이한 자들은 몇 있지.

　─후후후!! 자네가 특이하다는 것을 보면 저 아이를 말하는 것이겠군.

　적리소는 등가혁이 말하는 이가 바로 서린과 사령오아임을 단번에 알 수 있었다. 대륙천안에 들어온 자들 중 가장 나이가 어렸음에도 무시할 수 없는 기세를 풍기고 있을 뿐만 아니라 여섯이서 묘한 동질감을 품은 듯이 보였기 때문이었다.

　비록 혈무천령을 대성해 이제는 암흑련에서 무시할 수 없는 세력을 구축하고 있는 적리소였다.

　비록 자신에게는 상대가 되지 않겠지만 섣불리 상대할

수 없는 기운을 풍기는 것이 특이해 보이기는 그도 마찬가
지였다.

─다른 자들도 마찬가지일 것이다. 사사묵련에서는 언제
나 한두 명의 추천자가 전부였는데, 이번에는 이례적으로
여섯이나 됐으니 모두들 주목받고 있을 것이다. 상부에서
이토록 하는 것은 저들을 인정하지 않으면 힘들 테니까.

─그럼, 우리도 주목할 필요가 있겠군.

─그렇다고 봐야겠지.

적리소는 서린과 사령오아를 주목하기 시작했다. 그것은
암흑련에서 들어온 다른 자들도 마찬가지였다.

수련 기간이 끝나고 나면 각자의 이해득실을 따져 이합
집산이 이루어질 것이 분명했기에 관심을 갖기 시작한 것이
었다.

적리소를 비롯한 암흑련의 사람들이 천고 내에서 의논에
열중하는 자신들에게 관심을 기울이고 있다는 것을 서린은
알고 있었다.

서린 또한 그들에게 관심을 갖고 있었기 때문이었다.

그들뿐만이 아니었다. 천고 내로 들어온 자들은 모두 서
린이 관심 대상이었다.

훗날 적수로 등장할 자들이라 그들의 면면에 대해 놓치
지 않고 있었던 것이다.

모두들 강대한 힘을 지니고 천안에 들어온 자들이었다.

언제나 자신들을 살피는 암흑련의 사인방은 물론이고 자신과 함께 대륙천안에 들어온 사천성 도지휘사사의 유창인 일행 또한 강자들이었다.

그리고 나머지 인물들 또한 만만한 자들이 없었던 것이다. 서린은 저량에게서 대륙천안에서 후보자들이 어떻게 수련을 거치고 선발되는지 이미 들어서 알고 있었다.

대륙천안에서는 오 년간 모든 것을 개방한 후 후보자들을 수련시킨다고 했다.

그러는 동안 언제나 감시가 이루어지고 후보자들을 평가하게 된다고 했다. 스스로의 노력으로 얼마나 강해지는지를 측정한다는 것이다.

이곳에 들어온 자들은 어느 정도 실력을 갖춘 자들이었다. 자신과 사령오아만 하더라고 이미 무림의 일류고수를 능가하는 실력을 지니고 있었다.

그러니 나머지 인물들이야 각 파벌에서 고르고 골라 들여보낸 자들이라 실력이 떨어질 수가 없었던 것이다.

이런 자들이 오 년간의 수련을 끝내면 본격적인 평가가 진행된다고 한다. 실전을 통한 평가는 살업에서 시작된다고 했다. 대륙천아에 적이 되는 존재들에 대핸 척살 작업으로 대륙천안에 들 자를 선발하는 것이라고 했었다.

'후후! 무림이나 중원을 제외한 각국에서는 알게 모르게 이때 피바람이 분다고 했었나?'

서린은 저량의 말을 기억해 냈다.

수련이 끝나고 살업을 통한 평가는 그리 만만한 것이 아니었다. 무림인들의 척살 작업은 물론 부족의 족장이나, 한 나라의 왕을 암살하는 것도 포함되어 있었기 때문이었다.

'그나저나 저량이라는 자는 내 제안에 답을 줄 때가 됐는데 말이야. 답이 없는 것을 보면 무척이나 고민이 되는 모양이로군. 후후! 그렇지만 이미 혈왕기의 지배를 받기 시작한 이상 내 제안을 거절할 수는 없을 것이다.'

저량에게 제안을 하고 난 후 언제나 같은 일상이 반복되었다. 고심하는 탓인지 저량은 서린의 제안에 별다른 답을 하지 않았다.

그렇게 두어 달이 지나갈 무렵 저량은 마침내 서린의 제안에 동의했다. 자신이 알게 된 것들 풀어놓은 것이다. 서린의 말대로 저량은 자신의 모든 것을 털어놓은 것이다.

비록 자신을 주화입마의 상태로 빠트린 것이지만 그것들은 저량에게 있어서 목숨보다 더 소중한 것이었다. 자신이 선택한 기물에서 얻은 기연을 서린에게 풀어놓고 난 저량은 기대감에 찼다. 묘하게 웃는 서린의 표정에서 무엇인가 실마리를 찾았다는 것을 알 수 있었기 때문이었다.

자신이 얻은 기연을 알려 주고 천고로 가는 열흘간은 정말 고역이 아닐 수 없었다. 수많은 번민이 그의 상념을 지나치고 안절부절 정신을 차리지 못했던 것이다.

심지어는 그로 인해 대륙천안에 자신이 정신을 차린 것을 들킬 뻔했던 적도 있었다.

그런데 결심을 굳힌 후 자신이 알고 있는 것들을 모두 전해 주고 열흘 만에 연공실에서 나오는 서린의 표정이 밝은 것을 보며 저량은 서린이 자신이 알려 준 것의 비밀을 푼 것을 확신할 수 있었다.

'이 아이! 진정 무서운 아이다. 내가 얻게 된 것은 아득한 고대의 누군가 남긴 안배. 나조차 전부 알 수 없었던 것을 해석한 것 같지 않은가!'

저량은 기쁜 마음이 들면서도 한편으로는 서린에게 두려운 감정마저 들었다.

자신이 얻은 것은 일조일석에 밝혀질 비밀이 아니었다. 자신도 이 년이 넘는 시간을 골머리를 앓고서야 간신히 풀었던 비밀을 열흘이라는 짧은 시간에 푼 것이다. 그것도 감시가 있음이 분명한 연공실 안에서 푼 것이다.

―상당한 기연을 얻으셨더군요. 당신이 알려 준 것을 토대로 비밀을 풀어 봤습니다. 당신이 알려 준 구결은 분명 신공(神功)이 분명합니다. 하지만 당신은 해석을 잘못했어요. 이것은 내가 운기만으로 이룰 수 있는 것이 아닙니다.

―그럼 어떻게 해야 하는 것이냐?

―당신은 지금부터 서법(書法)에 전념해야만 합니다.

―서법?

난데없이 글을 쓰는 것에 전념해야 한다는 서린의 말에 저량의 얼굴에는 당혹감이 스쳤다.

—당신이 알게 된 것은 분명 문사(文士)가 창안한 겁니다. 그것도 글에 달통한 자가 남긴 것이 분명합니다. 당신이 얻은 것이 뾰족한 꼬챙이 같은 것이라고 했습니까?

—그렇다. 난 천장비고 안에서 판관필과 비슷해 보이면서 그보다는 작은 꼬챙이 같은 것을 얻고, 그 안에서 너에게 알려 준 구결을 얻었다. 고대의 글자로 쓰여진 구결을 얻고 이 년 동안 씨름해서 간신히 구결을 풀 수 있었지. 그리고 그 구결을 익히다 주화입마에 빠지고 말았다. 그런데 그것이 서법을 익히는 것과 무슨 상관이란 말이냐?

저량은 서린의 말에 눈빛을 빛내며 물었다. 자신이 얻은 기물과 결코 연관이 없지 않을 것이란 생각 때문이었다.

—그것은 당신이 얻은 것이 필(筆)이기 때문입니다.

—그 꼬챙이가 필(筆)이라고?

—그렇습니다. 사람들이 생각하기에 붓은 동물의 털로 만들어진 것이라고 생각하기 쉽겠지만, 처음 사람들이 글을 쓰기 시작할 때는 뾰족한 꼬챙이로 흙바닥이나 나무에 글을 새겨 넣었습니다. 그러니까 당신이 얻은 것은 가장 원시적인 붓이라는 뜻입니다.

—음!!

—그러니 당신은 서법에 매진해야 할 겁니다. 그것도 그

꼬챙이로 말이죠. 그러면서 반드시 당신이 얻은 구결을 운용해야 됩니다. 그렇지 않으면 아무런 소용이 없으니까 말입니다. 그렇게 꾸준히 서법을 연습하다 보면 당신의 주화입마는 자연스럽게 치유될 겁니다. 이곳에서 서법을 익히는 것이 어렵기는 하겠지만 당신은 꾸준히 연습해야 합니다. 그리고 천고로 드나드는 동안 당신의 기혈을 순차적으로 열어 드리겠습니다. 오랫동안 경맥이 굳어 있던 탓에 시간이 오래 걸리기는 하겠지만 당신 말대로 오 년간의 수련 기간이면 당신은 전성기 때의 능력을 회복할 수 있을 겁니다.

—그 말이 정말이냐?

저량은 믿을 수가 없었다. 지금도 내기를 돌린다는 것은 어려운 일이었다. 서린의 말대로 오랜 기간 동안 경맥이 굳어 있었던 탓에 그 혼자서는 불가능한 일었던 것이다. 자신이 능력을 찾을 수 있을 것이란 서린의 말이 그로서는 믿기지 않았던 것이다.

—나를 믿으십시오. 얼마 지나지 않아 내 말이 거짓이 아니라는 것을 알 테니까 말입니다.

저량은 서린 말대로 그의 말이 진실이라는 것을 얼마 지나지 않아 알 수 있었다. 천고로 오가는 동안 서린이 기혈을 풀어 주자 자신의 기혈이 조금씩 열리는 것을 느낀 때문이었다.

저량은 서린의 말이 사실이라는 것을 확인하자마자 비밀

리에 서법에 매달렸다. 서법을 통해 완전한 몸을 되찾을 수 있다는 희망이 생겼기 때문이었다.

그리고 서린이 연공실에서 수련을 하는 동안 그는 대륙천안 몰래 서법에 매진했다. 그러면서 저량은 서린의 말이 진정 다시 한 번 확인할 수 있었다.

자신의 덩치와는 맞지 않는 일이었지만 서법에 전념하는 것을 통해 자신의 기혈들이 빠르게 제자리를 찾아가는 것을 느꼈기 때문이었다.

서린도 저량의 상태가 빠르게 호전되어 간다는 것을 알 수 있었다. 열흘에 한 번은 혈왕기로 기혈을 풀어 주며 점검했기 때문이었다.

기혈을 풀어 주면서도 서린은 혈왕기의 금제를 더욱 공고히 했다. 저량이 찾아낸 기연으로 인해 몸이 회복된다면 혹시라도 금제가 깨어지지 않을까 하는 우려 때문이었다.

그만큼 저량이 얻은 기연은 가공할 것이었다. 하단전이나 중단전을 키우는 것이 아닌 상단전을 여는 공부가 바로 저량이 찾아낸 기연이었다.

서법을 완성해 가며 구결대로 진기를 운용한다면 분명 상단전이 열릴 것이 분명했다. 그러면 영혼에 가해 놓은 금제가 풀릴지도 모르기에 심혈을 기울인 것이다.

그렇게 서린의 일상은 반복되었다. 천고에 드나들며 저량의 기혈을 풀어 주고 천고에서는 사령오아에게 연공실에서 수련하며 얻게 된 자신의 심득을 전수하는 나날들이 반복되었다.

또한 천우신경에서 흘러나오는 혈왕기의 나머지 기운도 흡수하는 것을 게을리 하지 않았다.

비록 무공의 성취 속도에 비해 혈왕기를 흡수하는 속도는 꽤나 늦었지만 서린은 실망하지 않았다. 적은 기운을 흡수할망정 자신이 점차 강해지고 있다는 확신을 갖고 있었기 때문이었다.

그리고 혈왕기를 더 많이 받아들였다가는 문제가 될 수도 있었기 때문이다. 그렇게 세월은 흘러 어느덧 오 년의 수련기간이 끝나 가고 있었다.

위위잉!

검첨에서 검은색의 작은 원반이 빠르게 돌며 소리를 내고 있었다. 천우신경이었다. 자시가 가까워 오자 오늘도 마찬가지로 서린은 천우신경에서 흘러 들어오는 혈왕기를 받아들이고 있는 것이다.

작은 원으로 뭉쳐져 검신을 따라 빠르게 흘러 들어오는 힘을 서린은 무리 없이 받아들이고 있었다. 처음 받아들일 때와는 비교도 할 수 없는 큰 기운이었다.

서린이 혈왕기를 받아들이는 양은 일 년이 지나면서 점차 증가하기 시작했다.

그런데 오늘 그 어느 때보다 많은 양이 흘러들고 있었다.

반 각 정도밖에 여유가 없는 서린으로서는 이런 현상이 그리 달갑지 않았다.

자칫 대륙천안의 감시자들에게 들킬 우려가 있었던 것이다.

뚝!

막대하게 쏟아져 들어오던 힘이 어느 순간 거짓말처럼 그쳐 버렸다.

'이제 끝난 것인가?'

서린은 계속해서 천우신경을 돌리고 있었다. 혈왕기가 흘러들지 않음을 알고는 이내 속도를 천천히 줄여 천우신경으 손으로 잡아 품 안에 넣었다.

'이제 다 흡수한 것인가? 전에 내가 흡수했던 혈왕기와 천우신경에서 흘러 들어온 혈왕기의 기운이 이제 같아졌구나. 다행이다. 이제 안으로 들어서는 모양이니.'

서린은 천우신경에 담겨 있는 혈왕기의 기운을 완전히 흡수한 것을 알 수 있었다.

그리고 자신을 감시하는 다른 자가 교대를 끝내고 자리를 잡은 것을 알 수 있었다.

'수련 기간이 다 끝나 가는 때를 맞추어 혈왕기를 다 흡수하다니 예상보다 빠른 진전이다. 오늘 오후에 천세혈왕삼극결을 완전히 성취한 것 때문인가?'

오늘 서린이 흡수한 혈왕기의 양은 따른 때의 백 배에 해

당하는 양이었다. 천우신경을 돌리기 얼마 전 천세혈왕삼극결을 대성해서일지도 모른다는 생각이 들었다.

'후후! 이제야 놈들에게 맞설 힘을 얻은 것 같군.'

서린은 감회가 깊어 왔다. 감시자들은 모르겠지만 지난 시간 동안 서린은 뼈를 깎는 수련을 해 왔다.

비록 심상 속의 수련이지만 치열하기는 실전을 방불케 하는 것이었다.

'저량도 완전히 회복했고, 사령오아 또한 이제 경지에 들었으니 대륙천안이 아무리 강대한 힘을 가지고 있더라도 한번 해볼 만한 발판이 생긴 것이다. 수련기간이 끝나 가니 이제부터 놈들과의 진정한 전쟁이 시작되는 것인가.'

서린은 이제부터 본격적인 전쟁이 시작되었음을 알 수 있었다. 보이지 않는 중원의 지배자 대륙천안과의 한판 승부가 시작되려 하는 것이다.

대륙천안으로 선발되어 들어가기 위한 첫 관문인 수련의 기간이 끝나자 후보자들은 처음 들어왔을 때 모인 곳으로 속속 모이고 있었다.

모두들 그동안 수련의 성과가 있었는지 정제된 기운을 풍기고 있었다.

특히 제일 많이 변한 것은 서린이었다.

어려 보이는 소년에서 이제는 늠름한 헌헌장부의 풍모가

엿보였다. 그리 잘생긴 얼굴은 아니었지만 길게 기른 머리를 묶고 심유한 눈빛을 보이고 있는 서린은 누구나 한번쯤 다시 볼 만한 특이한 기운을 풍기고 있었다.

'흐음……! 계속 지켜보기는 했지만 지난 번 천고로 들어왔을 때와는 또 다른 기운을 풍기는군. 그동안 기연이라도 있었나?'

적리소는 서린의 모습을 보며 이채를 보였다.

열흘 전 서린을 보았을 때와는 다른 느낌이 들었기 때문이었다. 그것은 암흑련의 동료들도 마찬가지였다.

팔야야의 휘하가 아닌 자는 모두 열 명이었다. 암흑련에서 들어온 자신들 네 명과 사사묵련에서 들어온 서린을 비롯한 사령오아 여섯이었다.

이들 열 명을 어떻게 끌어들이느냐에 따라 향후 대륙천안을 지배할 판도를 뒤집을 만한 세력이 될 수 있음을 잘 알고 있는 팔야야 휘하의 후보자들도 서린 일행에 흥미로운 관심을 보이고 있었다.

그렇지만 서린과 사령오아는 사람들이 주목하고 있는지도 모르는 듯 무심한 눈길로 연단을 바라보고 있었다.

그곳에는 지금 막 누군가 걸어 나오고 있었다. 바로 이번 후보자들의 대륙천안 입성을 주관하고 있는 염사(念士) 진명승(秦䣓崃)이었다.

"지난 시간 동안 수고 많았다. 각자 나름대로의 성취를 이루었을 것이라고 믿는다. 하지만 이제부터가 진짜 시험이다. 너희들에게는 한 가지 과제가 주어질 것이다. 그것은 각자에게 시련이 될 수도 있고 도약의 발판이 될 수도 있을 것이다."

진명승이 연설을 시작하자 지금까지 후보자들을 안내하던 자들이 무엇인가 나누어 주기 시작했다.

"지금 나누어지는 서편은 이곳을 나간 뒤 개봉해 보도록 해라. 그곳에 앞으로 오 년간 너희들이 할 일이 적혀 있을 것이다. 각자에게 맡겨진 임무는 철저한 비밀이다. 자신의 동료라 할지라도 그것은 지켜져야 할 것이다. 임무는 혼자서 수행할 수도 있고 둘, 또는 여럿이 될 수도 있다. 그 안에 모두 적혀 있으니 참고하도록 해라."

진명승은 말을 마치고 이내 자리를 떠 버렸다. 진명승이 떠나자 안내인들은 후보자들을 한쪽으로 안내하기 시작했다. 석굴로 이루어진 통로였다. 석굴을 따라 들어간 후보자들은 이곳이 미로임을 알 수 있었다.

중간에 갈림길이 나오자 각자 다르게 이동하기 시작했다.

그렇게 반시진이 지나자 안내인이 동행한 것을 제외하고는 후보자들은 모두 모두들 혼자가 되었다.

그리고 얼마 후 후보자들은 모두 각자의 서실로 안내되었다. 석실은 후보자들 혼자 들어가도록 되어 있었다.

"이곳에서 임무가 적혀 있는 서편을 읽어 보라는 이야기인가? 후후! 다행히 감시하는 자들은 없는 것 같군."

서린은 은은하게 야명주가 밝혀진 석실로 들어와 서편을
개봉했다.

너는 지금부터 금의위 북진무사 소속 비밀 시위가 될 것
이다. 비록 황제에 소속된 자들이나 황제의 명령은 받지 않
는다. 본 천안의 명령만 수행하면 된다. 너에게 하달된 명
령은 다음과 같다. 너는 지금부터 사천성으로 향한다. 그리
고 그곳에서 혈교와 흑야애, 그리고 살도문의 비밀을 파헤
친다. 자세한 사항은 너와 합류할 자가 알려 줄 것이다. 그
리고 너를 지금까지 안내했던 자는 너의 첫 번째 직속 부하
다. 비록 이지를 상실했지만 힘이 될 수 있을 것이다. 네가
가야 할 장소는……

서편에는 서린이 가야 할 장소와 누구와 접선할 것인지
가 상세히 기록되어 있었다. 가는 행로 또한 명확히 정해져
있었다.

"무슨 일인지 상당히 궁금하군. 오백여 년 전 사라진 혈
교와 운남의 암흑이라 불리는 살수단체 흑야애, 그리고 나
에게 장원을 내주었던 살도문이라……."

서편에 명시된 명령을 보고 궁금한 생각이 먼저 들었다.

특히 혈교에 대한 부분은 그로서도 의외였다.

혈교는 이미 오백여 년 전 멸망하여 자취를 감춘 자들이다. 그런데 그들이 나타났다는 것은 지난 오 년간 자신이 수련하는 동안 중원의 정세가 많이 바뀌었다는 것을 뜻했기 때문이었다.

"가는 동안 중원의 정세를 알아볼 필요가 있을 것 같군. 누구에게 알아보는 것이 좋을까? 후후, 명시된 여정대로라면 한 달이 넘게 걸리는 길이니 천천히 생각해 봐야겠군."

서린은 짜여진 여정대로 길을 가자면 아직 시간이 충분함을 알기에 다음 일은 천천히 생각하기로 했다.

"이곳을 나가면 저량이 나를 바깥으로 안내하는 모양인데 이만 나가 보아야겠군."

서린은 석실을 나섰다. 자신이 수련하던 연공실과 같은 기관으로 문을 열도록 되어 있는 곳이라 석실을 나오는 것은 어렵지 않았다.

바깥으로 나오자 저량은 무심한 눈길로 서린을 기다리고 있었다. 그는 석실을 나온 서린에게 무엇인가 건넸다.

그것은 하나의 반지였다. 용이 음각되어 있는 흑청색의 반지는 재질을 알 수 없는 것이었다.

'이것이 잠룡환이라는 것인가?'

서린은 자신에게 배당되어 있는 반지를 끼었다. 이 반지의 용도는 자신이 본 서편에 자세히 기록되어 있었다.

잠룡환은 대륙천안에 들 자들의 신분을 상징하는 신표이

자 자신들을 안내하는 자들을 부릴 수 있는 기물이었다.

　저량을 비롯해 후보자들은 안내하는 자들은 한 가지 무서운 대법으로 금제가 걸려 있었다. 정신금제를 통해 잠룡환을 가진 자의 명령만을 듣도록 되어 있던 것이다.

　"가자!"

　서린의 말에 저량은 말없이 돌아서며 서린을 안내하기 시작했다. 지하통로를 따라 저량의 안내를 받아 걸어간 서린은 두 시진이 지나지 않아 지상으로 나올 수가 있었다. 그곳은 북경성 밖에 위치한 허름한 폐가였다.

　"흐으음! 오 년만인가?"

　서린은 지상으로 나오자 지하통로에 있을 때와는 다른 신선한 공기를 만끽할 수 있었다.

　서린이 지상으로 나온 시간은 자정이 훨씬 깊어 가는 시간이었다. 주위가 어둠에 잠겨 고요했지만 상쾌하기 그지없는 공기를 호흡하며 서린은 저량을 쳐다보았다.

　"이제 여정대로 떠나기만 하면 되는 것인가?"

　"그렇습니다."

　"후후! 이제 자네도 나에게 완전히 마음을 주기로 한 것인가?"

　"어차피 소모품으로 버려질 몸을 주군께서 건져 주셨으니 충심을 다해 모시겠습니다."

　"좋아! 대륙천안에서 자네를 나에게 붙여 준 것이 어찌 보면 내게는 행운이로군. 앞으로 잘해 보도록 하자."

"알겠습니다, 주군!"

지난날과는 달리 저량은 서린에게 완전한 충성심으로 보이고 있었다. 혈왕기를 이용한 금제 덕분이었다.

다른 금제와는 달리 사람의 마음을 돌리는 삼몽황시술의 금제는 인간이라면 빠져나갈 수 없는 것이었다. 서린보다 뛰어난 성취를 얻은 자거나, 서린과 같이 십왕계의 전설을 이은 자들을 제외하고는 피할 수 없는 금제인 것이다.

지난 시간 동안 혈왕기의 금제가 완전히 발휘되어 이제는 오직 서린에 대해 충성심만 보이는 저량이었다.

"우리는 지금부터 사천성으로 향한다. 그곳에서 첫 번째 임무가 시작될 것이다. 그러기 전에 일단 찾을 것은 찾아야겠지?"

"알겠습니다, 주군!"

서린은 저량과 함께 빠르게 빠져나와 한곳을 향해 갔다. 자신의 물건들을 찾기 위해서였다.

서린이 향한 곳은 금하전장(金河錢莊)이었다. 중원에서 흐르는 돈의 삼 할을 관장한다는 거대하기 이를 데 없는 금하전장의 북경 지부였다.

금하정장은 금전을 대출해 주기도 하지만 요구에 따라 물건을 보관해 주기도 했다.

"어떻게 오셨소?"

염소처럼 가느다란 수염을 달고 있는 중년인이 전장 안으로 들어서는 서린을 보며 물었다.

방금 전까지 졸고 있던 터라 늦게 들어서는 서린을 보며 짜증이 묻어나는 눈빛이었다.

"물건을 찾으러 왔소."

"무슨 물건인데 그러시오. 이 늦은 시간에……."

"난 천서린이란 사람이오. 이곳에 내가 맡긴 물건이 있을 터인데……."

"으음, 그럼 잠시만 기다리시오. 장부를 뒤져 봐야 하니 말이오."

서린의 심상치 않은 기세에 할 수 없다는 듯 중년인은 안으로 들어가 장부를 뒤지더니 서린의 이름을 찾아내 회계대 앞으로 다가왔다.

"신물을 보여 주시오."

"여기 있소."

서린은 자신이 낀 잠룡환을 그에게 보여 주었다.

"흐음, 맞는 것 같군. 잠시만 기다리시오. 금고에서 가져와야 하니 말이오."

중년인은 안으로 다시 들어갔다. 그리고 얼마 후 커다란 짐 보따리 하나를 들고 나왔다.

탁!

"여기 있소. 한번 살펴보시오. 지난 시간 동안 이상 없이 보관했을 것이오."

서린은 짐을 풀었다. 그 안에는 서린이 사천에서 얻은 검과 사사묵련에서 지급받은 검, 그리고 작은 전낭이 하나 들어 있었다. 서린은 전낭을 풀어 안의 내용물을 확인했다.

'확실히 전표를 집어넣은 전낭이군.'

전낭 안에는 상당량의 전표가 들어 있었다. 앞으로 서린이 활동하기 위해 필요한 자금이었다.

"보관료는 이미 선불로 계산되었으니 이만 가 보도록 하시오. 문을 닫을 시간이 되어서 말이오."

"알았소."

일이 끝난 듯하자 중년인은 돌아가기를 재촉했다. 이미 자시를 훨씬 넘긴 시각이라 자신도 쉬고 싶었기 때문이다. 서린은 눈총을 주는 서기를 뒤로하고 전장을 나왔다.

서린은 전장을 나와 객잔으로 향했다. 어차피 말을 사려면 마장이 열리는 아침까지 기다려야 했다. 또한 확인할 것이 있기도 때문이기도 했다.

객잔을 찾아 들어선 서린은 저량에게 짐을 맡기고는 아무도 모르게 객잔을 나섰다.

이미 주위에 자신을 감시하는 무리가 없음을 확인한 그였기에 북경의 밤하늘을 가르는 그의 모습은 거침이 없었다. 사밀야혼을 이미 극성으로 연성한 그였기에 천잔도문으로 스며드는 서린의 모습을 본 사람은 아무도 없었다.

천잔도문으로 들어선 서린은 천계중이 머물고 있는 전각으로 향했다. 지난 시간 동안 성세가 크게 늘은 듯 천잔도문은 전과는 달리 커져 있었다.

전각을 향해 장원을 가로 지르는 동안 요소요소에 잠복해 있는 자들의 실력이 보통이 아니었다.

'그동안 무슨 일이 있었나 보군. 지난날 마교의 인물들도 천잔도문에 대해 자세히 알고 있던 것을 보면 성세가 훨씬 커진 것은 분명하지만 이 정도라니…….'

서린은 조용히 전각 안으로 스며들었다. 잠복한 자들도 기척 없이 스며든 것을 눈치채지 못했다. 전각 안에는 천계중이 침상에 누워 자고 있었다. 서린은 기막을 펼쳐 바깥으로 나가는 기척을 차단하고는 조용히 천계중을 깨웠다.

"누구냐?"

자신을 깨우는 기척에 살기가 없음을 감지한 천계중은 자신의 침소 안에 서 있는 인영을 향해 조용히 물었다.

"접니다."

"으음! 서린이더냐?"

천계중은 서린을 단번에 알아보았다. 그리고는 조용히 침상에서 몸을 일으켰다.

"그렇습니다."

"어인 일이냐? 넌 사사묵련으로 가지 않았더냐?"

"사사묵련의 일로 북경에 왔습니다. 그보다는 한 가지

여쭤볼 일이 있어 이렇게 왔습니다."

"이렇게 야심한 시각에 찾아온 것을 보면 너 자신에 대해 알게 되었나 보구나. 호연자 어르신이 남긴 서찰을 본 것이냐?"

"그렇습니다."

"그럼 묻겠다. 넌 지금 대륙천안에 든 것이냐?"

"아직 완전하게 든 것은 아닙니다. 이제 겨우 후보로 발탁되어 두 번째 일을 맡기 위해 떠나는 중입니다. 이곳에 온 것은 호연자 어르신이 남긴 서찰의 내용이 궁금해서입니다."

"대륙천안에 후보로까지 발탁되었다니 그럼 너에게 알려 주어도 상관이 없겠구나. 지난날의 정세를 아는 것도 중요하고 말이다. 너도 서찰을 보았다면 내가 누구인지 어느 정도 짐작을 할 것이다."

"서찰을 보아서 제가 진짜 천서린이라는 것은 알고 있습니다. 그럼 제가 어르신의 자식입니까?"

"아니다."

"그럼 전 누구입니까?"

"고민이 많았나 보구나. 넌 내게는 조카가 된다. 우리 천가는 고려에서 무관을 지내던 분의 자손이다. 고려가 망하고 어찌어찌 중원으로 흘러 들어왔지. 그리고 이곳 북경에 뿌리를 내렸다. 나에게는 아무도 모르는 동생이 한 명

있었다. 비명에 가기는 했지만 아주 뛰어난 아이였지. 넌
그 아이의 아들이다."

"그럼?"

"그렇다. 선주와 넌 내 동생의 아들이다. 네 아버지의
진짜 이름은 천유광(天流光)이라고 한다. 그 아이는 어린
시절 이곳 북경에서 나와 같이 살다가 장백으로 갔지. 백절
광자 어르신의 권유로 말이다. 그리고 그곳에서 인연을 만
나 네 어머니와 혼인을 올린 후 조선에 정착했다. 네 어머
니는 한씨 성을 쓰는 사람이라고 들었다."

"조카가 백부님을 뵙습니다."

천계중의 말이 사실이라는 것을 알았기에 서린은 큰절을
올렸다.

한노인과 형을 제외하고는 일가붙이가 없다고 생각했건
만 자신에게 백부가 있다는 사실이 기쁘기 그지없었다.

"이제야 진실로 너를 조카로 대할 수 있게 되어 감개가
무량하다."

"저도 기쁘기 그지없습니다. 그리고 궁금한 것이 너무도
많습니다, 백부님."

"그래, 이야기를 해 주어야겠지."

"네 형 선주가 태어난 후 난 장백에서 한 통의 서신을 받
았다. 이곳 중원에서 앞으로 벌어질 일과 대륙천안에 대한
일이었다. 나는 차근히 준비를 하기 시작했다. 대륙천안과

싸울 앞날을 위해서 말이다. 그러다가 난 어떤 어르신의 부름을 받았다. 아마도 너의 어머니와는 친척이 되시는 분 같았다."

"으음."

서린은 백부인 천계중이 말하는 이가 누구인지 짐작할 수 있었다.

"그분은 나에게 앞으로의 일에 대한 지시를 내리셨다."

"지시라고 하시면?"

"난 그 당시 너와 비슷한 시기에 태어난 자식이 있었다. 내 자식의 이름을 서린이라 짓고 훗날을 기약할 준비를 하라는 것이었다. 난 그 어른의 지시를 그대로 따랐다. 대륙천안에 잠입하기 위한 안배였으니 말이다."

"형님은 어떻게 된 것입니까?"

자신에 대한 안배는 어느 정도 짐작을 했기에 서린은 형에 대한 이야기를 물었다.

"너를 위한 안배를 준비하던 중에 선주가 중원으로 들어왔다는 소식을 들을 수 있었다. 하지만 어디로 갔는지 행방을 찾을 수가 없었다. 대륙천안의 눈이 도처에 깔려 있어 쉽게 찾기도 어려웠고 말이다."

"그랬었군요."

"참으로 답답한 나날이었다. 조카의 행방을 함부로 찾을 수 없었으니 말이다. 노심초사하고 있는 와중에 얼마 안 있어 네가 이곳으로 오게 되었다. 난 너를 한눈에 알아보았지. 네 얼굴에서 지난날 동생의 얼굴을 볼 수 있었으니 말이다."

"그런데 장백에 있던 서린이는 어떻게 된 것입니까?"

"너의 이름을 따라 지은 네 사촌 동생의 진짜 이름은 이름은 서린이 아니라 서웅이라고 한다. 그 아이 또한 대륙천안과의 싸움을 위해 호연자 어르신을 따라 준비 중이라는 것은 너도 알고 있을 것이다. 지금 천잔도문의 성세가 이렇게 확장된 것은 호연자 어르신과 장백파, 그리고 그 아이의 힘이다."

"그랬군요."

사촌동생인 서웅이 현왕의 진전을 이어받았기에 단순히 천잔도문의 일만이 아니라는 직감이 들었지만 서린은 내색을 하지 않았다.

"제 아버님은 어떻게 돌아가신 겁니까? 아까 비명에 가셨다고 말씀하셨는데 말입니다."

서린은 지금까지 천계중의 말을 들으며 놀라움이 컸지만 침착한 어조로 자신의 아버지에 대한 일을 물었다.

"너도 알다시피 우리는 한족과의 싸움을 오랫동안 해 왔다. 우리 가문 또한 그 일에 오랜 기간 동안 관여를 해 왔지. 고려가 망한 것도 원에 협조하던 고려를 못마땅하게 여긴 대륙천안의 입김이 작용한 탓이 컸다. 당시 고려의 무력은 지금의 조선보다는 훨씬 컸지만 고려왕실에 스며들었던 대륙천안의 입김으로 인해 멸망할 수밖에 없었다. 우리 가문은 고려로 스며든 놈들을 잡기 위해 심혈을 기울였지만 어떻게 할 수 없었다. 네 아비도 그 일에 뛰어들었지. 고려는 멸망하고 이미 없어졌지만 조선에는 아직도 그들의 입김이 남아 있다는 것을 알고 있었으니 말이다. 네 아비는 그들의 입김을 제거하기 위해 대륙천안에 스며들었다. 그리고 거의 중심부까지 잠입했지. 그러다 발각된 네 아비는 놈들에게 죽임을 당할 수밖에 없었다."

"으음."

"너도 알겠지만 놈들은 자신들을 제외한 적들에게는 무척이나 무서운 존재들이다. 철저하게 비밀로 해서 아무도 모르리라 생각했는데 놈들은 네 아비의 신분을 밝혀냈다. 발각된 후 네 아비는 모든 것을 지우고 자결로 비밀을 감추기 위해 홀로 죽음을 맞았다."

"크으."

형인 선주도 그렇고, 아버지도 대륙천안에 당했다는 말에 서린은 터져 나오려는 울음을 억지도 삼켰다.

"그렇게 비참한 최후를 마쳤지만 네 아비 덕분에 나는 무사할 수 있었다. 나와 연관된 것은 모르고 조선의 무인만으로 알았기에 다음 안배를 준비할 수 있었다. 그 이후로는 네가 알고 있는 것과 별 차이가 없을 것이다."

얼굴도 모르는 자신의 아버지가 자신과 같이 대륙천안과 대항해 싸우다가 돌아가셨다는 것을 알게 되었으나 침착한 얼굴로 천계중을 쳐다보았다.

"후후! 이토록 헌앙하게 크다니. 네가 대륙천안으로 잠입한 후에 얼마나 걱정을 했는지 모른다. 그들의 행사는 치밀하기 짝이 없어 네가 유광이와 같은 처지가 될까 봐 말이다. 그런데 이곳은 네 신분을 알고 싶어서 온 것이냐?"

천계중은 서린에게 자신의 신분을 확인하러 온 것인지를 물었다.

"아닙니다. 그것 말고도 한 가지 더 확인할 일이 있어서입니다. 지금 밖에 매복해 있는 자들은 장백파에서 온 자들입니까?"

"아니다. 장백파의 무예를 익히기는 했지만 그들은 장백파의 사람들이 아니다. 바로 호연자께서 키우신 자들이다. 장백파와는 긴밀히 연락을 주고받으며 인연을 이어 오고 있지만 그곳에도 간자들이 숨어 있는지라 별도의 세력을 통해 천잔도문의 힘을 키우고 있는 중이다."

"동련을 위한 안배로군요."

"그렇다. 이곳 천잔도문은 북경과 요녕성을 중심으로 한 무련을 결성하기 위한 전초기지다. 아마도 무림맹에서는 이러한 사실을 모르고 있을 것이다. 대륙천안의 하수인인 암흑련에서는 어느 정도 눈치를 채고 주목하고 있는 것 같지만 우리가 동련을 결성하는 이유는 모르고 있을 것이다."

"그렇군요."

"우리는 지금까지 네가 성장하기를 기대하고 있었다. 대륙천안 이외에 무서운 존재들이 있다는 것을 알고 있지만 어르신 말로는 네가 그들을 상대하려면 시간이 있어야 한다기에 우리도 그때를 맞추어 준비 중인 것이다."

"그럼 서웅이는 호연자 어르신과 동련을 꾸미기 위한 안배를 위해 열심히 뛰고 있겠군요."

"그래, 이제 어느 정도 기반을 잡은 것 같더구나. 이렇게 우리에게 사람들을 보내 온 것을 보면 말이다. 그러니 네가 대륙천안에서 입지를 다져야 한다. 그렇지 않으면 지금까지 해 온 안배가 모두 물거품이 될 것이니 말이다."

"알겠습니다, 백부님!"

"어서 돌아가거라. 앞으로 시간이 더 필요하니 놈들에게 네 정체를 들켜서는 곤란하니까 말이다. 그리고 네가 너에게 줄 것이 있으니 가지고 가거라. 동련을 위한 안배와 지금까지 대륙의 정세다."

천계중은 자리에서 일어나 화폭이 걸려 있는 곳으로 갔다. 그리고 화폭을 걷어 내고는 기관 장치를 눌렀다. 그러자 그곳에서는 벽이 열리며 조그마한 상자가 튀어나왔다.

"이것은 서웅이가 너를 위해 보내 온 것들이다. 아마도 다음 안배를 위한 것 같더구나. 나조차 보지 못한 것이니 잘 간직하거라. 그 안에는 그동안 조직해 온 동련의 조직과 중원의 정세가 기록되어 있을 것이다."

"알겠습니다."

서린은 상자를 받아들었다.

세상에서 둘도 없는 천재인 자신의 사촌동생이 준비해 준 것이라면 안의 내용이 상당히 중요할 것이기에 고이 품에 간직했다.

"이곳은 무림맹을 비롯해 대륙천안에서 감시하고 있을 것이다. 그러니 네 정체를 들키지 않고 빠져나가는 것이 좋을 것이다. 아무리 네가 이곳의 후계자라고는 하지만 대륙천안에서는 의심할 것이 분명하니 말이다. 그리고 요즈음 가뜩이나 무림맹과 사이가 좋지 않으니, 무림맹의 사람들을 만나면 될 수 있으면 네가 천전도문의 사람이라는 것은 밝히지 마라."

"예, 백부님."

"그럼 가 보거라. 그리고 무운을 빈다. 네가 어떻게 하느냐에 따라 우리의 운명이 결정되니 만사에 숙고하고 행동하기를 바란다."

"걱정하지 마십시오. 이제는 제 몸 하나는 건사할 수 있습니다. 백부님도 옥체 강령하시기 바랍니다."

서린은 인사를 하고 전각을 빠져나왔다. 들어갈 때와 마찬가지로 서린의 모습을 발견한 이는 아무도 없었다.

서린은 사밀야혼을 이용해 빠르게 객잔으로 돌아왔다. 객잔의 객방에는 저량이 잠을 자지 않고 기다리고 있었다.

"별고 없으셨군요. 주군!"

"그래, 여기도 아무 일 없었느냐?"

"별다른 일은 없었습니다."

"저량."

"예, 주군."

"앞으로 내가 어떻게 행동하는 것이 좋겠느냐?"

"무엇을 말입니까?"

"난 대륙천안의 최정점에 서고자 한다. 그러면 어찌해야 하는지 네 의견을 듣고 싶다는 말이다."

서린은 천계중에게서 자신의 아버지가 대륙천안과의 싸움 와중에 죽었다는 이야기를 듣고는 대륙천안을 세상에서 지워 버리리라 결심한 후였다.

뿌리 깊은 대륙천안을 없애려면 최상부로 올라야만 가능하기에 저량에게 의견을 물은 것이다.

"주군께서 그렇게 말씀하시니 한 말씀 드리지 않을 수 없군요. 주군께서 대륙천안을 아우르고자 하신다면 먼저 팔야야를 경계하셔야 합니다. 천주를 제외하고 대륙천안을 실재로 좌지우지 하는 것은 그들이니까 말입니다."

"그리고?"

"주군께서는 자신만의 세력을 키우셔야 할 겁니다. 주군

께서 소속되어 있는 사사묵련이나 제가 전에 몸담았던 암흑
련은 주군의 세력이 될 수는 없습니다. 그들은 대륙천안의
핵심에서 제외된 사람들이니 말입니다. 만약 사사묵련이나
암흑련의 힘을 누군가 흡수하려고 한다면 그들은 팔야야의
합공을 받을 수밖에 없습니다. 그것이 팔야야들이라 하더라
도 말입니다. 그들은 대륙천안이 생긴 이래 언제나 천주의
직속이었습니다. 그리고 중원들 지키는 최후의 보루이지요.
그러니 그들은 생각하지 마십시오."

"그럼 어떻게 하면 좋겠느냐?"

"대륙천안에 속하지 않은 세력을 얻으셔야 합니다. 그것
도 비밀리에 세력을 구축하는 것이 아닌 대륙천안에서 누구
라도 알 수 있도록 당당히 말입니다. 대륙천안에서는 천안
에 든 자들이 세력을 키우는 것을 허용합니다. 그것이 어떤
세력이 되었든 말입니다. 그러니 주군께서 휘하로 거느릴
세력을 물색해 보셔야 할 겁니다."

"그렇다는 말이지. 그럼 자네도 구축해 놓은 세력이 있
었나?"

"있기는 합니다. 하지만 아직까지 남아 있을지는 의문입
니다. 제가 주화입마에 걸려 그곳을 떠난 지가 벌써 이십여
년이 되었으니 말입니다."

"일단 있는지 없는지부터 알아야겠군. 전에 이야기하기
로는 사천 쪽이라고 했던 것 같은데……."

"그렇습니다. 암흑련이 지배하고 있는 곳에서는 제가 클 여력이 없었기에 부득이 사천성 쪽에 둥지를 틀 수밖에 없었습니다. 제가 활동한 기간은 고작 몇 년밖에는 되지 않았지만 스스로 자생할 수 있도록 조직을 키웠으니 아마도 남아 있는 이들이 있을 겁니다."

"좋아! 어차피 내게 내려진 임무도 사천성 쪽에서 시작해야 하니 그곳으로 가 보도록 하자."

"알겠습니다, 주군."

"그리고 자네의 성취는 어느 정도인가?"

"예전의 모든 것을 이제 거의 회복했습니다. 그리고 주군께서 알려 주신 새로운 구결로 인해 요즈음 성취가 늘고 있습니다."

"바람직한 현상이로군. 하지만 성취에 만족하지 말고 계속 노력해야 할 것이다. 좋아, 오늘은 이만 자고 내일 아침 일찍 마방에서 말을 구한 후 곧장 사천성으로 가도록 하지."

"예, 주군. 이만 주무십시오."

저량은 말을 마치고 서린의 객방에서 나갔다. 자신의 객방에서 운기조식을 하기 위해서였다. 잠 대신 운기조식을 하는 것이지만 이미 생활화 된 사람이었다.

저량이 방을 나선 후 서린은 조심스럽게 품 안에 든 상자를 꺼냈다. 천계중이 건넨 것이었다.

상자를 연 서린은 그 안에서 한 권의 책과 잘 접혀져 있
는 옷 한 벌을 볼 수 있었다.

사르륵!

책장이 열려졌다. 그 안에는 알 수 없는 기호가 가득했
다. 암호로 적혀진 글이 빼곡히 적여 있었다.

서린이 잊으래야 잊을 수 없는 글씨였다. 삼몽환시술로
그의 뇌리에 틀어박히듯 새겨져 있는 암호문이었다.

이 글을 읽으실 때쯤이면 형님께서는 제가 누구라는 것
을 아셨을 겁니다. 늦게나마 인사드리는 것을 용서하십시
오. 형님께서는 아마도 지금쯤 대륙천안에 첫발을 내딛고
계실 겁니다. 형님도 아시겠지만 대륙천안은 무서운 존재
입니다. 헌왕 황제 시절 이후 지난 시간 동안 암약해 온 뿌
리 깊은 조직이지요. 그들이 그렇게 오랜 세월을 존속해 온
것은 치밀하고 무섭기 때문입니다. 그러니 형님께서도 각
별히 조심하시기 바랍니다. 전 이곳 요녕에서 세력을 키우
고 있습니다. 요녕을 비롯해 산동과 강소, 그리고 절강과
복건에 이르기까지 세력을 구축하고 있지요. 형님이 천안
내에서 발판을 마련하신다면 나중에 큰 힘이 될 것입니다.
이 조직은 형님도 아시다시피 동련이라고 이름 지었습니다.
그 수뇌부는 다음과 같습니다. 우선 호연자 어르신과 제가
이들을 이끌고 있습니다. 장백파의 장문인이셨던 장백진인

께서 도움을 주고 계시지요. 저희가 흡수한 세력들은 이곳에 있는 군소문파들입니다. 비록 지금은 힘이 보잘것없으나 재질이 뛰어난 자들을 계속 조련시키고 있으니 조만간 좋은 소식이 있을 겁니다. 그리고 모용세가 또한 우리와 한 배를 타고 있습니다. 그러니 모용세가의 인물들은 만나면 도움을 주시길 부탁드립니다. 수뇌부를 비롯한 동련의 문파들의 계보는 다음과 같습니다. 우선…….

서문을 끝으로 수많은 군소방파의 이름들이 적혀 있었다. 거의 사십여 개가 넘는 방파들이었다. 어떻게 몇 년 안 되는 짧은 시간 동안 그런 방파들을 흡수할 수 있었는지 서웅의 능력에 감탄하지 않을 수 없었다.

그 뒤를 이어서는 서린이 자리를 비운 사이의 중원의 정세가 일목요연하게 기록되어 있었다.

검반향의 전설을 쫓다가 마교의 일원이 몰살한 후 마교가 중원무림에 진출한 이야기를 비롯해, 무림맹의 움직임과 주요 문파들의 움직임이 상세히 기록되어 있었다.

그리고 혈교의 움직임도 일부나마 기록되어 있었다. 서린은 자신이 맡은 첫 번째 임무이기에 혈교에 대한 부분에 대해서는 자세히 읽었다.

혈교는 서린이 대륙천안 들고 난 직후 감숙과 섬서 지방에 처음 모습을 드러냈다고 한다.

그런데 지난날과는 달리 은밀히 움직이는 터라 그들의 모습이 정확히 파악된 것은 이 년 전이었다고 한다.

무림맹과 부딪치면서 그들의 정체가 일부나마 밝혀진 것이었다. 혈교의 무리들은 무림맹과 충돌 후 자취를 감추었다고 한다. 자취도 찾을 수 없을 정도로 깊이 숨어 버렸던 것이다.

그러던 그들이 얼마 전부터 서서히 꼬리를 보이고 있다는 내용이었다.

"맨 처음 나타났던 사천성에서는 모습도 보이지 않으면서 섬서와 감숙에서만 모습을 보인다면 이상한 일로군. 아무래도 사천성에 무슨 일인가 벌어지고 있는 것이 틀림없다."

서린은 혈교의 정보를 읽으면서 이상한 점을 느꼈다. 아무리 봐도 성동격서의 느낌을 지울 수 없었던 것이다.

혈교의 진정한 움직임은 아무리 봐도 사천성에서 이루어지는 것이 틀림없는 것 같았다.

"흑야애나 살도문에 대한 정보는 단편적인 것뿐이군. 내가 본 살도문은 많은 비밀을 간직하고 있는 문파였던 것 같은데……."

미처 파악을 하지 못한 것인지 흑야애나 살도문의 정보는 거의 없었다. 그저 그들 문파의 단편적인 정보만이 기록되어 있었던 것이다.

서린은 살도문과 흑야애에 대해서는 직접 알아보는 것이 좋겠다는 생각이 들었다. 혈교의 움직임에 대한 단서를 쫓으며 틈틈이 살도문과 흑야애에 대해 알아보려는 것이었다.

"일단 사천성으로 가는 것이 좋겠다. 내가 움직일 장소가 그곳이니 빨리 가서 정보를 파악하는 것이 중요하니까."

서린은 마음을 정한 후 일찍 일어나 사천성으로 떠나야 하겠기에 잠을 청했다.

'이제는 완전히 내 심복이 된 것 같군. 저 사람에게는 미안한 일이지만 어차피 대륙천안에서는 버린 자이니 내가 거두어 쓸 수밖에…….'

서린은 저량이 운기조식을 하며 자신을 지키고 있다는 것을 확인할 수 있었다.

이제는 자신의 사람이라는 믿음이 들어서인지 서린은 대륙천안에 든 오 년 만에 처음 단잠을 잘 수 있었다.

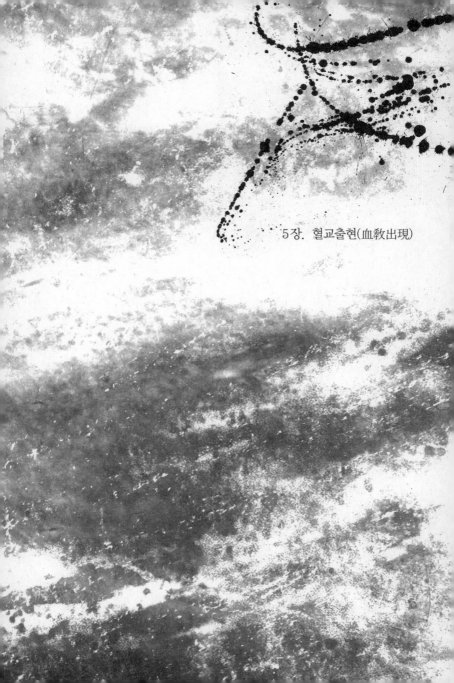

5장. 혈교출현(血教出現)

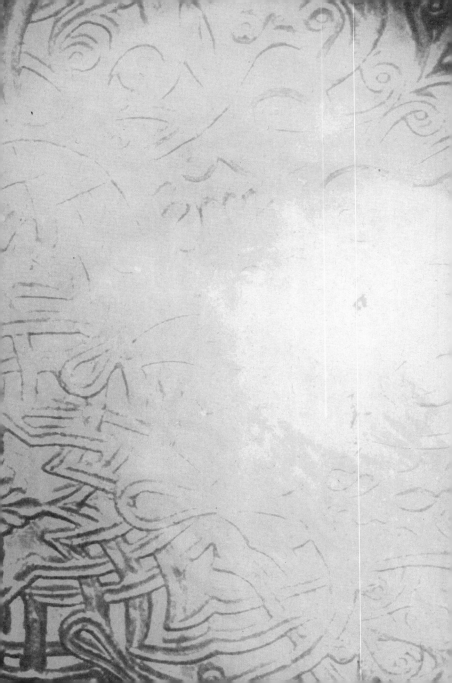

다음 날 저량은 아침 일찍 서린이 준 전표를 가지고 마방에 들러 말을 구해 왔다.

말은 모두 네 마리였다. 사천으로 가는 긴 여정 동안 갈아타기 위해 준비한 것이었다.

서린과 저량은 객잔에서 간단하게 아침식사를 마친 뒤 건량과 육포를 준비해 가지고 일찍 길을 나섰다.

북경에서 사천성으로 향하는 길은 비교적 순탄했다.

하북땅을 지나 산서와 섬서를 거쳐 사천성으로 들어가는 여정이었다.

"이제 하북땅을 벗어났군요, 주군."

하북성을 벗어나 산서성 양천(陽泉)에 이르는 관도에 들어선 저량은 서린을 돌아보았다.

"이제는 산서 땅인가?"

"그렇습니다, 주군."

"내가 말한 대로 너는 혈교에 대해서 주의를 기울이며 가도록 해라. 양천에서는 물론 우리가 지나치는 행로에서 혈교에 관련이 된 소식들은 모두 파악하라는 뜻이다."

"염려하지 마십시오, 주군."

서린은 하북을 지나오며 저량에게 몇 가지 당부를 했다. 혈교에 대한 당부였다.

자신의 임무가 혈교에 대한 정확한 실체를 파악하는 것임을 저량에게 알려 준 것이었다.

저량은 서린의 당부를 잊고 있지 않았다. 그리고 혈교에 대해 알아볼 방법도 생각해 놓은 상태였다.

"그런데 어떻게 알아볼 생각이지?"

"저는 이번에 하오문을 이용할 생각입니다."

"하오문?"

"그렇습니다. 하오문이라면 혈교의 실체에 대해 어느 정도는 알고 있을 겁니다."

"하오문과는 연결이 되나?"

"지난날 제가 하오문과 어느 정도 연줄이 있었습니다. 그러니 이번에 사천성으로 가면서 혈교에 대해서는 하오문의 도움을 받아 볼 생각입니다."

"하오문이라면 개방에 버금가는 정보력을 지녔으니 도움이 되겠군. 하지만 우리의 정체가 드러나서는 곤란하다, 저량."

"걱정하지 마십시오. 이미 생각하고 있는 것이 있습니다. 그러니 주군께서는 저에게 맡겨 주시기 바랍니다."

미련해 보이는 덩치와는 달리 저량은 심계가 깊은 자였다.

이미 서린보다 먼저 대륙천안에 든 자이니 그것은 의심할 필요가 없었다. 저량이 생각이 있다는 것은 자신들의 정체를 감추고도 알아볼 방법이 있다는 뜻이었다.

"너를 믿겠다. 그런데 요즈음엔 성취가 어떤가?"

"아직입니다. 서법이 완전치 않아 극성을 이루기가 힘이 듭니다."

"너에게 알려 준 것은 극성으로 익히면 거의 적수가 없을 만큼 위력적인 것이다. 그러니 쉬울 리가 없지. 계속해서 서법에 매진하기 바란다. 얼마나 서법에 정진하느냐에 따라 너의 성취도 그만큼 달라질 테니까."

"예, 주군."

얼마 후 서린은 관도를 따라 양천으로 들어섰다. 서린은 양천으로 들어가자마자 객잔부터 찾았다. 산서성 경계로 들러오기 위해 그동안 노숙을 마다하지 않고 말을 달려왔기 때문이었다.

객장에 여장을 푼 서린은 저량으로 하여금 혈교에 대해 알아보도록 시켰다.

저량은 객잔을 나섰다. 나름대로 혈교에 대해 알아볼 방법이 있기 때문이었다.

"일단은 하오문의 무리들이 어디 있는지 살펴보는 것이 좋겠군."

저량은 양천의 번화가를 거닐며 하오문과 관련된 인물들이 있는지 살펴보았다.

때마침 그의 눈에 하오문의 인물로 보이는 자가 눈에 띄었다. 영업을 하러 나온 복술사(卜術士) 한 명을 볼 수 있던 것이다

'저자 보통 자가 아니다. 예기를 감추고 있기는 하지만 무인이 틀림없다. 무엇인가 초조한 모양이로군.'

사람들이 잘 보이는 곳에 좌판을 벌인 복술사는 꾸벅거리며 졸고 있었지만 간혹 눈을 빛내며 지나가는 자들을 쳐다보고 있었던 것이다.

저량은 성큼 거리며 그의 앞으로 걸어갔다. 만사무불통지(萬事無不通知)라 써 있는 낡은 깃대 아래서 졸고 있는 복술사를 바라보는 저량의 눈빛은 심유하기 그지없었다.

"무슨 일로 왔소?"

자신을 그림자로 가린 저량을 물끄러미 바라보며 산서성 양천 지부에 속한 조천(曹舛)은 용무를 물었다.

"네가 정말 만사무불통지냐?"

"그렇소만."

땡그랑!

조천의 앞으로 은원보 하나가 떨어졌다.

"복채를 냈으니 한 가지 물어보자."

"무슨 말씀이신지 한번 해 보시구려."

겉으로는 태연한 척 내색을 하지 않았지만 지금 조천의 마음은 다급하기 그지없었다.

자신의 눈앞에 물끄러미 자신을 바라보는 저량이 위험한 자라는 경종이 계속해서 그의 뇌리를 때렸기 때문이다.

가뜩이나 혈교 문제로 촉각이 곤두서 있는 그에게 뜻밖에 불청객이 찾아든 탓에 조천은 열심히 머리를 굴리고 있었다.

'이자는 분명 혈교와 연관이 된 자일 것이다. 향주가 얼마 전 혈교 무리들과 부딪쳤다고 하더니 드디어 우리를 찾아 나선 모양이로군.'

내면 깊숙히 패도적인 기운을 감추고 있는 듯한 저량을 바라보며 조천은 저량이 혈교의 인물일 것이라는 단정을 내리고 있었다.

"사천 땅에서 횡횡하던 못된 무리들이 이곳 산서에서도 자취를 보인다고 들었소. 내 그들에 대해 알고 싶어 당신을 찾은 것이오."

"응?"

조천은 뜻밖의 말에 저량을 다시 한 번 쳐다보았다. 혈교의 인물로 보이는 자인데 뜻밖에 혈교를 찾고 있었던 탓이다.

'저건?'

조천의 얼굴이 굳어졌다. 저량의 손이 기이하게 움직이는 것을 본 때문이었다.

저량이 보인 손의 움직임은 향주급 이상만이 알 수 있는 암호였다. 비록 오래전에 사용된 암호였으나 하오문에 들어 삼십 년 넘게 굴러먹은 조천은 그것을 충분히 알아볼 수 있었다.

—알고서 찾아온 것이요?

—물론!

—그렇다면 이곳에서 나눌 이야기가 아니지. 나를 따라오시오.

"에구, 오늘 일당은 벌었으니 그만 일어나 볼까."

조천은 너스레를 떨며 자리를 털고 일어섰다. 그리고 좌판을 접고는 자리를 떠났다. 저량은 그런 조천을 보면서도 움직일 생각을 하지 않았다.

—쥐새끼가 따라붙었군.

저량이 움직이지 않는 이유는 누군가 조천을 감시하고 있다는 것을 알아챘기 때문이었다.

저량은 조천에게 전음을 보냈다.

—당신을 감시하고 있는 자가 있다는 것을 아시오?

—그걸 모를 리가 있겠소. 걱정하지 말고 따라오기나 하시오. 그까짓 놈들 따라와 봐야 우리 종적을 찾지 못할 테니 말이오.

저량은 조천이 이미 감시자들에 대해 알고 있는 것을 확인하고는 조천의 뒤를 따랐다. 조천은 번화가를 지나 양천의 빈민가를 향해 걸어가기 시작했다.

감시자들도 조용히 그들의 뒤를 따랐다.

조천은 얼기설기 얽힌 빈민가를 돌기 시작했다. 미로처럼 얽힌 빈민가를 돌면서 무엇인가를 살피고 있었다.

그렇게 반 시진을 돌 때쯤 누군가가 나타났다. 조천과 저량을 꼭 닮은 사람들이었다. 옷맵시와 풍채를 빼다 박은 것 같은 자들이 나타난 것이다.

지금까지 조천이 빈민가를 헤맨 것은 자신들을 대신할 자들에게 시간을 주기 위해서였던 것이다.

그들은 허름한 집을 꺾어 돌 때쯤 나타나 빈민가를 가로지르기 시작했다. 그사이 조천은 저량을 데리고 움막 같이 생긴 집으로 들어간 후 바닥에 파여진 지하통로로 이끌었다.

"뒤쫓는 놈들은 우리로 변장한 자들을 뒤쫓을 것이오. 어서 갑시다."

지하로 내려온 조천은 저량을 재촉했다. 혹시라도 지하통로로 통하는 입구가 밝혀질 것을 우려한 때문이었다.

"잠시만 기다리시오."

끼리릭!

우르르르르!

어느 정도 지하통로를 걸어가자 조천은 흙더미를 뒤져 기관을 작동시켰다. 자신들이 지나온 길을 무너뜨린 것이다.

"이제 됐소. 어서 갑시다. 놈들의 꼬리를 자른 이상 빨리 서두르는 것이 좋을 것이오."

저량은 하오문의 치밀한 행사에 지금 양천에 하오문의 거물급 인사가 와 있음을 직감할 수 있었다.

이 정도 행사라면 최소한 한 성을 담당하는 향주 정도의 인물을 만나러 가는 것이 분명했기 때문이었다.

지하통로를 지나 삼 각여가 지나자 저량은 자신의 머리 위로 한 점의 햇살을 볼 수 있었다. 필경 마른 우물임이 틀림없었다.

조천은 마른 우물을 기어오르기 시작했다. 군데군데 튀어나온 돌조각을 잡고는 거침없이 올라갔다. 저량도 따라 오르기 시작했다. 한 번에 우물 밖으로 빠져나갈 수 있지만 조천의 뒤를 말없이 따랐다.

조천은 우물을 벗어나지 않았다. 오 장여의 마른 우물을 오르다 중간에 멈춘 후 무엇인가 기관을 작동 시켰다.

그르르르!

낮게 기관이 작동하는 소리가 들렸다. 우물의 중간 부분이 안으로 밀려 들어간 것이다. 그곳에는 사람이 하나 겨우 기어 들어갈 정도의 구멍이 나 있었다.

조천이 안으로 기어들었다. 저량도 조천의 뒤를 따랐다.

그르르!

두 사람이 안으로 들어서자 우물에 난 구멍이 닫혀 버렸다.

조천은 안으로 기어 들어갔다. 그렇게 안으로 십여 장을 기어들자 또 다른 통로가 나왔다.

"이제 다 왔소."

좁은 구멍을 빠져나온 조천은 다시금 저량을 안내했다. 그리고 얼마 안 있어 앞이 막힌 곳에 섰다.

"이곳이요."

조천은 다시금 기관을 작동시켰다. 그러자 지하통로의 막힌 부분이 위로 올라가기 시작했다.

"올라가시오. 계단이 끝나는 곳에 가면 혈교에 대해 알 수 있을 것이오. 당신이 어떻게 삼야의 신호를 알고 있는지 모르겠지만 이것으로 내 임무는 끝이오."

그르르릉!

조천은 지하통로에 남았다. 그가 기관을 작동시켰는지

저량이 들어선 후 기관이 내려갔다.

"후후후, 아직까지 치밀한 것은 여전하군. 그럼 이 위에 누가 있는지 가 볼까? 분명 향주급 이상이 있음이 분명한데 말이야."

저량은 위로 나 있는 계단을 오르기 시작했다. 이토록 치밀하게 안내할 정도라면 분명 하오문의 향주 이상이 있으리라는 생각이 들었다.

계단을 오르자 저량의 앞에 돌벽이 나타났다.

자신도 알고 있는 기관이 장치된 돌벽이었다. 오직 향주급 이상만이 작동시킬 수 있는 비밀문이었다.

'신중한 것은 여전하군.'

아마도 자신을 시험하는 것이 분명했다. 암호를 대기는 했지만 이것으로 최후의 확인을 하려는 것이다. 저량은 자신이 알고 있는 순서대로 기관을 작동시켰다.

그으윽!

작은 마찰음과 함께 돌벽이 돌아갔다. 저량은 거침없이 안으로 들어섰다.

'다급하긴 다급했나 보군. 정말 무슨 일이 있는 것인가?'

저량이 안으로 들어선 곳은 꽤 커다란 침실 안이었다. 그곳에는 약향이 물씬 풍기고 있었고,

사방에는 은신한 자들이 안으로 들어선 저량을 향해 살

벌한 살기를 내뿜고 있었다. 은은히 풍기는 피비린내로 보아 하오문에 예기치 않은 일이 벌어졌음을 뜻했다.

"손님 접대가 말이 아니로군. 언제부터 하오문이 이렇게 변했는가?"

저량은 하오문에 무슨 일인가 있음을 짐작했지만 전과는 달라진 분위기를 질책했다.

분명 자신은 하오문에서도 몇 사람만이 알고 있는 암호를 댔다. 자신이 댄 암호는 하오문에서 무시할 수 있는 것이 아니었기에 이렇듯 대하는 하오문의 태도에 약간이 기분이 상한 상태였다.

"그만!"

침상 위에서 은잠해 있던 자들에게 질책의 소리가 흘러나왔다. 기력이 쇠잔한 듯 조금은 힘이 없었지만 그의 말에 저량을 향해 쏟아지던 살기가 씻은 듯이 사라졌다.

"그대는 누구인가? 삼야의 암호를 댔다고는 들었지만 그들은 이미 십여 년이 넘도록 행방불명이다. 네가 누구인지는 모르겠지만 바른대로 말하지 않는다면 죽음을 면치 못할 것이다."

목소리는 담담했지만 그의 목소리에는 의문이 가득했다.

하오문에서 잃어버린 존재들이라 칭하던 자들의 암호를 대는 자가 나타났기 때문이었다.

"후후후, 쌍첨비도(雙尖飛刀)가 날이 많이 무디어졌군.

나를 보고서도 알아보지 못하다니 말이야."

저량은 구영호에 대해 알고 있었다. 몇 번은 안면이 있는 자였다. 하지만 쌍첨비도 구영호가 자신을 몰라보자 그의 기억을 상기시켰다.

십여 년이 넘는 세월 동안 그의 기억이 흐려졌을 수도 있기 때문이었다.

"다, 당신은!"

구영호는 저량의 얼굴을 물끄러미 쳐다보았다. 그러다가 그의 눈이 더할 나위 없이 커졌다. 하오문이 성세가 수그러드는 계기가 되었던 사나이의 얼굴을 기억해 낸 것이다.

"후후, 이제야 알아보았나!"

"십 년 전에 하오문을 떠난 것이 아니었소?"

구영호의 말에는 싸늘함이 묻어나고 있었다. 그것은 저량이 사라진 후에 겪은 하오문의 어려움 때문이었다.

"주화입마에 걸려 몸을 회복하느라 힘이 좀 들었지. 그런데 자네의 꼴은 그것이 무엇인가? 천하의 쌍첨비도가 자리를 보전하고 누워 있다니 말이야."

저량은 자신에 대한 구영호의 마음을 알지만 쌍첨비도가 자리를 보전하고 누워 있는 사실에 의문을 느끼고 있었다.

석년에도 자신에 비해 그리 뒤지지 않는 무위를 가지고

있던 사람이었기 때문이었다.

"난 혈교와의 싸움에서 부상을 입었소. 그리고 이곳이 이렇게 살벌한 이유도 그들이 이곳으로 쳐들어올까 하는 염려 때문이오. 그런데 어째서 돌아온 것이오? 우리의 불문율을 잊어버린 것이란 말이오? 그동안 소식이 없었던 것을 보면 아무리 당신이 삼야의 한 사람이라고 해도 본문에서 다시 받아들인다는 것이 어렵다는 것을 잘 알 텐데 말이오."

"안다. 다만 옛 인연은 생각해 한 가지 정보를 얻기 위해 왔을 뿐이다."

"정보?"

"혈교에 대한 정보가 필요하다. 난 그들에 대해 알 필요가 있거든."

"어째서 혈교의 정보가 필요한 것이오?"

구영호가 눈빛을 굳히며 물었다.

"놈들과 대적하기 위해서니 그리 염려하지 마라."

"사실이오?"

"사실이다. 너라면 혈교에 대해서 무엇인가 알려 줄 것 같군. 하오문에 해가 되는 일은 없을 것이니 알려 주기 바란다."

"흐음!"

사천향주인 구영호는 침음성을 삼켰다. 자신의 눈앞에

나타난 자는 십여 년이 넘도록 하오문과 연락이 끊긴 삼야(森夜)중 하나였다.

삼야는 하오문과 불가분에 있는 무력 단체를 이끄는 자들이었다. 삼야라 지칭하는 자들은 하오문을 비밀리에 수호하는 삼도회(森韜會)의 일원이었던 것이다.

삼도회는 어느 날 소리 소문 없이 사라졌다. 하오문에서도 그들이 사라졌다는 것을 뒤늦게 알았다.

하오문에 위기가 닥쳐야만 나타나는 그들인지라 그들이 사라진 것을 나중에 알았던 것이다.

하오문의 정보력으로도 삼도회를 구성하는 삼야들이 어떻게 사라졌는지 알 수가 없었다. 그런 삼야 중 하나가 오늘 갑자기 나타난 것이다. 삼도회의 목적처럼 하오문이 위기에 빠져 있을 때 나타난 것이었다. 그러나 삼야는 삼도회의 인물이 아니었다.

"솔직히 난 당신을 믿을 수가 없소. 십여 년 만에 뜬금없이 나타난 당신을 말이오. 삼도회가 사라지고 난 후 우리는 많은 위협에 처했었소. 암중에 하오문을 수호하던 그대들이 사라졌으니 말이오. 그리고 보시다시피 나 또한 이 모양 이 꼴이오."

"하오문을 노리는 자들이 많았나?"

"삼도회가 떠난 후에 문에 위기가 닥쳤소. 정체를 알 수 없는 자들로부터 공격이 시작된 것이오."

"어떤 놈들이지?

"당신이 정보를 알고자 하는 혈교의 공격이었소. 처음에
는 그들이 혈교라는 것조차 몰랐지만 얼마 전에야 알 수 있
었소."

"혈교라고?"

"그렇소. 혈교와 하오문은 부딪칠 수밖에 없소. 혈교의
인물들이 제일 먼저 파고드는 곳이 바로 하루하루 세상을
살아가는 자들이니 말이오. 하오문이 그들을 보호하기 위해
설립된 이상 혈교는 우리들부터 제거하려고 했던 것이었
소."

"그렇겠군."

"놈들에 대해 알게 된 것이 너무 늦었소. 정체를 알게
된 때는 전력의 대부분이 날아간 상태였으니 말이오. 삼도
회가 있었다면 그런 일은 일어나지 않았을 텐데 말이오."

구영호는 원망하듯 말을 이었다.

"미안하게 됐군."

"한 가지 묻겠소. 삼야가 모두 돌아온 것이오?"

구영호는 저량에게 묻고 있었다. 삼도회의 부활을 묻고
있는 것이다.

"아직은?"

"으음!"

저량은 대답을 해 줄 수가 없었다.

그도 솔직히 자신이 이끌던 삼도회가 아직까지 남아 있을지 의문이었던 것이다.

"나도 삼야들을 찾아야 하는 입장이라서 그들이 아직까지 존재하는지 모른다. 하지만 존재한다고 믿고 있지. 그들의 끈질긴 생명력을 잘 알고 있으니 말이다. 만약 그들이 아직까지 남아 있다면 돌아올 것으로 보아도 된다."

"왜 혈교의 정보를 원하는 것이오."

"놈들을 제거해야 하니까."

"좋소. 당신을 믿어 보도록 하겠소."

"믿어서 후회하지는 않을 것이다."

"그럼 혈교에 대한 이야기를 해 주겠소. 혈교는 오 년 전 처음 산서성과 섬서성에서 그 흔적이 발견되었소. 우리를 공격했던 자들을 추적하는 과정에서였소. 무림맹이나 다른 이들은 보고도 모르겠지만 희미하게 나타난 그들의 흔적을 발견하곤 뒤를 쫓기 시작했소. 하지만 쉽사리 그들의 흔적을 발견하지는 못했소. 삼도회가 사라진 이상 무작정 그들을 쫓을 수는 없었기 때문이오. 우리는 비밀리에 그들의 흔적을 각 대문파에 흘려보냈소. 우리만으로 그들을 상대했다가는 전멸을 면치 못하기 때문이었소. 무림맹을 비롯해 암중의 세력들이 혈교의 흔적을 쫓기 시작했소. 특히 사천성의 무림인들이 발 벗고 나섰소. 그들만큼 혈교의 무서움을 잘 알고 있는 이들은 없었으니까 말이오. 하지만 그 누구도 혈교의 움직임을 파악하지 못했소. 추적이 시작되자 그야말로 터럭하나 남기지 않고 자취를 감추어 버렸으니까 말이오."

"무림맹이 나섰는데도 흔적을 찾지 못했다는 것이냐?"

"그렇소. 처음엔 우리도 난감했소. 우리가 흘린 정보로 혈교에 대한 추적을 시작했던 그들은 일 년 전 모든 추적을 중단했소. 하지만 혈교는 잠적을 한 것이 아니었소. 다른 곳에서 활동을 하기 시작했던 것이오."

"다른 곳에서?"

"놀랍게도 그들은 사천성에서 다시 활동을 시작했소. 자신들이 몰락했던 곳에서 말이오."

"등잔 밑이 어둡다고 그들이 사천에서 다시 활동을 시작했다니 놀라운 일이로군."

"우리는 이번에는 정보를 흘리지 않았소. 혈교의 무리들이 무림맹이나 마교, 그리고 여타의 문파에 있다는 심증을 지울 수 없었기 때문이오. 그렇지 않다면 그들의 흔적이 그렇게 감쪽같이 지워질 수 없으니 말이오. 그래서 우리는 하오문의 힘만으로 혈교를 추적하기 시작했소. 혈교의 간자들이 스며든 이상 그 방법밖에는 없었으니 말이오. 하지만 사천에서 흔적은 그야말로 오리무중이었소. 그러다 두 달 전 그 흔적이 이곳 산서성으로 이어진 것을 알아내고는 내가 직접 그들을 추적하기 시작했소. 그리고 이 모양이오. 산서

향주는 놈들의 손에 죽음을 당하고 내가 이끌던 하오문의 사람들 대부분이 놈들에게 당했소. 당신들 삼야들이 사라진 후 심혈을 기울여 키운 제자들이 아니었다면 나 또한 죽은 목숨이었을 것이오."

"혈교가 하오문을 공격했다는 것인가?"

하오문은 정보를 다루는 문파였다. 누군가를 쫓는다면 언제나 점조직으로 움직이는 문파다. 무력을 갖추지 않았기에 행해지는 정보 추적 방식이었다.

들키게 되면 점조직이 와해되겠지만 성을 관장하는 향주까지 놈들에게 당했다는 것이 이상했던 것이다.

"혈교는 우리를 기다리고 있었소. 사천성에서 우리를 노렸다면 무림인들에게 자신들의 흔적을 노출시킬 우려가 있기에 우리를 이곳까지 유인한 것이오. 놈들은 우리의 정보 추적 방식까지도 알고 있었소. 조직원들부터 향주까지 치밀하게 조사를 끝내고 우리를 공격한 것이오."

"으음, 그렇다면 이곳 산서성에서도 놈들의 뿌리가 있다는 말이로군."

"그렇소. 어려운 와중에도 우리가 이곳으로 온 이유는 도움을 기대했기 때문이오. 당신이 사라지기 전에 마지막으로 흔적이 남은 곳이기에 삼도회의 도움을 받을 수 있을지도 모른다는 실낱같은 희망으로 말이오. 그런데 이제는 그른 것 같소."

"후후후, 아직 확답은 못하지만 조금만 기다려 보도록. 좋은 소식이 있을지도 모르니 말이야."

"무슨 말이오?"

"아직은 이야기할 바가 못 되는 일이다. 그런데 이곳은 안전한 곳인가?"

"물론이오. 이곳은 내가 개인적으로 만들어 놓은 은신처요. 아무리 혈교가 우리를 역으로 추적했다고 해도 이곳까지는 발견하지 못했을 것이오."

"후후후, 그건 아닌 것 같군!"

쐐애액!

저량은 구영호와 이야기를 나누다 말고 손을 떨쳤다.

푸른빛이 천정을 향해 날았다. 그의 손에서 떠난 것은 그의 애병인 청강적필(靑剛赤筆)이었다.

퍼! 퍽!

"크윽!"

"윽!"

푸른빛이 천정에 박혀 들고 비명이 터져 나왔다.

"이런!!"

"후후후, 쥐새끼들이 숨어 있는 것을 보면 이곳도 안전한 곳은 아닌 것 같군."

저량은 구영호의 은신처로 들어오며 자신에게 살기를 흘리는 자들을 제외하고 다른 이들이 숨어 있다는 것을 이미 알고 있었다.

그들의 정체를 알 수 없어 그냥 놔둔 것인데 구영호와의 대화가 끝나자 자리를 뜨려는 것을 느끼고는 그들이 바로 혈교의 무리들이라는 것을 확인하고는 손을 쓴 것이다.

우지직!

쿵! 쿵!!

천정이 찢어지며 사람들이 떨어져 내렸다.

저량에게 제압당해 내력을 돌리지 못하게 된 그들의 하중을 천정이 견디지 못한 탓이었다.

"벌써 이곳까지 파고들다니, 놈들이 이곳을 발견한 모양이오. 자리를 떠야 할 것 같소."

떨어져 내린 혈교의 추적자를 보며 구영호는 자신의 은신천가 발견되었다는 것을 알았다.

지금까지 생사를 오가는 추격전에서 간신히 피했건만 쉴 곳을 잃어버린 것이다.

"어디로 갈 생각이지?"

"그건 모르겠소. 놈들의 천라지망은 무섭기 그지없소. 무림맹에도 연락을 하지 못했소. 모든 것이 차단된 상태요."

"그럼 나를 따라오도록. 도움을 요청할 분이 계시니 말이야. 그리고 혈교의 비밀에 대해서 알아야 하니 이자들은 데리고 가는 것이 좋겠다."

구영호는 다른 방법이 없음을 알았다. 방금 전 저량이 보여 준 한 수는 자신도 감당하기 힘든 것이었다.

또한 도움을 요청할 사람이 있다는 말에 정보를 다루는 자 특유의 호기심이 발동했기 때문이었다.

"알았소."

여우는 자신이 굴로 드나드는 통로를 여러 곳 만들어 놓는 것이 본능이다. 쌍첨비도 구영호 또한 마찬가지였다.

저량은 그가 안내하는 새로운 통로를 통해 서린이 머물고 있는 객잔으로 향했다.

혹시나 자신을 추적하는 자가 있을지도 모른다는 생각이 들었지만 이미 기호지세라 빠르게 지하의 미로를 지나쳤다.

저량과 구영호 일생이 객잔에 도착한 것은 반 시진이 훨씬 지나서였다. 서린은 저량이 데리고 오는 인물들을 보며 놀라기는 했지만 기색을 나타내지 않았다. 이유가 없다면 저량이 모르는 이들을 데리고 올 리 없기 때문이었다.

─이자들은 누구냐?

─하오문의 사천향주와 문도들입니다, 주군.

─무슨 일이 있었나 보구나.

─하오문도들이 혈교의 추적을 받고 있었습니다.

'혈교?'

─예, 자세한 이야기는 하오문의 사천향주인 쌍첨비도로

부터 듣는 것이 좋을 것 같습니다.

저량은 자신이 데리고 온 하오문도들에 대해 서린에게 전음으로 이야기 했다. 혈교로부터 추적을 받는다는 말도 빠지지 않았다.

"하오문도들이라고 들었소. 혈교로부터 추적을 받는다는데 어떻게 된 일이오?"

서린은 자신가 저량이 전음을 주고받고 있다는 것을 구영호가 눈치챘기에 단도직입적으로 물었다.

빙 돌리는 것보다는 그것이 나을 것 같았기 때문이었다.

어차피 단서를 찾아내야 하는 지금 혈교와 직접적으로 부딪친 하오문이라면 이번에 혈교에 대한 단서를 건질 수 있겠다는 생각에서였다.

서린의 질문에 구영호는 일시지간 대답을 할 수 없었다. 구영호는 저량에게 모시는 사람이 있다는 것을 보고 충격을 받고 있었기 때문이다.

이제 약관인 자에게 저량이 저렇듯 존대한다는 것이 믿기지가 않았다.

저량이 누구이던가? 하오문에서 심혈을 키운 자신의 수하들과는 비교도 되지 않는 자가 삼야들이었다.

대대로 명맥을 이어 오며 비밀리에 하오문을 수호하던 그들의 무예는 무림인들이 아는 것과는 천양지차였다.

'이제 약관이 됐을까 하는 애송이를 주군으로 섬기다니

못 믿을 일이다. 삼도회주의 무위는 구파의 장문인과 비견될 정도. 그런데 저자에게 저리 고개를 숙이다니…….'

하오문이 모진 핍박과 경계 속에서도 명맥을 이어 오며 정보 장사를 할 수 있었던 것도 삼도회의 삼야들이 있었기에 가능한 일이었다.

삼야들은 개개인의 무위가 높을 뿐만 아니라 자존심이 강한 자들이었다. 누구에게 쉽게 고개를 숙일 인물들이 아니었던 것이다.

특히 자신이 알고 있는 저량은 삼도회의 회주였다. 그런 그가 십여 년이 넘어 남의 수하로 나타났다는 사실은 그에게는 혈교와 버금갈 정도로 충격이었던 것이다.

"사천향주! 주군께서 말씀하시지 않나?"

충격에 빠져 있던 구영호를 일깨운 것은 저량의 목소리였다. 너무 놀라 자신이 잠시 추태를 부린 것을 느낀 구영호는 정신을 차린 후 서린을 똑바로 쳐다보았다.

"당신은 누구요?"

당연한 질문이었다. 서린이 누구인지 모르는 상태에서 무림을 혼란에 빠뜨릴 정보를 알려 줄 수는 없었다. 저량에게도 자세한 사항을 알려 주지 않은 것은 그 때문이었다.

서린은 구영호의 물음에 말없이 품에서 패 하나를 꺼냈다. 대륙천안의 수련 장소에서 나오며 서편 안에 들어 있던 것이었다.

"그것은?"

구영호는 서린이 내민 패를 알아볼 수 있었다.

금의위의 북진무사에서도 비밀 시위들에게만 주는 패를 정보를 다루는 그가 못 알아볼 수는 없었다.

"황궁에서 나온 것이오?"

"황실에서도 혈교에 대해서 주목하고 있소. 민심이 안정이 되어야 황실 또한 미래를 기약할 수 있는 일이니 말이오. 저량에게 듣기로는 혈교의 인물들로부터 공격을 받았다고 들었소만 하오문에서는 혈교에 대해 얼마나 알아낸 것이오?"

서린의 질문에 구영호는 자신이 알고 있는 것들을 알려 줄 수밖에 없었다. 황실에서 관심을 가지고 있다면 이것은 이미 무림을 떠난 일이었기 때문이었다.

또한 황실이 개입한다면 혈교에 의해 잠식당하고 있던 하오문이 살 수 있는 길이기도 했기 때문이었다.

"혈교는 산서와 섬서성뿐만 아니라 사천성 깊숙이 잠복해 있는 상태입니다, 대인. 그들은 오 년 전 처음 이곳 산서성과 섬서성에 나타났습니다. 그때 나타난 놈들의 흔적은……."

구영호는 저량에게 말했던 대로 서린에게 혈교에 대해 설명하기 시작했다. 저량에게 했던 것보다는 좀 더 자세한 내용이 담겨 있었다.

"그러니까. 잠적했던 놈들이 사천성에서 활동을 시작했고, 당신은 그들의 흔적을 따라 이곳 산서로 왔다가 놈들에게 당했다는 것이군."

"그렇습니다."

"으음, 하오문의 조직을 역추적하며 세 개 성의 하오문 지부를 무너뜨릴 수 있다는 그들의 역량이 만만치 않다는 뜻인데……."

"맞습니다, 대인. 전 이곳에서 놈들의 역습을 받으며 몇 가지 의문점이 들었습니다. 무림맹의 정보를 담당하고 있는 개방에서는 이러한 사실을 모르고 있는 것인가 하고, 마교의 취의당에서도 이러한 사실을 모르는 것인가 하는 것입니다. 그들은 하나같이 어떠한 움직임도 보이지 않았으니 말입니다."

"간자가 있다는 말이로군."

"맞습니다. 이미 혈교의 세력은 그 어느 곳이든 스며든 상태인 것 같습니다."

"그런데 어째서 하오문은 그들의 추적을 받는 것이오. 그 정도로 행사가 치밀하다면 하오문이 무엇을 하건 상관하지 않았을 텐데 말이오."

서린은 구영호가 감추고 있는 이면의 진실을 듣고 싶어 돌려 말했다. 구영호의 말속에서 하오문이 혈교에 대한 구

체적인 정보를 알고 있다는 생각이 들었던 것이다.

그렇지 않다면 혈교에서 세력이 드러날 위험을 무릅쓰고
이들을 추적할 이유가 없었던 것이다.

"그들이 사천성에서 무슨 음모를 꾸미고 있는지 모르겠
지만 분명한 것은 무림맹과 마교, 그리고 사파무림을 대상
으로 한다는 것입니다. 우리 하오문에서는 그들 속에 스며
든 간자들의 명단 일부를 입수할 수 있었습니다. 아마도 우
리가 이토록 놈들의 집요한 추적을 받는 것은 그 때문인 것
같습니다."

구영호는 솔직히 밝힐 수밖에 없었다. 이미 자신의 연락
망은 모두 끊긴 상태였다.

그리고 산서성의 끝자락인 양천까지는 왔으나 하북성으
로 넘어갈 수도 없는 상태였다. 이미 두 차례나 시도했으나
천라지망에 걸려 자신은 부상을 입고 많은 수하들을 잃어야
했던 것이다.

"어떤 자들인지 말해 줄 수 있소."

"말씀 드리겠습니다."

서린은 구영호로부터 혈교의 인물들의 명단에 대해서 들
을 수 있었다. 그것은 서린으로서도 의외였다.

사천의 거의 모든 문파와 산서와 섬서의 문파들에 혈교
의 간세들이 암약하고 있었던 것이다.

"왜 알리지 않았는지 알겠군."

"그들 대부분이 의심할 만한 여지가 거의 없는 자들입니다, 대인. 모두 각 문파에서 충성심이 남다른 자들이니 말입니다. 제가 알고 있는 명단이 공개된다면 오히려 하오문이 의심을 살 것이 분명해서 알리지 못했습니다."

"그런 것 같소. 당신이 알고 있는 명단이 혈교의 인물들을 지칭하는 것이라고는 아무도 상상하지 못할 테니 말이오. 그렇지만 혹시라도 반간계일 수도 있으니 시일을 두고 조사해 볼일인 것 같소."

"그럴 수도 있을 것 같습니다."

"알았소. 궁금증을 풀었으니 이제는 됐소. 부상을 입은 것 같으니 향주는 이만 쉬도록 하시오. 이곳이라면 사람들의 이목이 많은 곳이기도 하고, 놈들은 자신들의 정체를 밝히기 꺼려 하니까 쉽게 공격을 하지 못할 테니 말이오."

"감사합니다."

"감사할 것까지는 없소. 당신의 안전은 지금부터 내가 책임지겠소. 나중에 혈교의 정체를 밝히기 위해서는 당신들의 도움이 필요하니 말이오."

"알겠습니다."

자신들만이 알고 있는 비밀을 황실의 비밀시위도 알게 되어 동지가 생겼다는 생각에 전보다는 편해진 마음이었다.

또한 황실에서 보호해 준다면 어느 정도 안전이 확보된

다는 생각도 들었다. 구영호는 홀가분한 마음으로 자리에서 일어나 옆 객방으로 향했다.

"주군."

"왜 그러는가?"

"사천향주의 은신처에서 혈교의 놈들로 보이는 자들을 잡아 왔습니다."

저량은 구영호가 나간 후 자신이 잡은 혈교의 인물들에 대해 이야기를 했다.

"그런가? 지금 어디 있나?"

"밖에 있습니다."

"데리고 들어오도록 해라."

저량이 잡은 혈교의 인물들은 구영호를 보호하던 자들이 데리고 있었다. 저량은 밖으로 나가 자신이 잡은 혈교의 인물들을 데리고 들어왔다.

서린은 저량이 혈교의 인물들을 데리고 들어오자 저량을 밖으로 내보내 주위를 감시하라 이르고는 혈교의 인물들에게 삼몽환시술을 펼쳤다. 그들이 알고 있는 사실을 파악하기 위해서였다.

제령에 가까운 삼몽환시술을 펼쳤지만 알고 있는 것이 별로 없었다. 그들의 임무는 구영호를 감시하는 것이 전부였고, 알고 있는 것이라고 해도 자신에게 지시를 내리는 상관을 아는 것이 전부였다.

혈교에 대해서는 오히려 구영호보다 몰랐다.

"철저한 점조직이로군. 수하들이 상부에 대해 전혀 모르 도록·꾸며 놓다니. 놀라운 조직이다."

정보를 다루는 하오문을 역으로 추적해 말살시키는 조직 답게 자신의 꼬리를 자르는 방법은 확실하게 해 놓고 있었 다.

수하들에게는 정보를 철저히 차단하고 있었다. 저량이 사로잡은 자들도 잡히면 곧바로 자결할 수 있도록 이빨 사 이에 독단을 끼워 놓은 자들이었다.

"구영호를 쫓는다면 그가 가지고 있는 명단이 확실하다 는 것이라는 뜻인데. 흐음, 그걸 증명할 만한 방법이 없군. 그나저나 구영호는 그 명단을 어떻게 입수할 수 있었을 까?"

서린은 구영호가 뭔가 숨기고 있다는 것을 짐작하고 있 었다. 혈교의 명단이 있다는 것을 숨기지 않으면서도 혈 교의 명단을 입수한 경위는 일체 말해 주지 않았던 것이 다.

"후후후, 어차피 사천성에서부터 일을 시작하기로 마음 먹었으니 별 상관은 없다만 재미있게 되겠군. 사천으로 가 는 길이 심심하지는 않겠어."

서린은 혈교에 대해 조사하는 일이 재미있을 것 같다는 생 각이 들었다. 하오문을 역으로 추적해 향주까지 죽일 정도라면 상당한 조직력을 갖추고 있다는 생각이 들었기 때문이다.

또한 산서와 섬서, 그리고 사천성의 각대문파에 잠입해 있는 자들을 상대하다 보면 뭔가 흥미로운 일이 벌어질 것 같다는 생각이 들기도 했다.

"저량, 들어오너라."

서린은 밖에 대기하고 있던 저량을 불렀다.

"부르셨습니까? 주군!"

"넌 어떻게 생각하느냐?"

"객잔 밖에 있는 자들 말씀이십니까?"

"그래."

서린은 이미 객잔 주변에 알 수 없는 그림자가 붙었다는 것을 알고 있었다. 구영호 일행을 쫓고 있는 혈교의 인물들이 분명했다.

"섣불리 덤비지는 못할 겁니다. 주위의 이목도 있고 우리의 정체를 확실히 파악하지 않는 이상 말입니다."

"나도 그렇다고 본다. 그런데 만만치 않은 자들 같아. 이토록 순식간에 이곳을 파악하다니 말이야."

서린은 앞으로 혈교와의 싸움이 만만치 않음을 느꼈다. 기동력을 봤을 때 대륙천안만큼이나 탄탄한 조직인 것이 분명했다.

"일단은 기다려야 할 것 같습니다."

"그래야 할 것 같아. 섣불리 움직이지 않는 것을 보면 놈들도 아직 구향주에 대해서 완전히 파악한 것 같지는 않고, 무엇보다 그가 몸을 회복해야 되니 말이야."

감시하는 자들이 있기는 했지만 문제는 없었다. 구영호의 존재를 확신하고 있는 것 같은지 객잔을 뒤질 생각은 하지 않고 있었다.

그리고 사천성에 같이 가야 했기에 구영호의 상세가 회복되는 것이 먼저였다.

서린은 객잔에서 열흘을 더 머물렀다. 그동안 객잔을 감시하던 눈길은 사라지고 없었다. 다행히 구영호의 상세는 그다지 심하지 않아 양천에 도착한지 열하루 만에 서린은 길을 떠날 수 있었다.

서린은 산서성의 하진(河津)에서 섬서성으로 들어선 후, 여산(驪山)을 거쳐 성도인 서안(西安)을 지나 석천(石泉) 거쳐 관도로 사천성에 들어가는 긴 여정이었다.

산서성을 지나는 길은 그다지 평온하지 않았다. 변장을 한 구영호의 정체를 들킨 것인지 길을 떠난 지 채 이틀이 되지 않아 누군가 따르기 시작했던 것이다.

―소문주님, 어떻게 할까요?

―움직임이 없으니 그냥 놔두는 것이 좋을 것 같습니다. 우리의 정체를 파악하려고 그러는 것일 겁니다.

은밀히 따르기는 했지만 도발은 없었다. 자신들의 정체를 파악하느라 분주한 모양이었다.

―그럼 여정을 서둘러야겠군요.

―그러는 것이 좋을 것 같습니다.

서린은 양천에서의 일 때문에 이미 여정이 많이 늦어졌기에 길을 재촉하기로 했다. 세 사람은 말을 갈아타며 섬서성을 향해 빠르게 달려갔다.

"합양(合陽)입니다. 이제는 섬서로 들어왔습니다."

구영호는 불안한 표정으로 서린에게 산서성과 경계에 있는 합양에 도착했음을 알렸다.

"그런 것 같소."

"혈교에서는 아마 섬서에서 결판을 낼 것이 분명합니다. 천 대인의 정체를 파악하느라 그동안 잠잠했지만 그들의 능력으로 보아 이제는 천 대인의 정체를 파악했을 테니 말입니다."

"섬서에서 말이오?"

"사천성으로 들어선다면 놈들도 위험 부담을 감수해야 하니 분명 섬서에서 우리를 제거하려 들 것이 분명합니다."

구영호의 예상은 비교적 정확한 것이었다. 혈교에서는 이미 구영호에 대한 제거 계획을 세우고 있었다.

"어디 쯤에서 놈들이 공격할 것으로 예상하는 것이오?"

"그건 모르겠습니다. 놈들은 언제나 의외의 장소에서 공격을 했으니 말입니다."

"일단은 지켜봐야 한다는 이야기로군. 어차피 우리야 여정을 따라야 하니까 지켜보도록 합시다."

'여정을 바꿀 수도 없는 노릇이고……'

서린은 대륙천안에서 정해 준 여정을 따라야 했다. 이곳 섬서성에서 일차로 만나 볼 사람이 있었던 것이다.

서린이 만나 볼 자는 혈교에 대한 정보를 제공해 주기로 한 사람이었다. 그가 있는 곳은 서안(西安)에서 가까운 여산(驪山) 인근이었다.

합양에서 여산으로 가자면 관도를 따라가야 했다. 위남(渭南)을 지나치면 바로 여산이었다.

여산은 온천으로 유명한 곳이다. 주(周)나라 시절부터 황제들의 별장이 있을 정도로 유명했다. 그중 가장 유명한 곳이 바로 화청지(華淸池)였다.

그리고 서린 일행은 어느새 화청지가 바라보이는 곳에 와 있었다.

"일단 안으로 들어가야 할 것 같습니다, 주군."

저량은 이미 서린에게서 누구를 만나야 하는지 들은 바가 있었다. 황실의 별궁으로 사용되는 화청지를 관리하는 자가 바로 서린이 만나야 할 자였다.

서린은 화청지를 지키고 있는 위사들에게 자신의 패를 보였다. 북진무사의 비밀시위는 별궁의 위사들과는 격이 다른 터라 그들은 화청지를 관리하는 책임자에게 황급히 서린을 안내했다.

서린이 향한 곳은 그 옛날 양귀비가 향을 사르던 침향전(沈香殿)이었다. 현종의 환심을 사기 위해 암내가 심했던 양귀비가 암내를 없애기 위해 사용하던 곳이었다.

침향전에 들어서자 은은한 향 내음이 번지고 있었다. 향나무를 태운 듯 안개처럼 희미하게 연기가 깔려 있었다.

"어서 오시오. 기다리고 있었소. 그런데 저분은?"

침향지를 관리하고 있는 문사정(汶査井)은 서린이 데리고 있는 구영호에 대해 의문을 던졌다. 자신이 알기로는 서린과 저량만이 방문하는 줄 알고 있었던 까닭이었다.

"하오문의 사천향주요. 이번 임무를 위해 우리에게 협력하고 있소."

"그렇군요. 어쩐지 예정보다 늦으신다 했습니다."

"미안하오. 혈교에 대해 나름대로 알아보느라 늦었소. 그런데 나에게 전해 줄 것이 무엇이오."

서린은 대륙천안에서 받은 명령서에 적혀 있었기에 문사정이 자신에게 전해 줄 것이 있다는 것을 알고 있었다.

"여기 있습니다."

문사정은 품에서 조그만 책자를 꺼내더니 서린에게 전했다.

"전했으니 전 이만 나가 보도록 하겠습니다. 다 읽으시면 태우도록 하십시오. 그리고 이곳은 황제 폐하의 별궁이라 그러니, 볼일이 끝나면 바로 이곳을 벗어나 주시길 바랍니다."

문사정은 말을 마치고 곧바로 침향전을 벗어났다. 그에게 허락된 것은 여기까지였던 것이다.

서린은 문사정이 건네준 책자를 천천히 살피기 시작했다. 그곳에는 그간 대륙천안에서 조사한 혈교의 모든 것이 들어 있었다. 대부분의 내용이 구영호에게서 들은 것과 대동소이했다.

하지만 끝부분은 그렇지 않았다. 뒤쪽의 몇 장에는 혈교의 근원에 대해 상세히 적혀 있었다.

"으음!!"

서린은 다 읽고는 책을 저량에게 건넸다. 저량은 책을 빠르게 넘기며 안의 내용을 읽어 나갔다.

다 읽은 저량은 책을 향나무를 태우고 있는 향로에 집어넣었다. 책은 금세 타오르기 시작했다.

'무슨 내용인지 한번 보여 주었으면 좋겠는데 그냥 태워 버리다니…….'

구영호는 안의 내용이 궁금했지만 감히 보자는 말을 하지 못했다. 서린과 저량의 표정이 다소 심각했기 때문이었다.

분위기로 봐서는 혈교와 관련된 내용이 틀림없는 것 같은데 끝 부분에서 서린이 내뱉은 신음의 이유가 궁금했다.

—저량! 혈교가 사사밀교와 관련이 있을지도 모른다는 추측을 어떻게 생각하나?

—일리가 있다고 생각합니다, 주군. 석년의 혈교는 분명 완전히 멸망했습니다. 무림인의 집요한 추적으로 하나도 남기지 않고 말입니다. 원래 혈교는 그 뿌리를 사사밀교에 두고 있었습니다. 그런데 멸망했던 혈교가 다시 나타났다면 사사밀교와 관련이 있을 수도 있을지 모릅니다. 항시 중원을 노리는 그들이라면 혼란을 초래하기 위해 혈교라는 집단만큼 이용하기 좋은 것은 없을 테니까 말입니다.

—나도 그렇게 생각한다. 멸망한 혈교가 갑작스럽게 나타났다는 사실 자체가 조금은 이상했으니까.

저량이 구영호를 의식해 대륙천안에서 혈교를 말살시켰다는 것을 이야기하지 않았지만 서린 또한 혈교가 대륙천안의 사사묵련에 의해 하나도 남지 않고 철저히 멸살됐다는 것을 알고 있었다.

그런데 혈교가 다시 나타났다는 것은 음모의 냄새가 짙었다. 대륙천안의 분석대로 뒤에 사사밀교가 있을지도 모르는 일이었다.

'안의 내용이 도대체 뭐였기에 둘 다 저리 심각하게 이야기를 주고받는 것인지 모르겠다. 분면 본문에서 알지 못하는 내용이 기록되어 있었던 것이 틀림없다. 알려 주지 않으려고 작정을 한 것 같지만 따라다니다 보면 무엇인가 알

게 되겠지.'

구영호는 전음을 주고받으며 책자의 내용에 대해 이야기를 나누는 두 사람을 보면서 상당한 궁금증을 느꼈다.

하지만 서린과 저량은 자신에게 이야기 해 줄 마음이 없는 것 같아 아쉬운 마음을 접어야 했다.

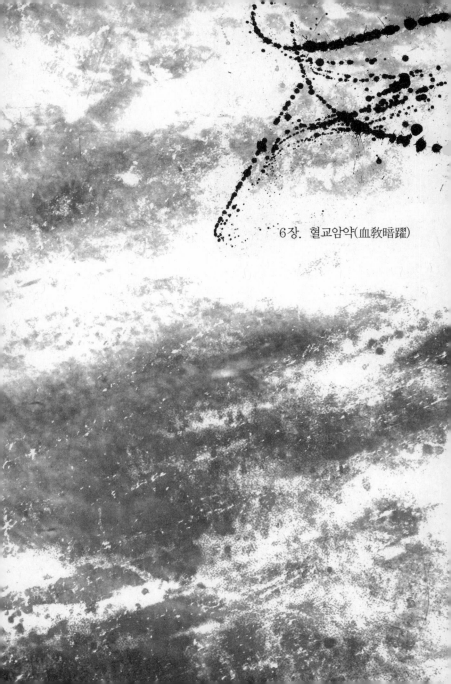

6장. 혈교암약(血教暗躍)

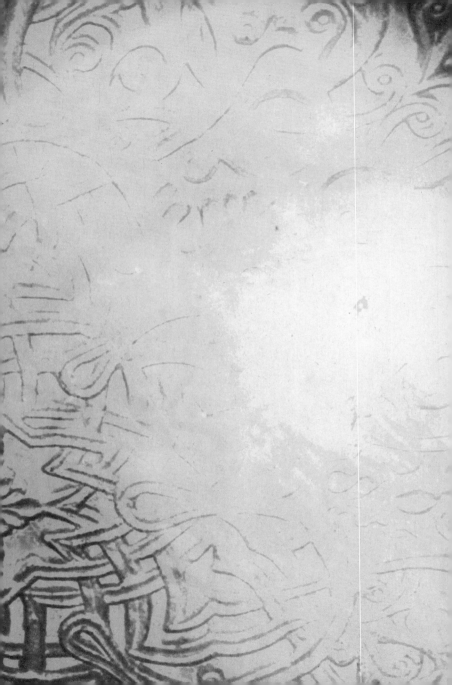

밀교와 혈교과 관련이 있을지도 모르는 단서를 접한 서린은 문득 자신이 지난날 천불동으로 옮겨 놓은 소녀의 생각이 났다.

보석처럼 빛나던 눈동자가 그의 뇌리에 남아 있었던 것이다.

'후후후! 그때 그 소녀는 잘 있는지 모르겠다. 이제는 여인이 되어 있을지도 모르겠군.'

자신과 같은 또래로 보였으니 지금쯤 어엿한 상당히 여인이 돼 있을지도 모른다는 생각이 들었던 것이다.

또한 사사밀교와의 안 좋은 기억들도 떠올랐다. 어쩌면 이번에 사사밀교와 부딪칠지도 모른다는 강한 예감이 들었다.

'이번에는 도망가지 않는다. 지난날 놈들에게 당한 굴욕을 반드시 돌려줄 것이다.

서린은 인드라에게 당한 것을 잊고 있지 않았다. 무공과는 다른 법술의 힘을 사용하는 인드라의 힘은 그에게도 상당한 충격으로 뇌리에 남아 있었던 것이다.

"일단 이곳을 벗어나 사천으로 간다. 아직은 그들에 대한 확실한 단서를 잡은 것은 아니니까. 놈들이 우리를 습격한다면 얼마간이라도 알아볼 수 있겠지."

"놈들이 습격을 할까 모르겠습니다."

"이곳 화청지에서는 아무리 혈교라 해도 우리를 건드리지 않을 것이다. 이곳을 건드리는 순간부터 관의 집요한 추적을 받을 테니까. 일단은 여산에서 놈들에게 기회를 한 번주어 보는 것도 괜찮을 것 같다."

"무슨 말씀이신지 알겠습니다. 주군. 일단 여산을 한번유람하기로 하지요."

저량은 서린의 의도를 눈치챘다. 일단 혈교의 습격을 유도한 후 그들 중 수뇌부를 잡을 생각인 것이다.

금의위의 비밀시위를 습격할 정도라면 적어도 수뇌부가올 것이라는 판단이 들었던 것이다.

'무엇을 믿고 혈교를 유인한다는 것인지? 이들은 혈교가얼마나 무서운지 모르고 있는 것 같다. 나조차 피해 다니기급급했거늘……'

구영호는 서린의 의도를 짐작했지만 잘될 것이라고 생각하지 않았다. 그가 본 혈교의 행사는 무척이나 치밀했다. 그리고 상당한 고수들이 포진해 있었다.

그런데 단둘이서 그들을 상대한다는 생각은 섶을 쥐고 불 속으로 뛰어드는 것이란 판단이 들었던 것이다.

불안한 생각에 마음이 찜찜한 구영호를 뒤로하고 서린은 침향전을 나섰다.

구영호 또한 어쩔 수 없이 그의 뒤를 따랐다. 저량은 그런 구영호의 마음을 아는 것인지 한줄기 미소를 흘리며 그의 뒤를 따랐다.

서린 일행은 화청지를 떠나 여산의 결경이라는 곳으로 향했다.

비류직하삼천척(飛流直下三千尺)!

이백의 시구처럼 여산의 폭포가 웅장한 자태를 드러내는 곳에 서린과 저량은 서 있었다.

여정상 서안으로 향해야 하지만 자신들의 뒤를 따르는 자들에게 기회를 주기 위해서였다.

―사람들이 의외로 많군. 이곳에서는 놈들이 도발할 리가 없으니 다른 곳으로 자리를 옮겨야겠다.

―알겠습니다. 주군!

몇몇 시인묵객들이 여산폭포의 정경을 즐기고 있었다. 사람들이 있는 이상 혈교에서 섣불리 기습할 리가 없다는 생각에 서린은 여산 폭포에서 발걸음을 돌려 한적한 곳으로 향했다.

"주군 놈들이 따라올까요?"

"글쎄…… 그들이 기습할 기회가 자주 있는 것은 아니니 기다려 봐야겠지. 서안으로 가면 나와 합류할 자들이 기다리고 있으니 아마도 이곳이 적당하지 않을까 싶군."

"우리 주위를 따르는 자들의 움직임이 부산해진 것을 보면 기습이 멀지 않은 것 같기는 합니다만."

여산 자락을 따라 한가로이 거니는 모습이었지만 저량은 주위의 기운을 하나도 놓치지 않고 있었다. 여산 폭포를 떠나는 순간부터 주위의 움직임이 이상했던 것이다.

"어느 정도 준비를 하는 것이 좋겠군."

서린 또한 그들의 움직임을 읽고 있었기에 양쪽 허리에 달려 있는 검을 어루만졌다. 사사묵련에서 지급한 검과, 검반향의 전설을 쫓으며 얻었던 검이었다.

'검반향의 전설이 담긴 것은 쓸 수가 없으니 이것을 써야겠군. 그래도 내 손에 제일 익은 것이니.'

서린은 사사묵련에서 지급받은 검을 사용하기로 마음먹었다. 비록 명검이라고는 할 수는 없으나 보기 드물게 잘 만들어진 검이었다. 그동안 자신의 수련을 위해 써 온 검이라 정도 든 편이었다.

'왔다.'

사람들의 왕래가 뜸한 곳에 다가오자 서린은 날카로운 살기가 다가오는 것을 느꼈다. 이제 혈교의 습격이 시작된 것이다.

'으음! 상당히 강한 자들이 왔다. 그중에 특이한 기운을 가진 자도 있는 듯하니……'

주변을 에워싸고 있는 살기 가운데 경시할 수 없는 기운이 숨어 있었다. 지난날의 자신이라면 상대하기 어려울 정도로 고강한 기운이었다.

그리고 그 기운은 사이함과 정명함을 같이 품고 있었기에 서린은 의혹이 들었다.

스스스스!

숲을 가르는 미세한 소리와 함께 사람들이 나타났다. 모두들 손에 장검을 쥔 자들이었다.

날카로운 살기와 함께 장내에 나타난 이들은 매우 조직적으로 움직이고 있었다. 마치 진법을 이룬 듯 서린 일행을 포위하며 나타난 것이다.

"후후! 기다리기 지루하던 참인데 때마침 나타났군."

서린은 혈교의 우두머리로 보이는 자들 바라보며 흥미로운 눈빛을 던졌다.

포위하는 자들을 이끄는 사람은 의외로 평범한 인상의 중년인이었다. 그러나 그는 서린이 느낀 괴이한 기운을 품고 있는 자였다.

"당신은?"

구영호가 고개를 갸웃거리더니 뭔가 알아낸 듯 나타난 자의 수장으로 보이는 자를 놀란 눈으로 쳐다보았다. 구영호로서도 의외의 인물이었다.

"당신은 화산에서 파문당한 태을수(太乙手) 엽장천(葉長川)이 아니오."

엽장천은 화산의 파문제자였다.

지금도 화산에서 쫓고 있을 것이 분명한 자가 화산과 지척인 곳에 나타났다는 것이 구영호에게는 의외였다.

"후후후! 이십여 년도 넘은 일인데 나를 알아보다니 역시 하오문의 향주답군."

엽장천은 자신을 알아보는 구영호를 보며 의외라는 표정을 지어 보였다.

자신이 화산에서 파문당하고 모습을 감춘 지가 벌써 이십여 년 전이었다. 일부러 그러기는 했지만 그는 화산에 머물 당시에도 그리 두각을 나타내지 않았다. 그로 인해 무림에 알려질 기회가 없었던 것이다.

그런데도 구영호가 자신을 아는 척하자 의외였던 것이다.

아무도 모르고 있었지만 엽장천은 화산의 일대제자 중 최고의 실력을 가진 자였다. 그는 화산에 있을 당시 태을신장(太乙神掌)의 십이 성이나 익힌 장법의 고수였다. 하나 검을 중시하는 화산의 기풍 탓으로 그는 자신의 실력을 그리 나타내지 않았다.

검을 성명절기로 하는 화산에서 장법으로 경지에 오른 이가 드물었다. 나중에 알려진 그의 경지는 화산파에서도 상당히 놀랐었다고 한다.

파문할 당시 그를 사로잡으려던 장로급의 인물이 그에게 부상을 당했었던 것이다.

그가 그토록 강해질 수 있었던 것은 화산에서 내려오는 심공 대신 다른 것을 익히고 있었기 때문이다.

엽장천이 파문된 이유도 사실 그가 익힌 심결이 사악했기 때문이었다. 어디서 얻은 것인지는 모르겠으나 엽장천이 익히고 있던 심결은 혈혼빙결(血魂氷結)이라는 것으로 혈교에서 유래된 극악한 심공이었던 것이다.

비록 사이하기는 하지만 정통도가의 진결이 깃들어 있는 것이라 화산에서 내려오는 심공만큼이나 혈혼빙결은 위력적이면서도 익히는 속도가 빨랐다.

검 대신 장법에 빠져 사형제들에게 자격지심을 느끼던 그는 야망을 위해 혈혼심결을 익혔다. 정통도가의 심결들이 익히는 속도가 극도로 느리기 그지없었기에 엽장천은 혈혼빙결에 매료되었던 것이다.

혈혼빙결은 엽장천이 익힌 태을신장을 펼치는 데 아무런 지장을 주지 않을뿐더러 위력 또한 극강했기에 거리낌 없이 익힌 것이다.

그는 화산의 것 이외에는 스승의 허락을 받지 않고는 익힐 수 없음을 알고 있었다. 그래서 혈혼빙결을 남몰래 익힐 수밖에 없었다. 그의 예상대로 실력은 나날이 향상되었다.

그러나 엽장천은 자신이 익히는 것을 들킬 수밖에 없었다. 꼬리가 길면 밟히는 법. 매일 밤 홀로 수련하는 것을 수상히 여긴 화산 장로에게 발각됐던 것이다.

엽장천은 자신이 혈혼빙결을 익히는 것이 발각되자 두려운 마음에 그만 장로를 해치고는 곧장 화산을 도망쳤었다.

이에 관해 무림에 알려진 이야기는 거의 없었다. 하지만 정보를 다루는 하오문은 엽장천에 대한 이야기를 고스란히 알고 있었다.

그 당시 장로를 치료한 자가 바로 하오문에 소속되어 있는 의문(醫門)의 인물이었기 때문이었다.

그로 인해 그의 용모파기는 물론 그 당시 상황이 하오문의 정보창고인 비당(秘堂)에 고스란히 보관되어 있었기에 구영호가 그를 알아볼 수 있었던 것이다.

"나를 알아보다니. 네놈들을 없앨 이유가 하나 더 늘었구나. 후후후!!"

구영호가 자신을 알아보자 엽장천은 싸늘한 미소를 흘리며 서린 일행을 노려보았다. 화산에서 아직도 자신을 추적하고 있기에 살인멸구하려고 하는 것이다.

스르릉!

엽장천의 물론 자신을 포위하고 있는 자들의 살기가 한층 거세어지자 서린은 검을 꺼내 들었다. 저량 또한 자신의 애병인 청강적필(靑剛赤筆)을 꺼내 양손에 나누어 쥐었다.

구영호는 명황공(冥晃功)이라는 적수공권(赤手空拳)의 권법을 성명절기로 삼고 있었기에 암암리에 두 손으로 내공을 끌어 올리고 있었다.

"후후! 네놈들은 알지 말아야 할 것을 알게 된 것을 원망해라. 뜻밖에도 북진무사의 비밀시위인 네가 나타나는 바람에 조사하느라 늦었지만 이곳이 너희들의 무덤이 될 것이다."

"으음!"

서린은 엽장천의 말에서 많은 것을 알 수 있었다. 혈교의 눈이 관부에도 미치고 있다는 것은 정말 의외였다. 자신을 이곳에서 해치우겠다는 것은 이미 관의 개입도 두려워하지 않을 만큼 혈교에서는 모든 준비를 끝냈다는 것도 알 수 있었다.

엽장천의 말을 끝으로 그의 수하들이 교묘히 압박하기 시작했다. 서린 일행을 압박하는 자들은 하나하나가 구대문파의 일대제자를 능가하는 자들이었다. 그리고 그들은 보통의 사람들과는 조금은 달라 보였다.

혈승(血蠅)!

이들은 혈교에서도 혈승이라 불리는 자들이었다. 피를 빠는 파리떼들이라 불리는 이들은 혈교에 대적하는 적들을 상대하기 위해 심혈을 기울여 조련된 자들로 혈교의 사술과 약물로 거의 강시화 된 자들이었다.

"모두 조심해라! 저들은 보통 인간이 아니다."

서린은 혈혈기감에 잡히는 그들의 기운이 사람의 것과는 틀리다는 것을 알아채고는 저량에게 조심하기를 당부했다.

파팟!

서린이 소리치자 그것을 시발점으로 혈승들의 공격이 시작되었다. 간결하면서도 빠른 공격이었다.

십자로 교차하며 이인일조로 공격하는 그들의 검에는 가늘게 붉은 기운이 서려 있었다. 모두 기를 검 안에 담을 수 있는 충검(充劍)의 단계에 있는 자들이었던 것이다.

차차차창!

서린은 그들의 검을 가볍게 쳐 넘겼다. 이미 검에 기운을 불어넣은 서린은 참절백로를 이용해 그들의 검을 쳐서 넘겼던 것이다.

퍼퍽!

서린은 검을 쳐 내며 발로 혈승들을 공격했다. 검으로 혈승들의 막고 차올리는 각법은 군더더기 하나 없는 유려하기 그지없는 몸놀림이었다.

서린의 발과 부딪칠 때마다 사술로 인해 강화된 혈승들

의 몸이 움푹 꺼졌다. 일격에 나가 떨어져도 시원치 않을 상황임에도 혈승들은 고통을 모르는 듯 다시 다가오며 계속해서 공격을 해 댔다.

퍽!

콰지지직!

서린은 자신의 공격을 받고도 죽지 않고 다시 덤벼드는 혈승들의 기세에 자신의 발에 내공을 더욱 실었다. 그러자 전과는 달리 맞은 부위의 뼈가 부러지거나 꺾여 버렸다. 타격점을 극소화하고 내공을 집중한 까닭이었다.

몇몇 혈승들은 부러진 뼈가 살을 뚫고 나왔지만 그래도 계속해서 서린에게 덤벼들었다.

서걱!

혈승들의 무지막지한 공격이 계속되자 서린은 가차 없이 검을 휘둘렀다.

사로잡아 봐야 소용이 없다는 생각이 든 서린은 검기가 감도는 검으로 혈승의 목을 순식간에 갈랐던 것이다.

툭!

머리가 바닥으로 떨어지자 악착같이 달려들던 혈승이 공격을 멈추고 쓰러졌다.

'이미 되돌릴 수 없는 상태니 어쩔 수 없다.'

서린은 혈승들의 머리를 베어야만 제압할 수 있음을 알고는 먼저 각법을 이용해 무력화 시키고는 가차 없이 그들의 목을 베어 나갔다.

이미 사람이 아니라 도구로 전락한 이상 깨끗하게 목숨을 끊어 주는 것이 혈승들에 대한 자비라 생각한 것이었다.

구영호도 혈승들을 맞아 분전을 하고 있었다. 이미 혈교를 쫓다가 두어 차례 이들의 공격을 받아 보았던 구영호였다. 자신을 향해 날아오는 검을 피하며 그의 손이 눈부시게 뻗어 나갔다.

그가 익힌 명황공이 암경과 명경의 조화를 중시하는 무공이라 공격하고 회수하는 손의 수발은 자유롭기 그지없었다.

퍼퍼펑!

서린이 내뻗는 공격의 위세와는 달리 구영호에게 공격을 당한 혈승들은 거의 타격을 받지 않았다. 이미 강시화 되어 도검불침의 몸이라 그의 공격을 허용하고도 아무렇지 않은 듯 다시금 공격해 왔다.

그로 인해 몇 번 위기의 순간이 그에게 다가왔다.

하지만 구영호는 그에 상관하지 않고 공격을 계속해 나갈 수 있었다. 저량이 그의 옆에서 지켜 주고 있었기 때문이었다.

저량은 청강적필을 이용해 구영호를 공격하는 혈승들의 머리를 공격했다.

청각적필이 혈승들의 머리를 꿰뚫고 들어가면 자신의 내

공을 이용해 머릿속을 완전히 파괴해 버리는 효과적인 공격을 해 대고 있었다. 청각적필이 혈승들의 머리를 무참히 꿰뚫고 들어가면 여지없이 하나가 쓰러졌다.

'이럴 수가!! 한낱 금의위에게 혈승들이 당하다니. 이러다가는 내가 당한다.'

엽장천은 이십여 명의 혈승들로도 세 사람을 어떻게 할 수 없자 마음이 다급해졌다.

혈승들은 몸이 강시화 되었지만 조금이나마 의식이 있는 존재들이었다. 무참하게 쓰러져 가는 동료들을 보며 눈에 띄게 공격이 흐트러지고 있었다.

휘이이익!

반 각도 채 되지 않는 순간에 십여 명의 혈승들이 몰살을 당하자 보다 못한 엽장천이 나섰다. 태을수를 십이 성이나 익힌 그의 몸놀림은 무척이나 빨랐다.

그가 노린 것은 서린이었다.

파팟!

내력이 실린 장력이 쾌속하게 서린을 향해 뻗어 나갔다. 연달아 삼 장을 날렸지만 서린은 왼손으로 내밀어 무인정을 시전해 막아 냈다.

퍼퍼펑!

"으으음."

적어도 팔 성이 담긴 내력이었다. 빠르게 내지른 삼 장이었지만 그만하면 상당한 타격을 주었으리라 생각했던 엽장천은 아무렇지 않게 자신의 장력을 받아 낸 서린을 보며 신음을 삼키지 않을 수 없었다.

'어르신의 말대로 다른 이들과 함께 왔어야 했던가?'

엽장천은 자신의 장력을 받아 낸 서린이 금의위에서도 특별한 존재라는 것을 알고 있었다. 존재 자체가 극비에 가려져 있고, 오직 황제만이 명령을 내릴 수 있다는 비밀시위라는 것을 밝혀내고는 상부에서도 한동안 고민을 했었다. 아직은 관과 충돌할 때가 아니라는 것을 혈교로서도 잘 알고 있었던 것이다.

하지만 구영호가 가진 혈교의 명단은 그것보다 중요했다. 명단이 유출되는 순간 지금까지 해 온 모든 것을 접고 연막을 쳐야 했기 때문이었다.

비록 구영호가 명단을 밝힌다 해도 수습할 수는 있겠지만 사천에서 그동안 해 온 모든 것들을 접어야만 하기에 이번에 서린 일행을 세상에서 지우기로 한 것이었다.

엽장천은 이번 일에 나서기 전 충분이 자신 있었다. 비록 화산에서 쫓겨나기는 했지만 혈혼빙결을 얻어 이미 태을수를 극성으로 터득했기에 혈승들과 자신만으로도 충분이 제거가 가능하리라 생각했던 것이다.

그러나 엽장천은 자신이 오판했음을 알 수 있었다. 그의 상관이자 사부가 된 사람의 말을 듣지 않은 것을 후회하고 있었다. 서린과 저량은 그로서도 상대할 수 없는 고수였던 것이다.

"후후후, 건드렸더니 아니다 싶은가?"

공격을 하고는 멈칫하는 엽장천을 보고 서린이 비웃듯 말했다.

"이, 이이! 네놈이!"

엽장천은 끓어오르는 분기를 참을 수 없었다. 분노와 함께 내공을 일으키자 그의 손이 붉게 물들기 시작했다. 혈혼 빙결을 극성으로 끌어 올린 십이 성의 태을수를 시전하기 시작한 것이다.

"후후! 나도 한 가지 장법을 알고 있지. 태을수라고 했던 가? 화산의 무시무시한 장법 말이야. 그런데 많이 틀린 것 같군."

서린은 대륙천안의 천고에서 이미 태을수에 대해 비급으로나마 견식을 한 적이 있었다. 그는 엽장천이 시전 하는 것이 본래의 태을수와는 많이 다르다는 것을 알 수 있었다.

서린은 지금 엽장천을 상대하기 위해 천간십이수를 생각하고 있었다. 자신이 처음으로 배운 무예이자 스승이라고 할 수 있는 김성갑의 모든 것인 천간십이수를 통해 태을수를 상대할 생각이었던 것이다.

엽장천이 기세를 올리는 것과 발맞추어 서린 또한 기운을 끌어 올렸다. 천세결을 밑바탕에 깔고 사사밀혼심법의 사단계인 사방투의 기운이 그의 손에 맺히기 시작했다.

"타앗!"

기합성과 함께 엽장천의 몸이 비쾌하게 움직였다. 움직임이 신출귀몰하기 그지없다는 화산파의 신행백변(神行百變)이었다. 꺼지듯 사라졌다가 전혀 예상치 못한 방향에서 신출귀몰하게 나타나며 서린을 향해 다가왔다.

파파팡!

서린이 맞서 나가며 손을 움직였다.

이미 혈혈기감을 이용해 엽장천의 움직임을 꿰뚫고 있는 서리은 천간십이수를 이용해 엽장천의 공격을 여유 있게 막아 냈다.

"차앗!"

퍼펑!!

강력한 화기와 음기를 동시에 소유하고 있는 엽장천의 특이한 장법을 상대하기 위해 그는 천간십이수 중 음인수(陰引手)와 탄양수(彈陽手)를 동시에 펼쳤다.

음한 기운은 끌어들이고 양의 기운은 반탄시키는 교묘한 기운이 그의 왼손에 만들어지며 엽장천의 태을수를 맞서 나갔다.

파파팡!

"크으음!"

주르르륵!

엽장천이 뒤로 밀려 나갔다. 전력을 다해 일수를 교환했지만 자신이 밀린다는 인상을 지울 수 없었다.

'크으! 어떻게 이런 장법이?'

엽장천은 서린의 장법을 보면서 믿을 수가 없었다. 단순한 동작임에 분명한데도 태을수의 모든 노수를 짐작하고 있는 듯 모조리 가로막혔다.

그리고 그의 손을 통해 파고드는 서린의 기운은 그간 익혀 온 혈혼빙결의 기운을 흔들고 있었다. 혈교에서 비롯되어 화산의 제자가 연구하고 오랜 세월 장서고의 후미진 곳에 놓여 있던 것을 자신이 오랜 세월 익혀 왔던 것이지만 이토록 간단히 기운이 흐트러지리라고는 생각도 못한 그였다.

팟!

퍽!

서린이 흘려 넣은 기운에 흔들리는 엽장천이 잠시 주춤하는 사이에 어느새 다가온 것인지 그의 가슴을 파고든 것은 서린의 각법이었다.

혈승들마저 뼈가 함몰되어 버릴 정도로 강한 일격이 그의 가슴에 작렬한 것이었다.

"큭!!"

숨이 넘어갈 것 같은 신음이 그의 입에서 흘러나왔다.

털썩!

혈혼빙결이 일시지간에 흩어졌다. 엽장천이 그대로 무릎을 꿇었다. 가슴부터 시작된 통증이 그의 전신에 퍼지면서 서 있을 힘조차 잃어버린 탓이었다.

서린을 바라보는 그의 눈빛은 몇 수 나눠 보지도 못하고 자신이 이토록 허무하게 쓰러질지는 몰랐다는 듯 참담하기 그지없었다.

'크으, 이런 자가 황궁에 있었다니. 그동안 우리가 황궁에 대해서 잘못 파악하고 있었던 것이 분명하다.'

엽장천은 아무리 비밀시위라고는 하지만 이 정도의 무예를 지닌 자가 황궁에 있으리라고는 생각할 수 없었다.

비록 교내에서의 서열이 수뇌부 중 제일 밑이라고는 하나 구대문파의 장로와 겨루어도 쉽게 이길 수 있으리라 자신하던 그였다.

아무리 황궁의 저력이 깊고 넓다고는 하나 고수를 쉽게 만들어 낼 수는 없는 일었다. 자신을 능가할 자들이 있다면 이미 혈교에서 파악이 끝난 몇몇 수뇌부일 뿐이었다.

자신이 확인한 바로는 분명 황궁에서 파견되어 온 자가 틀림없었다. 그저 일개 시위에 지나지 않는다는 정보는 동창의 유력자에게서 흘러나온 것이었다.

'그자가 거짓을 말할 이유는 없다. 그자 또한 우리와 한 배를 탄 몸이니 말이다. 하지만 이자는 일개 시위라고는 상상도 할 수 없는 무위를 지녔다. 저자 또한 마찬가지로 무

서운 자다.'

입으로 피를 흘리며 서린에 대한 의문을 더해 가는 엽장천은 저량을 바라보고 있었다. 서린이 자신을 상대하는 사이 나머지 혈승들은 이미 저량의 손에 의해 모두 쓰러진 뒤였다. 그는 구영호를 보호하며 서린과 자신을 바라보고 있었다.

"으의! 네놈은 정체가 무엇이냐?"

머릿속을 휘감기는 의문에 엽장천은 서린을 향해 물었다.

"네놈이 알 필요는 없다. 이제는 다른 볼일이 있으니까 조금만 기다려라. 저량!"

서린은 엽장천의 말을 일축한 후 저량을 불렀다.

"예, 주군!"

"넌 근방을 돌며 놈들을 추살해라! 이곳의 사정을 모르는 이상 놈들은 분명 떠나지 않았을 것이다. 이런 자들을 믿고 너무 멀리 포위망을 구축한 것이 놈들에게는 치명적인 실수가 될 것이다."

"알겠습니다, 주군."

서린의 추상 같은 명령에 저량이 연기처럼 꺼지며 사라졌다. 서린이 지시한 것이 무엇인지 아는 까닭에 그의 몸놀림은 신속하기 그지없었다.

'세상에나 삼야의 인물이 이 정도의 고수가 되었다니……'

강하다는 것은 이미 짐작했지만 이 정도일 것이라고는 생각하지 못한 구영호는 저량의 움직임에 혀를 내둘렀다.

"네, 네놈들이!! 크…… 윽!"

저량의 움직임을 보며 엽장천은 자신들이 오히려 함정에 걸려든 것을 알 수 있었다. 두 사람은 자신이 열이 덤빈다고 해도 당해 내지 못할 사람들이었던 것이다.

엽장천은 이미 자신들의 이번 행사가 틀렸다는 것을 알 수 있었다. 조금 전과는 다른 저량의 움직임을 보며 그가 최선을 다하지 않았다는 것을 느낀 것이다.

서린 일행의 도주를 우려해 백 장 밖에서 포위하고 있는 혈승들이 위험해졌다. 그들을 지휘할 자신이 이렇게 무력해진 탓이었다.

엽장천은 서린 일행을 치기 전 포위하고 있는 혈승들에게 도주하는 자를 추살하라 일러 놓았었다. 혈승들은 저량이 자신들을 죽여도 도망치지 않을 것이다. 혈승들은 오직 지휘자의 명령만 듣기 때문이다.

명령을 할 자가 없으니 바로 옆의 혈승들이 죽어 나간다고 해도 그들은 저량을 죽이는 일에만 맹목적으로 달려들 것이 분명했다.

엽장천이 혈루를 흘리며 반 시진이 넘게 참담해 있는 동안 서린은 말없이 주변을 살피고 있었다.

"끝났군."

"크으으!"

엽장천은 서린의 말이 무슨 뜻인지 알 수 있었다. 혈승들이 모두 죽은 것이었다. 밖에서 포위하고 있는 혈승들의 수는 오십여 명이었다.

그런데 그들을 반 시진 만에 모두 해치웠다는 것은 혈승들을 죽이러 간 자가 혈교의 최상층부에서도 어쩔 수 없는 초고수라는 것을 뜻했다.

잘못된 정보에 자신의 자만심이 겹쳐 그동안 심혈을 기울여 키워 온 혈승들이 몰살당하자 엽장천은 자신의 가슴에 비수가 꽂히는 듯한 아픔을 느꼈다.

휘이이익!

얼마 있지 않아 저량이 돌아왔다. 숨만 조금 가빠 할 뿐, 상처 하나 없는 깨끗한 모습이었다.

"명을 완수했습니다."

"수고했다."

서린은 담담히 저량의 말을 받았다. 그리고는 천천히 걸어 엽장천에게 다가왔다.

"혈교에 대해 말할 생각은 없겠지?"

"으드득! 나에게서 무엇을 알아내겠다는 생각은 포기해라."

엽장천은 이를 갈았다.

"그럴 줄 알았다. 하지만 네가 불지 않는다고 해서 못 알아낼 것도 없다는 것을 알아 둬라. 아무리 네놈의 몸에 혈교의 금제가 걸려 있다고는 하지만 나에게는 아무것도 아니니."

"어떻게?"

엽장천의 눈이 커졌다. 혈교의 수뇌부들은 비밀을 누설하지 않기 위해 각자 혈교의 교주가 시행한 고도의 금제술이 걸려 있었다.

하지만 수뇌부에게 금제가 걸려 있다는 사실은 누구도 모르는 일이었다. 그런데 서린은 자신에게 걸려 있는 금제에 대해서도 알고 있는 듯했기 때문이었다.

'무서운 놈이다. 따로 점혈을 하지 않았는데도 손끝 하나 움직일 수가 없다니. 말을 할 수는 있지만 그렇다고 이빨 사이에 있는 독단을 깨물 수도 없다. 이런 고절한 방법을 사용하는 것 하고, 저런 자를 수하로 둔 것을 보면 이놈은 상상도 하지 못할 고수. 분명 일개 시위가 아닌 금의위의 수뇌 중 하나가 분명하다.'

엽장천은 오직 말할 수 있는 힘만 남겨 놓은 서린의 고절한 수법에 엽장천은 서린이 금의위의 수뇌부에 속한 자라고 생각했다. 이런 능력은 일개 시위가 가질 수 있는 것이 아니었기 때문이었다.

"후후후, 그럼 이제부터 슬슬 시작해 볼까. 당신이 가진 비밀이 무엇인지 알아야겠으니 말이야."

"으으으."

엽장천은 두려워졌다. 약관밖에 안 됐지만 무서운 실력을 가진 서린의 미소가 그에게는 염왕의 얼굴보다 무서워 보였다.

*　　　*　　　*

섬서성의 성도인 서안으로 들어가는 초입에는 객잔이 하나 있었다. 언제나 발 딛을 틈도 없이 북적거리는 객잔이었지만 오늘 객잔의 사층은 거의 비어 있었다. 누군가 전세를 냈기 때문이었다.

검은색의 무복을 입은 자들이 삼삼오오 자리에 앉아 차를 마시고 있었다.

비록 음식을 시키지는 않았지만 이미 상당한 선불을 받은지라 서문객잔의 주인 왕보는 최상의 차를 내오며 그들의 접대에 최선을 다했다.

"연락은 왔느냐?"

밖이 내려다보이는 창가에 앉은 초로인이 누군가를 향해 물었다. 분명 탁자에는 그 혼자 앉아 있었지만 누군가를 마주 대하는 어투였다.

"아직 연락은 오지 않았습니다."

그의 목소리에 화답하듯 서늘한 목소리가 허공에서 들려

왔다. 누군가 고절한 솜씨로 은잠해 있는 것이 분명했다.

"십좌가 늦다니 이상한 일이로군."

"걱정하지 마십시오. 혈승들 전부가 갔습니다. 비록 혈승들이 본교의 전투조직 중 말단이기는 하나, 그 정도 전력이면 웬만한 문파 하나쯤은 쓸어버릴 수 있는 전력입니다. 그리고 십좌께서도 함께 갔으니 조만간 좋은 소식이 올 것입니다."

조금은 짜증스러워하는 초로인의 목소리에 허공에서 들려온 목소리는 그를 안심시켰다.

"그렇겠지. 하오문의 떨거지들이 괜한 일을 벌이는 바람에 일이 귀찮아졌어. 하지만 십좌라면 믿을 만하니 조금 더 기다려 보도록 한다. 차나 한 잔 더 가져오도록 해라."

초로인은 조금은 신경질적인 모습으로 차를 한 잔 더 시켰다. 어쩐 일인지 까닭 모를 갈증이 났기 때문이다.

"얼른 가져오겠습니다."

잠시 후 점소이가 조심스럽게 차를 가져왔고, 초로인은 잔에 차를 따른 후 음미하며 마시기 시작했다.

그렇게 두 시진 정도 차를 마시며 시간을 보내던 초로인의 미간이 굳어졌다.

'그렇지만 정말 이상한 일이로군. 지금쯤 소식이 올 때가 지났거늘…….'

탁자에 놓인 차를 다 마시고도 한참의 시간이 지났다. 약

속한 시간보다 두 시진이 더 흘렀건만 소식이 오지 않자 초로인은 자리에서 일어났다.

'이 정도 시간이면 문제가 터진 것이 분명하다. 제기랄! 십좌의 능력을 너무 믿었다. 가까이 있었어야 했었어.'

엽장천이 서린 일행의 제거를 위해 여산에 포위망을 구축했기에 너무 마음을 놓은 것 같았다. 만약의 사태를 대비하기는 했지만 서안이 아니라 여산 인근에 대기하고 있어야 했었다.

"어찌하실 요량이십니까?"

"지금까지 소식이 없다는 것은 일이 잘못되었다는 것을 뜻하니 여산으로 간다."

"직접 행차하시는 겁니까?"

"그래! 시간이 없다."

휘익!

초로인은 대답과 함께 창을 열더니 객잔에서 뛰어내려 바로 경공을 시전 했다. 뒤이어 객잔의 사층에 손님으로 위장해 있던 자들도 순식간에 창을 넘어 사라졌다.

초로인은 서둘러 경공을 시전 했다. 만약 이번 일이 틀어진다면 자신에게도 치명적일 수 있다는 판단 때문이었다.

파파파팟!

객잔을 나선 초로인과 흑의무복을 걸친 자들은 관도를 비켜나 행인들의 눈에 띠지 않게 빠르게 달려 나갔다. 그들이 달리는 방향은 여산 쪽이었다. 다급함이 깃들어 있어서 인지 달리는 속도는 준마에 버금갔다.

—관도를 중심으로 놈들이 있는지 잘 살펴라. 여산에서 일어 벌어졌다면 분명 서안으로 향하고 있을 테니 말이다.

서안에서 여산까지는 육십여 리 길이었다. 이들의 속도라면 반 시진도 안 되어 당도할 거리였다. 초로인은 여산으로 가는 길에 혹시나 서린 일행이 서안으로 향하지 않았을까 하는 생각에 주위를 살피도록 했다.

—염려 마십시오.

대답과 함께 흑의인들이 사방으로 흩어졌다. 목적지는 여산으로 향하며 엽장천과 혈승들의 흔적을 찾으려는 것이었다.

서안으로 가는 길목들을 훑으며 여산에 도착하기까지는 채 반 시진이 걸리지 않았다. 오는 동안 수상한 자들을 볼 수 없었기에 초로인은 곧바로 명령을 내렸다.

"흩어져서 놈들을 찾는다. 십좌가 남긴 흔적이 있을 것이다."

흑의 무복을 입은 자들은 초로인의 명령에 사방으로 흩어졌다. 이런 일에 꽤나 익숙한 듯 그들의 움직임은 신속하기 그지없었다.

"분명 멀리 가지는 못했을 것이다."

초로인은 화청지에서 바라보이는 여산자락을 훑으며 서

린 일행이 이곳에서 떠나지 않았음을 확신할 수 있었다. 목
표한 대상은 하오문의 향주와 금의위의 위사다. 십좌와 혈
승들이라면 적어도 그들에게 부상을 입혔을 가능성이 크기
때문이었다.

*   *   *

부상을 입었을 것이라는 초로인의 예상과는 조금 다르지
만 서린과 저량은 여산을 떠나지 않고 있었다. 인근을 떠나
지 않고 화청지가 바라보이는 곳에서 사방으로 흩어져 여산
자락을 수색하며 올라가는 흑의무복인을 바라보고 있었다.

"저놈들인가 보군요?"

"그런 것 같다. 그자에게서 연락이 가지 않아 우리를 찾
으러 온 모양이다. 예상했던 대로 상당히 철두철미한 자들
이다."

서린은 이미 삼몽환시술로 엽장천의 뇌리에 펼쳐져 있는
금제를 피해 그의 기억을 읽어 낸 상태였다. 삼몽환시술 중
자신의 기억을 전달할 수 있지만 남의 기억도 읽어 낼 수
있는 현음천자술로 그의 기억을 읽어 낸 것이었다.

엽장천의 기억에는 지금 여산 자락을 타고 올라가는 자
들에 대해 들어 있었다.

혈교의 수뇌부를 차지하는 십좌 중 제 육좌가 거느리는

암천혈영대(暗天血影隊)였다.

'자신이 십좌고 육좌는 광염패존(狂炎霸尊)이라고 했던 가?'

서린은 암천혈영대를 이끌고 있는 육좌 광염패존에 대해 생각이 미쳤다.

엽장천과 마찬가지로 이십여 년 전 무림에서 사라졌던 사파의 거두가 바로 광염패존이다.

두 손에서 뻗어 나오는 열양의 기운으로 상대를 재로 만들어 버리는 열양수의 달인인 광염패존은 홀로 무림을 주유하며 상대가 없었던 자였다.

'혈교에 들어가서 모습을 감추었던 모양이군.'

그가 무림에서 사라진 이유는 밝혀지지 않았지만 혈교에 몸을 담았던 것이 이유였던 것이 분명했다.

"서안으로 가야 하니 서두르는 것이 좋겠다. 저들이 여산자락을 뒤지다 우리를 발견하지 못하면 분명 서안으로 쫓아올 테니 빨리 일을 마치고 사천으로 가야 할 것 같다."

"가시지요, 주군."

"그래."

서린과 저량은 발걸음을 돌렸다. 그가 돌아선 뒤편에서 어느새 구해 온 것인지 구영호가 마차를 몰고 와서 마부석 위에 앉아 있었다. 사방이 휘장으로 둘러쳐진 마차는 안이 보이지 않는 마차였다.

"이제는 서안으로 가시는 것입니까?"

서린과 저량이 마차에 다가오자 구영호는 긴장된 어조로 물었다.

"갑시다."

서린은 고개를 끄덕이며 마차에 올랐다. 저량은 구영호가 앉아 있는 마부석으로 올라갔다.

"이랴!"

채찍을 가하자 마차가 서안을 향해 서서히 달리기 시작했다.

광염패존은 자신이 찾고 있는 서린 일행이 이미 자신들의 눈을 벗어나 여산을 떠나는 것을 까마득하게 모르고 있었다.

눈에 띠지 않게 서서히 여산 경계를 벗어난 마차는 속도를 높이고 있었다. 혈교의 추적을 피해 움직이려면 시간이 생명이었기 때문이었다.

서린이 서안에 도착한 것은 여산을 출발한 지 한 시진이 지나서였다.

객잔에 여장을 푼 서린은 구영호와 엽장천을 남겨 놓고 섬서성 도지휘사사로 향했다. 서린과 합류하기 위해 대륙천안에서 나온 다른 자들이 기다리고 있었기 때문이었다.

병영에 당도한 서린은 도지휘사를 찾았다. 금의위를 상징하는 명패를 보였기에 도지휘사를 만나는 것은 어렵지 않았다.

섬서성의 도지휘사는 왕무량(王戊良)이라는 자로 성정이 담백하고 학식이 밝아 명의 무장 중에 군자로 통하는 자였다.

혈교의 일로 인해 비밀리에 파견된 북진무사의 비밀시위라는 것을 이미 알고 있었기에 왕무량은 서린을 정중히 맞았다.

"어서 오시오."

"처음 뵙겠습니다."

"원로에 고생이 많소. 그대를 기다리는 사람들은 병영의 뒤편에 있는 숙소에 묵고 있으니 그리로 가도록 하시오. 이번 일을 황상 폐하께서도 관심을 가진 일이라 들었소. 거는 기대가 크니 좋은 일이 있기를 바라겠소."

섬서성에서도 혈교의 문제는 골칫거리였다. 세상에는 혈교의 흔적이 사라졌다고는 하지만 파악한 바로는 더욱 은밀하게 하층민들을 파고들고 있다는 것을 잘 알고 있는 왕무량이었다.

왕무량은 백성들을 현혹하여 혹세무민하는 혈교를 좋게 보고 있지 않았다. 혈교가 제세구민을 교리로 내걸고는 있지만 지난날의 행사를 보면 사교였다.

지난 바 무력이나 세력을 봤을 때 군을 동원하면 자친 민란으로 번질 수도 있기에 왕무량 또한 서린이 혈교의 일을 마무리 해 주기를 바라고 있었다.

백성이 흔들리면 나라의 근간이 흔들릴 수 있기 때문이었다.

"알겠습니다. 미약한 힘이나마 최선을 다 할 생각입니다."

"그대를 기다리고 있는 사람들은 병영의 뒤편 숙소에 머물고 있으니 그리로 가 보시오. 부장이 안내해 줄 것이오."

서린은 도지휘사가 붙여 준 무관의 안내로 자신들을 기다리고 있는 사람들에게로 갔다. 서린은 병영의 뒤편에 마련된 후원으로 들어섰다. 그곳에는 정심각(正心閣)이라 이름 붙여진 전각이 하나 있었다.

"저곳입니다. 그럼 전 이만."

부장은 안내를 마치고 후원을 나갔다. 자신이 더 이상 관여를 해서는 안 되는 것을 알고 있는 듯 부장은 호기심조차 보이지 않고 있었다.

"들어가자."

"예, 주군."

서린은 앞장서 후원에 있는 전각 안으로 들어갔다.

전각 안에는 두 줄로 의자들이 놓여 있었고 가장 안쪽에는 태사의가 놓여 있었다. 그리고 그 뒤쪽에는 별채로 향해지는 쪽문이 나 있었다.

서린은 안으로 들어서자 거침없이 쪽문 있는 곳으로 갔

다. 안쪽에서 인기척이 느껴졌기 때문이었다.

"너는 이곳에 있도록 해라."

"알겠습니다, 주군."

서린은 저량을 전각에 남겨 놓고는 별실로 들어갔다.

전각 안에 마련된 별실로 들어서자 뜻밖의 사람들이 기다리고 있었다. 별실 안에 사밀혼들이 앉아 있었다.

'익숙한 기운이라고 생각은 했지만 정말 의외로군. 저들을 투입하다니 말이야. 이것도 시험인가?'

대륙천안에서 사밀혼들을 투입시킨 것을 보면 또 다른 시험일 수도 있는 일이었기에 긴장이 되지 않을 수 없었다.

장호기는 별실로 들어오는 서린을 반가이 맞았다.

"어서 오너라!"

"정말 뜻밖입니다."

"후후! 나도 네가 이번 일에 파견될 줄은 몰랐다. 정말 잘 왔다. 앉아라."

장호기는 부드러운 눈빛으로 자리에 앉도록 했다.

"예."

"우리가 이곳에 있는 이유가 궁금할 테니 그동안 어떤 일이 있었는지 이야기를 해 주마."

서린이 자리에 앉자 장호기는 자신들이 해 온 일에 대해 설명하기 시작했다.

"우리는 너희들이 떠난 후 곧바로 혈교에 대해서 추적

하기 시작했다. 사이한 사술로 중원을 좀 먹는 것을 방치할
수 없었기 때문이었다."

"그러셨군요."

"처음 혈교의 흔적이 나타난 곳은 산서성이었다."

"산서에 혈교가 나타났다는 말씀입니까?"

"혈교가 직접 나타난 것은 아니었다. 대신 이상한 일이
벌어졌지."

"이상한 일요?"

"당시 삼문협(三門峽)이 가까운 하현(夏縣)에서 이상한
일이 벌어졌다는 것을 들을 수 있었다. 명문정파 중 하나인
화산파의 일대제자 세 명이 아녀자를 겁간하고 스스로 목을
베어 자결한 사건이 발생한 것이다."

"세 명이서 아녀자를 겁간하고 스스로 목숨을 끊었다고
는 하지만 있을 수 있는 일이 아닙니까?"

화산이라면 명문 중의 명문이었다. 일대제자라면 문파에
서도 기대를 한 몸에 받는 존재들이었다. 그런데 그런 자들
셋이 한 여자를 겁간하고 스스로 자결했다는 것은 분명 이
상한 일이지만 그렇다고 혈교와 연관 지을 일은 아니었다.

"그래, 맞는 말이다. 처음에는 자신들이 저지른 일에 못
이겨 죄책감에 스스로 목숨을 끊은 것으로 생각했다. 모든
사람들이 그 일에 대해 대부분 그런 결론을 내렸다. 하지만
그럴 리가 없다며 자결한 자들의 스승은 혼자서 조사를 착

수했다. 그리고 얼마 안 있어 그 또한 똑같은 형태로 죽었지."

"그렇다면 정말 이상한 일이로군요?"

"그렇다. 화산파에서는 난리가 났다. 죽은 이가 다름 아닌 화산오성(華山五星) 중 하나였기 때문이다. 평소의 성격으로 보아 그는 절대로 그런 일을 저지를 사람이 아니었기에 화산에서는 대대적으로 조사를 시작했다. 그러다 한 가지 사실을 알 수 있었지. 겁간을 당한 여자의 행방을 알 수 없다는 것이었다. 화산오성 중 하나인 자운자(紫雲子)의 유서나 그의 제자들의 유서에 분명 겁간에 대한 이야기가 구구절절이 적혀 있음에도 그 여자의 행방은 오리무중이었다는 것이다."

"으음, 뭔가가 있군요?"

서린은 화산무인들의 죽음에 뭔가 음모가 도사리고 있다는 것을 알 수 있었다.

"그렇다. 우리는 이 소식을 듣고 한 가지 곧바로 사실을 떠올릴 수 있었다. 항간에 알려지지 않은 우리만이 알고 있는 사실을 말이다."

"무엇인가요?"

"너도 알다시피 사사묵련은 흑도방파의 인재들을 모아 만든 곳이다. 그런 그들이 여인을 겁간 했다고 해서 스스로 자진할 거라고 생각하느냐?"

"그럴 리가 없겠지요."

"하지만 있었다. 오백여 년 전 혈교가 사천성에서 발호하고 우리가 그들과 혈전을 벌일 때 본련의 고수들 중 화산의 문인들과 비슷하게 죽은 일이 있었다. 우리는 화산의 문인들의 죽음에 혈교의 인물들이 관련이 있다는 생각을 가지고 추적하기 시작했다. 그리고 마침내 이곳 섬서성에서 꼬리를 잡았지. 그것은 다름 아닌 화산파의 그늘이라고 할 수 있는 화음에서였다. 화음에서 혈교의 무공을 사용하는 계집을 본 것이다."

"혈교의 무공이요?"

"환희포접공(歡喜抱接功)을 사용하는 계집을 발견한 것이다."

서린은 장호기의 말에 일이 상당히 심각하다는 것을 느꼈다. 환희포접공은 그야말로 남자에게는 극악의 무공이었기 때문이었다. 환희포접공이 탄생한 비화는 그리 잘 알려져 있지 않았지만 그 위력에 대해서 만큼은 상당히 알려진 편이었다.

일반 미혼술과는 달리 무공의 고하를 막론하고 환희포접공에 걸려든 자는 벗어날 수가 없다.

환희포접공은 시전 할 때 여인의 체향이 사용되기에 자신도 인식하지 못하는 상태에서 가장 원초적인 욕망의 상태로 빠져들게 만든다. 여자가 시전하면 남자의 본능적인 욕망을 자극하여 곧바로 이성을 상실시키고 여체만을 찾게 하는 무공이다.

환희포접공에 빠져 여체를 취하고 난 후에는 더욱 무서운 일이 벌어지게 된다. 스스로 미치거나 자신의 삶에 대한 극도의 회의가 밀려든다는 것이었다.

불교에서 말하는 번뇌의 숲으로 빠져 버리는 것이었다. 아무리 의지견정한 자라 할지라도 스스로 자결에 이르게 할 만큼 그 번뇌의 강도는 상당히 강했다.

"환희포접공이라면 혈교로군요."

"그렇다. 배교에서 비롯되어 환희밀교에서 완성되어진 극악의 음양공 중 하나가 나타난 것이다."

"화산의 인물들이 그렇게 죽은 것도 이해가 가고 말입니다. 그렇지만 혈교의 잔재가 그런 식으로 나타나다니 정말 의외로군요. 상대가 화산이라니 말입니다."

"혈교가 화산을 상대로 뭔가 음모를 꾸미는 것이라고 판단하였지만 아무것도 알아낼 수는 없었다."

"무슨 말씀입니까? 환희포접공을 사용하는 여인을 발견하셨다고 하지 않았습니까?"

"우리가 그녀를 발견했을 때는 이미 늦은 상태였다."

"혹여 그녀의 신상에 무슨……."

"그녀를 제압해 보니 이미 이성을 잃고 있었다. 뇌호혈이 완전히 파괴되어 있었던 것을 보면 아마도 그녀가 노출되었다는 걸 파악하고 혈교에서 흔적을 지운 것 같았다."

"다른 단서는 없었습니까?"

"그녀와 접촉한 자들에 대해 조사를 시작했지만 혈교의 인물들을 하나도 잡을 수가 없었다. 의심이 가는 자들조차 잡히는 즉시 자결을 했으니 말이다."

"완전히 꼬리가 끊겼군요."

"맞다. 완전히 꼬리가 끊겨 버린 것이지. 하지만 우리는 조사를 멈추지 않았다. 산서와 섬서성을 이 잡듯이 뒤졌다. 그리고 마침내 혈교의 흔적을 찾아낼 수 있었다. 놈들의 흔적을 찾아낼 수 있게 된 것은 놀랍게도 몇 년 전 죽은 그 여자의 정체가 밝혀졌기 때문이었다."

"누굽니까?"

"그녀는 바로 이십여 년 전 행방불명된 당금 당문의 가주인 암현왕(暗弦王) 당무결(唐武結)의 여동생인 날수천매(捋手千魅) 당가인(唐佳藺)이었다. 비록 모습이 많이 변하기는 했지만 그녀가 바로 암현왕의 동생이라는 사실을 극적으로 밝혀낼 수 있었다."

"어떻게 그 사실을 밝혀낼 수가 있었지요? 죽은 지 몇 년이나 되었는데 말입니다."

"우리의 힘을 우습게 보지 마라. 대륙천안에서는 사안이 심각하다는 것을 느끼고 그 여자의 시신을 빙정을 이용해 보존하기로 결정했다. 그리고 우연히도 그녀가 당가인이라는 사실이 밝혀졌지. 풍도가 그녀에게 사용된 빙정을 노렸기 때문이었다."

"풍도(風盜)라 하시면 일각천리(一脚千里)라는 바로 그 풍도를 말씀하시는 겁니까? 자신이 훔친 장소에 반드시 자신의 표기를 남긴다는……."

"그렇다. 그놈은 우리가 그녀의 시신을 보관해 놓은 이곳에 잠입해 들었다. 빙정을 사용하기 위해 몇 가지 기문진을 설치한 것이 놈의 이목을 끌었던 것이다. 그놈은 기문진을 뚫고 이곳에 잠입해 들어 당가인의 입에 넣어 두었던 빙정을 탈취해 갔다. 처음에는 그 사실을 몰랐지. 하지만 빙정이 사라지고 그녀의 시신이 썩기 시작하자 냄새 때문에 그 사실을 발견할 수 있었다."

"썩기 시작하면서 정체를 알아낼 수 있었다는 말씀입니까?"

"어떻게든 처리를 해야 했기에 우리는 그녀의 시신을 수습했지. 그러다가 이상한 점을 발견했다."

"그것이 무엇인가요?"

"그녀의 얼굴 중 썩지 않는 부분이 있다는 사실이었다. 누군가 그녀의 얼굴에 칼을 대 뜯어고쳤다는 것을 알 수 있었던 것이다. 우리는 두 가지를 주목했다. 그만한 의술을 가지고 있는 의가와 그년의 진실한 정체였다."

"그렇다면 혹시 이곳 서안에 있는 그곳이 관련이 있다는 말씀입니까?"

"그래, 이곳 서안에 있는 황가의숙(黃家醫宿)이 첫 번째로 용의선상에 올랐다. 우리는 황가의숙을 주목하는 한편 황궁의 도움을 받아 어의들을 불러들였다."

"어의요?"

"그래, 어의들로 하여금 그녀의 얼굴을 복원하도록 했다. 장장 육 개월이 걸리는 작업이었고, 마침내 두 달 전 복원해 낼 수 있었다."

"그녀가 바로 당가인이라는 말씀인가요?"

"그래, 복원해 낸 얼굴의 주인공이 당가인이라는 사실을 확인할 수 있었다. 어려서부터 사천제일미로 소문났던 그녀의 초상이 여러 장 남아 있었기 때문이었다. 그것뿐만이 아니었다. 황가의숙이 사천의 당문과 모종의 관계를 지속적으로 유지하고 있다는 사실 또한 밝혀낼 수 있었다."

"당가라……."

"당문 전체인지 아닌지만 확인하지 못한 상태지만 그동안 수집한 정보로 봐서는 일부 고위층만 관련이 있다는 것이 우리의 추론이다."

"그러니까 당문의 누군가가 혈교와 관련이 있다는 말씀이군요."

"그렇다. 직간접적으로 관련되어 있을 가능성이 아주 크다."

"그것이 사실이라면 파장이 상당히 크겠군요. 그들은 누가 뭐라고 해도 사천무림의 대들보 중 하나니까 말입니다."

"맞는 이야기다. 무림맹에 적극 관여하고 있는 당문이 혈교와 관계되어 있다는 것이 밝혀지면 피바람이 불 것이다. 상상도 못할 피바람이 말이다."

인상을 쓰는 장호기를 보며 서린 또한 고개를 끄덕였다. 장호기의 말대로 피바람이 불 것이 분명했다.

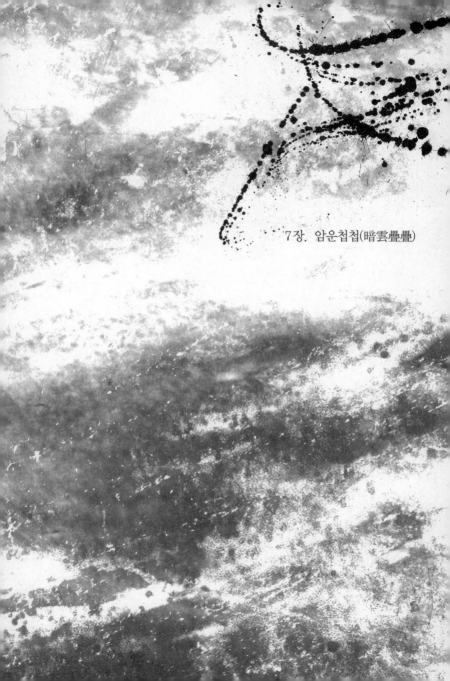

7장. 암운첩첩(暗雲疊疊)

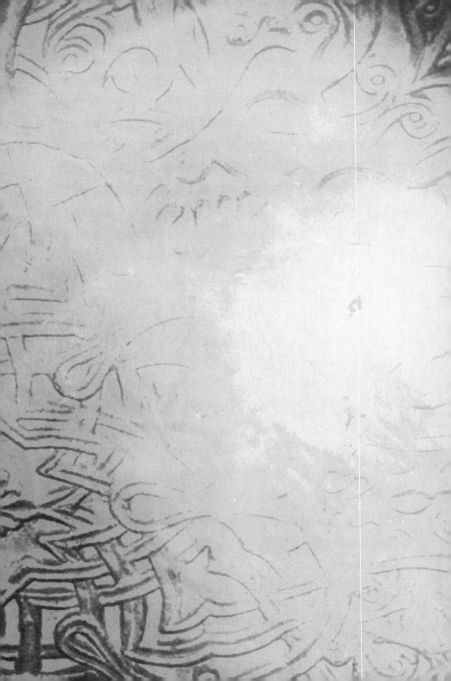

혈교의 무서운 점은 자신들이 사교로 빠져들었다는 것을 인식하지 못한다는 것이었다.

장호기의 말대로 사천당문의 누군가가 혈교와 관계를 맺었을 수도 있지만 당문 전체가 혈교의 문도일 수도 있었다.

하가지 확실한 것은 이십여 년 전 당가인이 행방불명되었다는 것으로 볼 때 당문 중에 혈교도들이 상당수 있을 것이 분명했다.

'그건 그렇고 이들은 혈교의 뒤에 사사밀교가 있는 것까지는 밝혀내지 못한 것 같구나. 아무래도 이번 일은 사사밀교가 혈교를 이용해 중원을 혼란으로 몰아넣으려는 것이 틀림없다. 그들이 중원으로 진출하기 위해서는 사천성에 있는

대문파들이 제일 골칫거리일 테니까.'

서린은 엽장천의 기억을 읽어 내면서 단편적이나마 사사밀교의 흔적을 찾아낼 수 있었다. 혈교의 이면에 배후가 사사밀교라는 것을 사사묵련에서는 전혀 눈치채지 못하고 있는 것이 분명했다.

'혈교도 자신들의 정체가 밝혀지는 것을 원하지 않고 있을 것이다. 무림의 성세가 최고조인 때에 자신들이 다시 등장했다는 것이 알려졌다가는 좋지 않을 테니까 말이다. 그럼에도 당가인이 그런 일을 한 것을 보면 분명히 뭔가가 있다. 더군다나 사사밀교도 개입을 하고 있으니 말이다.'

서린은 혈교의 움직임이 심상치 않다는 것을 알 수 있었다. 여러 가지 변수에 대해 생각하는 동안 다양한 추론을 이끌어 낼 수 있었기 때문이다.

'놈들은 분명 뭔가를 노리고 있다. 그래서 정보를 가리려고 하고 있는 것이 분명하다.'

혈교에서도 대륙천안에 대해 모르지는 않을 것이다. 그렇다면 당가인을 일부러 등장시킨 것이 분명했다. 자신들의 정체가 노출되는 것도 감수할 정도의 큰일이 분명했다.

'무림의 양대 정보통이라고 할 수 있는 개방에도 그들의 손길이 있는 것이 분명하다. 하오문만이 그들의 표적이 된 것을 보면 개방에서도 고위층에 있는 자가 정보를 일부러 차단하고 있을 것이다. 그렇지 않다면 대륙천안에서 혈교의 뒤에 사사밀교가 있다는 것을 모를 리가 없을 테니까. 으음, 지금 상태로는 엽장천에게서 얻은 정보만으로 부족하다. 여산에 있는 놈들을 그냥 놔두는 것이 아니었는데, 그들이 잘해 주기를 바랄 수밖에 없는 건가?'

서린은 생각보다는 복잡한 음모가 도사리고 있다는 것을 확신했다. 서안에서의 만남 때문에 자신이 직접 그들을 쫓지 못한 것도 아쉬웠다.

혈교의 인물들로 보이는 자들을 구영호의 수하들이 쫓고 있는 중이다. 은밀히 그들의 행적만 밝히는 것이기는 하지만 위험하기 그지 b는 일이다.

이 정도의 음모가 도사리고 있다면 혈교의 인물들을 쫓는 하오문의 사람들은 돌아오지 않을 확률이 컸기 때문이다.

"어째서 말이 없는 것이냐?"

말이 없는 서린에게 궁금한 듯 장호기가 물었다.

"잠시 혈교와 당문과의 관계를 생각했습니다."

서린은 자신이 혈교의 일에 너무 빠져 있었다는 것을 자각하고는 적당히 핑계를 댔다.

"앞으로의 관건은 당문이 얼마나 혈교와 관련이 있는 것인가를 밝혀내는 것이다. 사천을 대표하는 문파인 당문이 혈교와 관련이 있다면 큰일이다. 그에 따라 무림에 퍼질 파장은 가히 태풍을 방불케 할 테니 말이다."

"독과 암기에 일가를 이룬 곳이라 직접적인 위험도 클 것입니다."

"그래, 무력도 만만치 않은 곳이니까. 너도 알다시피 이번 일을 네가 주관을 해야 한다. 천안 내에서 너의 입지를 다지는 일이 될 것이니 말이다. "

어느 정도 예상한 일이기는 하지만 직접 들으니 느낌이 새삼 달랐다.

"제가 말입니까?"

"그래, 우리가 너를 적극적으로 도울 것이 문제는 없을 것이다."

"알겠습니다. 누가 되는 일이 없도록 하겠습니다."

사밀혼들은 서린에게 상당한 기대를 거는 듯 고개를 끄덕였다. 서린의 대륙천안 진출 여부가 사사묵련의 입지에도 큰 영향을 미치기 때문인 것 같았다.

"그런데 사사밀교는 어떻게 됐습니까?"

서린은 궁금한 듯 사사밀교에 대해 물었다. 이미 어느 정도 예상을 하고는 있는 일이지만 대륙천안에서 어떻게 알고 있는지 사실을 확인하고 싶어서였다.

"밀혼영에서 철저히 주시하고 있지만 조용한 상태다. 두르가를 위한 부활의 의식 때문인지 십신장들도 활동을 멈춘 상태이고 말이다."

"당분간은 조용하겠군요?"

"천안에서 예상한 바로는 사사밀교가 활동을 재개하기까지는 아마도 오륙 년 정도가 필요하다는 의견이다."

"그렇군요."

대륙천안이 주시하고 있는 것을 아는지, 아니면 부활의 의식이 때문인지는 모르지만 사사밀교가 숨을 죽이고 있는 것은 확실했다.

다만 모든 활동을 접을 수는 없어서 혈교를 통해 은밀히 움직이고 있는 것은 분명해 보였다.

'대륙천안도 알아차리지 못할 정도로 이십여 년 전부터 철저히 비밀을 지키며 혈교를 통해 중원에서 암약하고 있는 것을 보면 사사밀교도 만만한 이들은 아니다. 굳이 이들에게 그것을 알려 줄 필요는 없겠지.'

대륙천안에 들고자 하는 열망을 가지고 있는 것을 보면 완전히 자신의 사람들이 아니었다. 시간이 필요한 만큼 당분간은 혈교의 배후가 사사밀교임을 말해 줄 필요는 없어 보였다.

"시일이 촉박하니 넌 바로 사천으로 향하도록 해라."

"사천에 무슨 일이 있는 모양이군요?"

"이번에 사천무림인들이 한 자리에 모이는 무림대회를 개최한다는구나."

"무림대회를요?"

"무림맹이 주최자이기는 하나 당문이 적극 나섰다고 하

니 뭔가 있는 것이 분명하다."

"뭔가 있군요."

"그래, 뭔가 일을 꾸미는 것이 분명하다. 우리는 황가의 숙에 대해 다시 한 번 면밀히 조사한 후 사천으로 가겠다."

"알겠습니다. 일단 사천으로 떠나도록 하지요."

"그래, 곧장 가 보도록 해라."

"그럼!"

서린은 사밀혼들에게 인사를 한 후 별실을 나섰다. 밖에서는 저량이 기다리고 있었다.

"말씀은 끝나셨습니까?"

"바로 사천으로 간다. 그리고 구영호는 어디 있나?"

"객잔에서 대기하고 있을 겁니다."

"빨리 가자. 잘못하면 그가 잘못될 수도 있다."

서린은 사밀혼들의 말을 듣고 혈교에 대해서 다시 생각하게 되었다. 따돌렸다고 생각한 혈교의 무리들이 어쩌면 지금 구영호를 노리고 있을지도 모른다는 생각이 들었던 것이다.

"예?"

"아무래도 내 예상보다 큰일이 벌어지고 있는 것 같다."

"알겠습니다, 주군."

서린과 저량은 도지휘사사를 나서자마자 경공을 시전 했

다. 사람들의 눈이 있는지라 은밀하면서도 빠르게 객잔을 향해 달렸다. 그렇게 삼 각이 지나지 않아 구영호가 머물고 있는 객잔에 도착할 수 있었다.

서린은 급히 구영호가 머물고 있는 방으로 향했다.

방 안에는 흐리멍덩한 눈으로 멍하니 앉아 있는 엽장천과 초조한 듯 방 안을 거닐고 있는 구영호가 있었다.

"무슨 일 없었습니까?"

방 안으로 들어온 서린은 구영호에게 특별한 일이 없었는지부터 물었다.

"별 일 없었습니다. 그런데 어째서 물으시는 지요?"

"시간이 없습니다. 이곳에서 빨리 벗어나야 할 것 같습니다. 자세한 이야기는 떠나면서 드리겠습니다."

"알겠습니다."

구영호는 서린의 표정에서 일이 심각함을 느꼈다. 그는 서둘러 엽장천을 부축하고는 밖으로 나갔다.

저량은 바깥에서 말에게 여물을 먹이고 있는 점소이를 재촉해 다시 마구를 챙기고는 마차에 올라타 대기하고 있었다.

"어서 타시오."

엽장천을 마차에 넣고 구영호와 서린이 올라타자 저량은 마차를 급하게 몰기 시작했다.

"도대체 무슨 일입니까?"

마차가 출발하고 얼마 안 있어 구영호는 궁금한 듯 물었다.

"아무래도 사천향주가 보낸 수하들은 돌아오지 못할 것 같습니다."

"그게 무슨 말입니까? 그들은 비록 하오문의 인물들이지만 그동안 심혈을 기울여 키운 이들입니다. 놈들에게 절대로 들킬 염려가 없습니다."

구영호는 반신반의 했지만 서린의 지적은 정확한 것이었다. 혈교의 육좌인 광염패존 갈천호(葛遷淲)는 이미 여산에서 그들을 감시하고 있던 하오문의 사람들을 모두 사로잡았다.

혈승들이 모두 죽고 십좌인 엽장천이 사로잡혔다는 소식을 듣자 갈천호는 분에 못 이겨 그들을 모두 참살했던 것이다.

"마음은 알겠습니다만 놈들의 전력이 저희가 예상하는 것과는 판이하게 다른 것 같습니다. 놈들의 전력이 제가 예상한 대로라면 그들은 십중팔구 놈들에게 사로잡혔을 가능성이 큽니다."

"도대체 무슨 말을 들으셨기에……."

궁금해하는 구영호를 위해 서린은 사밀혼들에게 들은 정보의 일부를 공개했다. 사천당문과 섬서의 황가의숙이 혈교와 관계가 있을 수도 있다는 이야기였다.

그리고 어쩌면 개방도 혈교와 관련이 있을 수도 있다는

자신이 생각도 말해 주었다.

"으음, 그렇다면 큰일이로군요. 제가 그들을 사지로 보낸 것 같습니다."

구영호의 얼굴이 침울해져 있었다.

정보 장사꾼이라면 죽음을 늘 곁에 두고 살아야 하지만 자신의 잘못된 판단으로 인해 수하들을 헛되이 사지로 보낸 것 같아서였다.

"그렇지만 우리의 행적이 발견되는 것도 시간문제일 겁니다."

"아마도 그럴 겁니다. 그리고……."

서린이 잠시 말을 멈추자 구영호의 시선에 불안이 어렸다. 뭔가 할 말이 있는 것 같기에 어렵사리 입을 열었다.

"말씀하십시오."

"사천향주께는 미안한 일이지만 어쩌면 사천성에 있는 하오문의 기반이 모두 무너졌을 수도 있습니다."

"그 말이 정말입니까?"

"그럴 확률이 구 할이 넘습니다."

"으음!"

구영호는 자신도 모르게 심음을 흘렸다. 자신의 기반이 모두 사라진 것도 그렇지만 형제들이 참변을 당했을 가능성이 높아서였다.

　　　　　*　　　　*　　　　*

　서린이 마차를 타고 급히 사천성으로 향하는 동안 하오문도들로부터 서린에 대한 정보를 파악한 광염패존은 수하들을 이끌고 서안을 향해 달려오고 있었다.

　갈천호의 마음은 다급했다. 십좌인 엽장천이 손도 제대로 써 보지 못하고 사로잡혔다고 하는 것은 금의위에서 파견한 자들이 자신들이 예상하지 못한 초고수일 수도 있었기 때문이었다.

　—놈들은 서안에서 벗어나지 못했을 것이다. 최대한 속도를 내라. 그리고 본교에 이 사실을 지급으로 전하라.

　서안을 향해 달리며 갈천호는 수하들에게 명령을 내렸다. 몇몇이 말을 전하기 위해 벗어난 것을 제외하고는 모든 이들이 갈천호를 따라 최대한 경공을 펼쳤다.

　'으음, 십좌가 그렇게 맥없이 잡혀가다니. 금의위에서 본격적으로 우리를 조사하게 되면 큰일이다. 아직 대계가 완성되지 않은 상태에서 우리의 정체가 알려지게 되면 교두보를 확보하는 것은 고사하고 전멸할 수도 있다.'

　서안을 향해 달려가는 동안 갈천호의 입이 바짝 탔다.

　적에게 사로잡히면 어떠한 상황에서도 충분히 자살할 수 있는 것이 십좌였다.

　그런데 자살은커녕 서안으로 압송되었다는 사실이 못내

그를 불안하게 했던 것이다.

'어쩔 수 없이 그분의 도움을 청해야 하는가? 대륙천안의 촉각이 곤두선 상태라 그들의 눈을 속이기 위해서는 그분이 나서면 안 되는 것인데…….'

불안한 마음속에 여산을 떠나와 멀리 서안이 보이자 갈천호는 더욱 경공에 박차를 가했다.

갈천호가 서안에 도착한 시간은 서린이 떠난 지 한 시진이 훨씬 지난 후였다.

이 잡듯이 뒤진 끝에 서린이 서안을 떠났다는 단서를 얻은 갈천호는 즉각 필요한 조치를 취했다.

혈교의 본단에 소식을 알리는 한편 어쩌면 황실이나 대륙천안에서 이번 계책을 알아내기 위해 본격적으로 투입됐을지도 모른다는 보고를 덧붙였다.

그렇지만 십좌인 엽장천이 포로로 잡혔을 가능성이 있다는 사실은 숨겼다. 혈교에서는 적에게 포로가 된 자들은 다시 돌아오더라도 비밀을 지키기 위해서 살려 두지를 않았기 때문이었다.

엽장천에게 걸린 혈교의 금제라면 비밀을 토설하지 않았을 가능성이 있기에 일단 사실을 숨긴 것이다.

"일단 소식을 전했으니 섬서분타로 가서 다음의 일을 생각해야겠다. 놈들을 쫓으려면 섬서분타의 도움이 절실히 필요하니 그곳에서 준비한 후 놈을 쫓도록 해야겠다."

전서응(傳書鷹)을 이용해 소식을 전한 갈천호 빠르게 황가의숙으로 향했다. 서안에 있는 혈교의 터전이자 이번 계책에 중요한 위치를 차지하고 있는 곳이었다.

이번 사태에 대해 알리고 향후에 일어날 일들을 대비하기 위해 남모르게 황가의숙에 들어서는 갈천호였지만 은밀히 그를 감시하는 눈이 있다는 사실을 알지 못했다.

—으음, 새로운 놈이로군. 풍기는 기운이 심상치 않은 것을 보면 상당한 위치에 있는 자가 분명하다.

다른 사밀혼들과 함께 황가의숙을 감시하던 장호기는 갈천호의 신색이 심상치 않은 것을 느꼈다.

—그런 것 같습니다, 대형.

전음을 듣고 있는 광절 철무정 또한 갈천호의 기운을 느끼고 있었다. 안으로 잘 갈무리된 내력은 일견 보기에도 상당한 수준이었다.

어쩌면 자신들과 맞먹을지도 모르는 기세를 느꼈던 것이다.

—놈을 쫓다 보면 무엇인가 나올 것이다. 아무래도 냄새가 난다. 삼영의 아이들을 불러야 할 것 같다.

—삼영의 아이들을요?

—그래, 저들의 움직임이 아무래도 이상하다. 혈교가 아무리 신비스러운 사파라고 해도 독단으로 이렇게 움직이는 것은 불가능하니까. 그리고 그동안 살펴본 바로는 이들이

중원에서 암약한 것이 이십여 년이 넘는다. 우리의 눈을 피해 이토록 은밀히 움직이던 놈들이 갑자기 행보가 빨라졌다는 것은 무엇인가 큰일이 벌어진 것을 의미하니 말이다. 구멍이 난 것이 분명하다. 구멍이!

장호기는 혈교가 잘 만들어진 조직이라는 것을 느낄 수 있었다. 그들은 산서와 섬서, 그리고 사천에 이르기까지 그 물망 같은 조직을 구성한 것이 틀림없었던 것이다.

그리고 혈교는 지금 무엇인가 획책하고 있었다. 그것이 무엇인지는 모르겠으나 중원에 큰 혼란을 가져올 것이 분명했다.

그렇다고 무림맹에 이러한 사실을 알릴 수도 없었다. 무림맹은 지금 혈교에 대해 모르고 있는 것이 분명했다.

무림맹의 정보체계가 이상이 있는 것이 분명했다. 무림맹의 정보를 담당하는 비원각(秘苑閣)은 물론, 개방까지 혈교의 소식을 일부러 차단하는 느낌이 들었다.

누군가 일부러 혈교의 소식을 차단하고 있다고 판단한 것이다.

—알겠습니다. 연락을 넣도록 하지요.

—사천 쪽으로도 아이들을 보내도록 해라. 서린이가 그곳에서 움직이자면 도와줄 아이들이 필요할 테니 말이야. 그리고 우리는 놈들이 서린이의 뒤를 쫓지 못하도록 이곳에서 차단한다. 한번 부딪쳐 보면 어떤 놈들인지 확실히 알게

되겠지.

―알겠습니다. 대형!

혈교의 움직임에 장호기는 나름대로 대처 방안을 내놓았다. 사사밀교가 아직 움직일 시기가 아니기에 사사묵련의 삼영을 불러들인 것이다.

지난날 서린과 함께 삼영에 든 자들이 오랜 기간 수련으로 이제 어느 정도 쓸 만한 존재들이 되었기에 가능한 것이었다.

철무정은 전서구를 통해 장호기의 뜻을 적어 사사묵련으로 소식을 전했다.

섭서성과 사천에서 벌어진 혈교의 일에 대한 사항을 자세히 적어 보냈다. 소식을 받고 사사묵련의 삼영이 움직이는 것은 아마도 열흘 정도 걸릴 것이라는 것이 그의 예상이었다.

이제부터 혈교와의 본격적인 전쟁이 시작되려는 것이었다.

*   *   *

"무슨 일이오?"

"숙주를 뵈러 왔소."

갈천호는 황가의숙으로 들어선 후 총관에게 숙주를 만나

기를 청했다.

"숙주님은 지금 환자를 진료 중이라 만날 수가 없습니다."

"서림(西林)에서 사람이 왔다고 전해 주시면 될 테니 연통이나 넣어 주시오."

"알겠소."

비범한 신태나 표정이 심상치 않은지라 총관은 황가의숙의 주인인 황만승(黃滿承)에게 갈천호의 말을 전했다.

얼마 있지 않아 숙주의 전갈을 가져온 총관은 갈천호를 의숙의 내원으로 안내했다.

"서림에서 오셨다고 했소?"

조금은 뚱뚱한 체구의 황만승은 갈천호를 보며 의아한 듯 물었다. 서림에서 황가의숙을 찾을 이유가 아직은 없었던 것이다.

"그렇소."

"무슨 일로 이곳까지 오신 것이오? 서림에서 이곳으로 올 이유가 없는 줄 아는데 말이오."

"일이 급하게 됐소. 그동안 추진해 온 일이 세상에 드러날지도 모르오."

"그 말은 혹시? 하오문의 일이 실패로 돌아간 것이오?"

"재수가 없게도 구영호가 천라지망을 벗어났소."

"으음!"

황만승이 신음을 흘렸다. 자신이 혈교에 가담하고 있다는 사실이 밝혀지기라도 한다면 정말 큰일이었기 때문이었다.

"그리 걱정할 것은 없소. 어차피 놈은 독안에 든 쥐나 마찬가지니 말이오. 그래서 놈을 잡기 위해 한 가지 도움을 요청하기 위해서 왔소."

"그것이 무엇이오? 일이 이렇게 되었다면 나도 최대한 도와야 하니 말이오."

"혈루비를 열어야겠소."

"아, 아니!! 혈루비까지 열어야 한다는 말이오. 혈루비를 여는 것은 교주의 재가가 있어야 한다는 것을 모르시오."

"알고 있소. 하지만 이번 일에 금의위의 전력이 투입된 것일 수도 있기에 어쩔 수 없는 결정이오. 이미 본교에는 연락이 가있는 상태요. 조만간 이리로 소식이 올 테니 혈루비를 열 준비를 하시는 것이 좋을 것이오."

"금의위에서 전력을 기울였다는 말은 믿을 수가 없소. 황실의 동태는 누구보다도 내가 잘 아오. 하지만 그 어디서도 금의위들이 움직였다는 흔적은 포착되지 않았소."

"그럴 것이오. 하지만 내 생각에는 금의위를 움직이는 자들이 관여된 것 같소."

"서, 설마! 그들이?"

"그렇소. 그렇지 않다면 혈승들이 그들에게 무참히 당하지는 않았을 테니까 말이오."

"혈승들이 당했다는 말이오? 그들은 구대문파의 일대제
자에 버금가는 무력을 지녔소. 거기다가 고통을 모르는 상
태니 오히려 그들보다 더 위력적이라 할 수 있소. 그런데
그들이 당했다니. 무슨 말이오?"

"당해도 그냥 당한 정도가 아니오. 혈승들은 전멸하고
십좌가 놈들에게 사로잡혔소."

본단에는 감춰야 했지만 협조를 구해야 했기에 십좌의
일을 말할 수밖에 없었다.

"어찌 그럴 수가!! 그렇다면 혈루비를 열어야 하겠군요.
혈승들에 이어 십좌까지 당했다면 최소한 구대문파의 장문
인에 버금가는 자들이니 일급으로 다루어야 할 사안입니
다."

"본좌와 암천혈영대는 놈들을 추적할 것이오. 놈들이 사
천으로 들어서기 전 지워야 하니까 말이오. 그래서 혈루비
의 도움이 절실히 필요하오."

"육좌가 아셔야 할 것이 있소. 지금 혈루비를 움직인다
면 자칫 우리의 움직임이 놈들에게 노출될 수도 있다는 사
실이오."

"나도 알고 있소. 하지만 이번 사안은 중대하기 그지없
소. 사천의 일을 성공시키기 위해서도 중요하지만 이번에
우리 일을 방해한 자들이 대륙천안에서 나온 자들인지 알

아내는 것이 더욱 중요하오. 놈들이 나타난 것이 사실이라면 이제부터는 천 년 전쟁이 본격적으로 시작되니 말이오."

"으음 그건 육좌의 말씀이 맞는 것 같소. 대륙천안의 자취가 나타난 사실이 본교에 전해졌다면 분명 혈루비를 열게 했을 것이오. 비록 지금 발동하는 것이 아쉽기는 하지만 다른 안배도 있으니 본교에서 명령이 떨어지는 대로 열 수 있도록 준비를 하겠소."

혈루비는 간자들을 일컫는 말이다. 오랜 세월에 걸쳐서 혈교가 심어 놓은 자들로 대부분 정파의 정보망 깊숙이 들어가 있는 상태였다.

혈루비들은 목적을 교묘히 숨겨 자신들이 원하는 정보를 얻는다. 정파의 정보 단체에 속한 이들은 자신들이 하고 있는 일이 혈교를 위해 하는 일인지 전혀 모른다. 오직 혈교에서 심어 놓은 혈루비만이 알 뿐이었다.

사람을 찾는 일이었기에 혈루비가 드러날 확률은 매우 적었지만 혹시 모를 일이기에 황만승은 상부의 재가를 받으려고 하는 것이었다.

"고맙소. 그럼 난 놈들을 추적하도록 하겠소."

"정보가 들어오는 대로 곧바로 전달이 되도록 할 테니 놈을 꼭 잡도록 하시오."

"알겠소."

황만승과 이야기를 끝낸 갈천호는 급히 황가의숙을 나섰다.

'혈루비가 가동되면 놈들을 잡아내는 것은 시간문제다.'

혈루비가 열린다면 섬서와 사천 그리고 산서에 이르기까지 거대한 그물망이 펼쳐진다.

그렇게 되면 아무리 신출귀몰한 자라 할지라도 촉각에 걸릴 수밖에 없다. 개방을 비롯해 무림맹의 비원각 등 정도문파의 정보망들이 모두 가동되기 때문이다.

'혈루비가 가동되면 놈의 행방은 이틀 안에 찾을 수 있다. 놈의 행방을 찾으면 없애는 것은 여반장이나 다름없는 일이니 일단 사천 쪽으로 방향을 잡고 추적해야겠다.'

곧바로 사천으로 가기로 결심한 갈천호는 자신의 수하들을 호출했다. 그가 부른 이들은 암천혈영대라 불리는 자들이다.

암천혈영대는 모두 서른여섯 명으로 이루어졌는데 하나하나가 혈승들 두 셋은 너끈히 감당할 수 있는 전력을 가지고 있었다. 암천혈영대라면 서린 일행을 깨끗이 제거할 수 있으리라 생각한 것이다.

얼마 있지 않아 암천혈영대가 약속한 장소로 모여들었다. 서안의 외곽에 위치한 장원이었다.

은밀히 모여들었지만 갈천호를 감시하는 사밀혼들의 눈을 피할 수는 없었다.

"저곳이 놈들의 소굴이었군. 황가의숙은 막내가 감시하

고 있으니 이곳에 있는 놈들은 우리가 치도록 하세. 우리가 놈들을 습격했다는 것을 눈치채지 않아야 하니 자네들은 손속에 사정을 두지 말게."

"알겠습니다, 대형!"

장호기의 말에 등섭인(鄧燮仁)과 곽인창(郭鱗倉)은 자신들의 무기를 꺼내 들었다. 등섭인은 흰색의 판관필을 꺼내 들었고 곽인창은 자신의 애도를 굳건히 쥐었다.

"놈들은 분명 서린을 쫓아 사천으로 갈 것이다. 일단 사사묵련에서 삼영이 도착할 때까지는 치고 빠지는 작전을 펼친다. 자칫 우리들이 관여했다는 것이 밝혀지면 다시 지하로 숨어들 것이 분명하니 철저히 우리의 신분을 숨겨야 한다."

"알겠습니다. 대형."

서안에서 이들을 공격하는 것은 상당히 좋지 않은 작전이었다. 황가의숙이라는 변수가 있었기도 했지만 자신들이 개입했다는 것이 알려져서는 곤란했기 때문이었다.

해가 지고 자시가 다가 올 무렵 장원을 빠져나오는 암천혈영대와 갈천호를 바라보는 사밀혼들의 눈이 빛났다.

'천천히 씨를 말리면 될 것이다. 그것이 서린이에게 시간을 벌어 줄 것이다.'

사밀혼들은 오랜 세월을 사사밀교와 싸워 오면서도 살아남은 백전의 노장들이었다.

비록 세 명에 불과하지만 이미 화경의 끝에 다다른 이들이었기에 이번 전투가 잘못될 일은 없을 것이라 생각하고 있었다.

─가자!

사밀혼들은 암천혈영대를 은밀히 뒤따랐다. 서안을 벗어나 어느 정도 거리가 벌어지면 바로 칠 생각이었다.

갈천호는 장원을 나선 후 서안에서 멀어지자 암천혈영대를 재촉했다. 검은 무복을 입은 그들은 경공을 발휘하며 서안을 순식간에 벗어났다. 이미 늦은 시간이라 관도에는 사람들의 발길이 없었다.

파파팟!

한 번에 이삼 장을 내치며 달려가는 삼십여 명의 그림자가 달빛을 따라 길게 흘렀다. 두 시진이 넘게 경공을 발휘한 암천혈영대는 인시 무렵 관도가 바라다 보이는 곳에서 잠시 쉬었다. 사천까지 먼 길을 가야 했기 때문이다.

'대단한 놈들이로군. 두 시진을 쉬지도 않고 경공을 펼치고도 지친 기색이 거의 없다니.'

장호기는 관도를 빗겨 난 곳에서 쉬고 있는 암천혈영대를 살피며 그들이 각파의 장로들에 버금가는 무력을 가지고 있는 자들임을 알 수 있었다.

뒤를 따라오며 살펴본 결과 이 정도로 경공을 펼친다는 것이 그리 쉬운 일이 아니었기 때문이었다.

―어떻게 하실 겁니까?

―아직 서안에서 가깝다 조금 더 지켜본 뒤에 공격을 하도록 한다.

―알겠습니다.

누군가 자신들을 지켜보고 있다는 것을 모르고 얼마 있지 않아 암천혈영대가 이동을 하기 시작했다. 갈천호는 세 시진을 더 움직인 후 암천혈영대를 다시 쉬도록 했다.

―이번에 습격을 한다.

―알겠습니다.

―놈들이 쉬고 있는 중이니 출발하기 직전에 칠 것이다. 만만치 않은 전력을 가진 자들이니 세 놈씩만 처치하고 곧바로 빠져나간다.

장호기는 의제들에게 전음을 보냈다. 전력을 다한다면 전부 없앨 수도 있겠지만 자신들도 부상을 입을 가능성이 많았기에 이런 작전을 짠 것이다.

조용히 내기를 끌어 올리는 사밀혼의 눈에 암천혈영대가 부산히 일어나는 모습이 보였다.

사밀혼의 눈빛이 조용히 가라앉았다. 이미 사사밀혼심법이 전이혼(轉移魂) 단계에 들었기에 죽음의 기운을 끌어 올린 것이다.

쉬이익!

"누구냐?"

세 사람이 암천혈영대를 향해 놈을 날린 순간 갈천호는 서늘한 기운에 고함을 쳤다. 암천혈영대에게 경고를 한 것이었다.

서걱!

푹!

퍼퍽!

"크아악!"

"으윽!"

"억!"

갈천호의 경고에도 암천혈영대 셋이 순식간에 쓰러졌다. 정상적인 대결이라면 십여 초는 너끈히 버틸 자들이지만 창졸지간에 기습을 당한 것이라 반격 한 번 해 보지도 못하고 허무하게 목숨을 잃은 것이다.

사사삭!

셋을 쓰러트리고도 사밀혼들은 움직임을 멈추지 않았다. 정신을 차리기 전 하나라도 더 베고 자리를 빠져나가야 하는 것이다.

차창!

"컥!"

사밀혼들은 두 번째로 자신들이 목표로 하고 있던 자들을 공격했지만 지법을 이용해 공격한 등섭인만 성공했을 뿐, 두 사람의 공격은 가로막혔다.

첫 번째 공격은 성공했지만 두 번째는 정신을 수습하고 자신들을 막아 낸 암천혈영대의 반격이 만만치 않았다.

"차앗!"

이대로 가다간 포위되어 곤란을 겪을지도 모르기에 사밀야혼을 시전하며 다가오는 암천혈영대의 검들을 피했다.

뜻밖에도 자신들의 공격을 막아 내자 장호기와 곽인창은 검과 도에 내력을 더했다.

챙!!

"크억!"

"억!"

두 사람의 검이 암천혈영대의 검이 부러뜨리며 그들의 몸을 갈랐다.

"엇!!"

동료들의 죽음에도 검을 날려 오는 암천혈영대를 바라보며 사밀혼은 헛바람을 삼켜야 했다. 사밀야혼의 보법으로도 피할 수 없는 그들의 검술은 무척이나 신랄했다.

차차차창!

장호기는 자신의 검을 휘둘러 암천혈영대를 물러나게 했다.

"모두 저놈들을 포위해라!"

사밀혼들이 공격을 시작하고 암천혈영대가 반격하며 포위한 것은 촌각이 지나지 않아서였다.

화경의 끝에 이른 고수들의 공격에도 여섯 명만 희생된 채 자신들을 포위하고 있는 암천혈영대를 바라보는 사밀혼들은 침음성을 삼켜야 했다.

　―보기와는 다른 놈들이다. 삼영의 아이들만큼이나 철저히 수련을 받은 것이 분명하다.

　―대형 어떻게 할까요?

　―쉽지 않은 놈들이니 일단은 자리를 피해야 할 것 같다.

　예상보다 적은 전과였다. 사밀혼들은 전음을 주고받으며 다음 일을 의논했다. 이 자리에서 결판을 볼 수도 있겠지만 이들은 혈교의 일부분에 지나지 않기에 자리를 피하려는 것이다.

　"기습을 한 것을 보면 우리에 대해 알고 있는 놈들이 분명한 것 같은데 네놈들은 누구냐?"

　"……."

　혈교에 대해서 알고 있는 것이 분명했다. 이십여 년을 애써 키워 온 자신의 암천혈영대가 순식간에 당한 것 때문인지 사밀혼을 바라보는 갈천호의 눈에는 귀화가 일렁거렸다.

　'저들 하나하나가 나를 능가하는 고수들이니 어차피 사로잡을 수는 없을 것이다. 하지만 우리에 대해 알고 있는 것 같으니 피해가 있더라도 죽여야 한다. 하지만…….'

　마음은 굴뚝같았지만 갈천호는 공격을 망설였다. 자신들을 바라보는 싸늘한 눈의 주인공들은 지금 최선을 다하고 있지 않은 것 같았기 때문이었다.

그리고 무엇보다 이대로 공격했다가는 암천혈영대의 반수 이상이 쓰러질 것이 분명했다.

'그래도 할 수 없다. 놈들의 무위로 보아 대륙천안에서 나온 자들이 분명하니 말이다.'

대륙천안이라면 갈천호로서는 피할 수 없는 일전이었다. 어떻게든지 사로잡아 정보를 캐내야 했다. 아무리 암천혈영대가 중요하다고는 하지만 대륙천안의 인물들과는 비교가 되지 않았다.

―대형! 아무래도 저놈이 결심을 굳힌 모양입니다.

―놈의 기운이 변하고 있는 것을 보니 그런 것 같다. 어차피 놈들의 주의를 끌었으니 한번 거세게 공격을 하고 이만 물러나자. 놈들이 어느 정도 피해를 입으면 다른 놈들을 불러낼 것이다. 그리고 놈들을 역추적 한다.

―알겠습니다. 대형!

쉬이익!

갈천호의 장포가 부풀어 오르는 것을 보며 세 사람은 일제히 암천 혈영대를 향해 공격을 가했다. 기합성도 없이 내지른 그들의 공격은 매서웠다.

장호기의 검이 암천혈영대의 상단을 향해 검기를 뿌렸고, 곽인은 자신의 도에 무거운 기운을 담아 암천혈영대의 하단을 쓸었다.

"피해!!"

두 사람의 공격에 담긴 경력을 보며 갈천호는 다급하게 소리를 내질렀다. 자신의 예상대로 두 사람의 공격에 담긴 경력이 파괴적이었기 때문이다.

암천혈영대원들은 다급하게 뒤로 물러나며 검을 휘둘러 두 사람의 공격에 대항했다. 이미 내기를 잔뜩 끌어 올리고 있던 터라 간신히 두 사람의 공격을 막아 낼 수 있었다.

콰…… 콰콰…… 쾅!!

맨 앞에 있던 암천혈영대는 자신들의 검에 내력을 실어 두 사람의 공격을 막는 순간 강렬하기 그지없는 폭발음을 들어야 했다.

장호기와 곽인창의 내뻗는 검기와 도기가 폭발하듯 터져 버린 것이다.

"으…… 으으!"

포위망의 제일 앞에 있던 자들은 움켜잡았던 검병이 뒤틀리며 대부분 손바닥이 찢어져 피가 흐르고 있었다. 또한 입가에는 가느다란 피를 흘리는 것이 내상 또한 심각한 것 같았다.

"네놈들이?"

갈천호의 손에서 붉은 광망이 일렁였다.

"차앗! 열화만천(熱火滿天)!"

파파팟!

기합성과 함께 열양지기가 가득한 그의 손에서 붉은 기운이 사밀혼들을 향해 뻗어 왔다. 바위도 태워 버릴 것 같은 열기가 가득한 장풍을 연이어 내질렀던 것이다.

"합!"

갈천호가 공격을 하자 등섭인이 기합성과 함께 양손을 펼쳤다. 푸른 기운이 맺혀 있는 그의 손에는 한기가 가득했다. 전이혼을 통해 자신의 내공에 음한지기를 가득 담은 탓이었다.

퍼퍼…… 펑!!

갈천호가 뿜어낸 열화만천의 노수를 따라 등섭인의 지풍(指風)이 뻗어 나가자 두 사람의 내기가 허공에서 부딪쳤다. 내기의 부딪침으로 인해 폭음이 들렸다. 등섭인이 뿜어내는 지풍은 열화만천의 흐름을 뚫고 있었다.

"헛!"

갈천호는 다급하게 장력을 연이어 발출했다. 싸늘한 한기를 발하며 자신의 장력을 뚫고 오는 등섭인의 지풍이 심상치 않았기 때문이었다. 예리한 검처럼 찔러 들어오는 지풍은 열화만천의 열기 속에서도 기세를 잃지 않고 있었다.

파파팟!

갈천호가 연신 장을 뻗어 내어 등섭인의 지풍을 막아 내며 뒤로 물러나자 사밀혼들의 신형이 장내에서 사라졌다. 사밀야혼을 극성으로 시전 한 탓이었다.

"크, 으으!!"

갈천호는 신음을 내뱉으며 이를 갈았다. 분노의 눈으로 사밀혼들이 사라진 방향을 바라보는 그의 눈은 불타오르고 있었지만 그의 팔은 연신 떨고 있었다. 마지막에 등섭인의 지풍이 파고들며 한기가 침습한 까닭이었다.

한 번의 격전으로 갈천호는 사밀혼들이 암천혈영대와는 비교도 할 수 없는 고수들이라는 것을 알 수 있었다.

갈천호는 사밀혼들을 쫓을 수가 없었다. 혈교에 들어온 후 익힌 광염신공이 이미 극성에 이르렀는데도 사밀혼의 지풍에 밀렸던 것이다.

"크으, 저런 자들이 어디서 나타났더란 말이냐? 역시 금의위인가? '

사천으로 들어가려는 것을 막으려는 것을 보면 분명 쫓는 놈들과 관련이 있는 자들이다. 하오문은 이미 지리멸렬했으니 대륙천안의 하수인인 금의위에서 나선 것이 분명했다.

특히나 막아선 자들의 실력을 볼 때 대륙천안에서 나온 자들일 확률이 높았다. 세속의 사람들이 알고 있는 일반적인 금의위라면 이런 실력을 가진 자들이 있을 까닭이 없기 때문이었다.

'큰일이로군. 역시, 대륙천안인가? 일이 예상보다 나쁘게 돌아가고 있다.'

갈천호는 상황이 다급해졌음을 알 수 있었다.

대륙천안에서 본격적으로 혈교를 조사하기 시작했다는 것은 이미 위험 수위에 도달했다는 것을 의미했다.

각고의 노력으로 아직까지 혈교가 사사밀교에서 부활시킨 것이라는 것만은 감출 수 있었지만 대륙천안이 나섰다면 그것조차 장담할 수 없는 일이었다.

"대륙천안이 직접 개입했다고 본교로 연락을 취해라. 특급 일호에 준하는 비상상황이다."

갈천호는 암천혈영대의 대주에게 명령을 내린 후 장내를 돌아보았다.

"여섯이 죽고 열하나가 부상이라니……."

으드득!!

예상치 못한 큰 타격에 갈천호는 이를 갈아야만 했다.

"혈루비가 열리면 놈들의 행방은 금방 찾을 수 있다. 이대로 놈들을 쫓는다는 것은 무리니 일단 서안으로 돌아가야겠다. 혈루비가 열리면 본교에서도 사람들이 올 테니 차후에 놈들에게 복수할 수 있을 것이다."

갈천호는 다짐하듯 수하들에게 말했다.

이대로 사천으로 가다가는 지금 자신들을 공격한 자들에게 몰살을 당할 우려가 있었기 때문이었다.

그러나 갈천호는 그는 사밀혼들이 어떤 사람들인지를 알지 못했다. 백여 세가 넘도록 사사밀교가 치열하게 전쟁을 벌여 오며 살아온 자들이란 것을 알지 못했던 것이다.

퍼드득!

잠시 후, 암천혈영대주가 띄운 전서구가 날개 짓을 하며 날아가는 소리가 깊은 밤 관도를 울렸다.

'놈들의 정체가 아직 확실하지는 않지만 분명 대륙천안과 연결되어 있는 것이 틀림없다. 지난 이십여 년간 그들의 눈을 피해 세력을 구축했건만…….'

날아가는 전서구를 바라보며 갈천호는 이제부터 어려운 싸움이 될 것임을 알 수 있었다.

'아직 완성이 되지는 않았지만 그리 뒤처지는 전력도 아니다. 놈들이 우리에 대해 알아내기야 하겠지만 지난 세월 구축해 온 힘이라면 놈들도 상당한 타격을 입힐 수 있다.'

대륙천안이 무서운 곳이기는 하지만 과대평가할 필요는 없었다. 지난 세월 자신들이 준비해 온 것이 결코 작은 것이 아님을 알기에 마음을 다졌다.

"자칫 놈들의 촉수에 걸리면 곤란하니 서안으로 가는 길은 관도를 버린다. 부상자들은 운기조식으로 해서 빨리 상세를 회복해라. 어느 정도 내상이 회복되면 곧바로 이동한다. 그리고 다른 대원들은 놈들이 다시 습격해 올지도 모르니 경계를 철저히 하도록 해라."

구영호가 문제가 아니었기에 서안으로 돌아갈 준비를 시켰다. 이제 서른 명밖에 남지 않은 암천혈영대는 죽어 있는 동료의 시신에 화골산을 뿌렸다. 시신마저 챙길 여유가 없었기 때문이었다.

치지지직!

녹아내리는 시신을 바라보며 모두들 결연한 마음이 되었다.

"가자!"

한 시진이 넘게 흘러 부상자들이 어느 정도 회복하자 갈천호를 서안을 향해 출발했다.

관도를 따라 경공을 시전 해 두 시진이 걸린 거리였지만 날이 밝아 오니 이번에는 산길을 따라가야 했기에 배는 더 걸릴 것이 분명했다.

타타타!

암천혈영대가 일제히 장내를 떠났다. 부상자들이 있는 관계로 움직이는 속도가 전보다 못했다.

휘이익!

그들이 떠나고 얼마 안 있어 장호기와 곽인창이 장내에 내려섰다. 장내를 벗어나는 척하며 다시 돌아와 감시하고 있었던 것이다.

장내에 없는 등섭인은 암천혈영대가 날린 전서구를 추적하고 있었다.

"이제(二弟)가 올 때가 된 것 같은데. 늦는군."

"걱정하지 마십시오, 대형. 삼영의 아이들이 곧 서안에

당도할 것이니 놈들을 잡는 것은 어렵지 않을 겁니다. 일단
흔적을 남기며 놈들을 추적하지요."

"알았다."

파팟!

두 사람은 암천혈영대를 추적하기 시작했다. 다급히 돌
아가는 길이어서 그런지 흔적이 많이 남겨져 있는 터라 암
천혈영대를 쫓는 것은 그리 어렵지 않았다.

―놈들이 쉬는 모양이군.

―그런 것 같습니다, 대형.

부상자가 있어서인지 암천혈영대는 한 시진도 못 가서
쉬고 있었다.

스스슥!

두 사람이 암천혈영대를 감시하는 곳에 누군가 나타났다.
전서구를 잡으러 갔던 등섭인이었다. 그의 손에는 암천혈영
대가 날려 보낸 전서구가 들려 있었다.

―대형, 다녀왔습니다. 다행히 전서구를 잡을 수 있었습
니다.

―수고했네.

―여기 놈들이 날려 보낸 서편입니다.

등섭인은 전서구의 다리에서 떼어 낸 서편을 장호기에게
건넸다. 장호기는 손가락 마디만 한 통에서 서신을 꺼내 읽
었다.

—으음, 암호로 쓰여 있는 것이라 이곳에서 해석하는 것
은 힘들겠군.

장호기는 품에서 조그만 세필과 종이를 꺼낸 후 암호문
을 옮겨 적고는 서신을 다시 통에 넣었다.

—이것을 다시 매달아 전서구를 날려 보내게. 놈들의 근
거지를 찾아야 하니 전서응으로 뒤를 쫓는 것을 잊지 말도
록 하게.

—알겠습니다, 대형.

등섭인은 서신을 받아 들고는 조용히 물러났다. 이곳에
서 저들에게 들키면 곤란하기 때문이었다.

곧바로 움직인 등섭인은 전서구를 다시 띄운 후 자리로
돌아왔다.

—대형, 저들을 어떻게 할 생각입니까?

뒤를 캐는 것이 아니라면 자신들만으로도 충분히 제거가
가능한 일이었다.

갈천호라는 존재가 조금 부담이 되기는 했지만 그리 위
협이 될 만한 존재는 아니었던 것이다.

등섭인은 장호기가 어째서 혈교의 뒤를 캐는 것인지 궁
금했다. 자신도 지금의 혈교가 이상하다는 것을 느끼고 있
었지만 이토록 장호기가 신경을 쓰는 이유가 궁금했던 것이
다.

—일단 서서히 피를 말려야겠지. 서린이에게 신경을 쓰

지 못하도록 말이야. 그리고 놈들의 정체가 무엇인지 살펴
봐야 할 것이다. 놈들의 뒤에 있는 자들이 어떤 놈들인지
상당히 궁금하니 말이야.

─그렇다면 삼영의 아이들이 오면 본격적으로 시작되겠
군요.

─그렇겠지. 아무리 봐도 저놈들은 단순히 혈교 소속인
것 같지 않은 것 같다. 기록으로 내려오는 내용과는 놈들의
무공이 전혀 다르니 말이다.

─저도 그런 것을 느꼈습니다. 아무래도 누군가 혈교의
탈을 뒤집어쓴 것 같습니다.

곽인창 또한 이상하다는 것을 느끼고 있었다.

─나도 그런 생각이 들었네. 어쩌면…….

─뭐, 생각나신 것이 있습니까?

─아직은 확실한 것은 아니지만 어쩌면 저들의 뒤에는
사사밀교가 있을 것 같은 예감이 드네.

─사사밀교요? 놈들은 지금 조용하지 않습니까? 전신
두르가가 아직 완전하지 않은 이상 아직 움직일 때도 아니
고 말입니다.

─그렇다고는 해도 너무 조용하지 않은가? 혈교도 따지
고 보면 저들의 일맥이 분명한데 말이야.

─으음, 만약 사사밀교에서 관여하고 있다면 큰일입니
다. 놈들이 노리는 것은 분명 중원의 혼란일 테니까요. 이

미 무림맹도 분열할 조짐을 보이고 있는 마당에 사사밀교의 입김이 닿은 혈교의 혈란이라면 분명 중원은 난세로 접어들 것입니다.

등섭인은 장호기의 예상이 맞다는 가정 하에 중원에 혈란이 일 것임을 짐작할 수 있었다.

─자네 생각이 맞을 것 같네. 하지만 그전에 놈들의 확실한 정체를 알아내야겠지. 아직은 모든 것이 가정이니 말이야. 만약 놈들의 배후가 사사밀교로 밝혀진다면 우리의 힘만으로는 부족할 것이 분명하네. 어쩌면 서린이가 이곳으로 나온 이유도 대륙천안에서 우리와 같은 생각을 하고 있기 때문일지도 모르네

─그렇다면 진짜 전쟁이 시작될지도 모르겠군요. 천 년 전쟁이 말입니다.

─애석하게도 그렇다고 볼 수 있지.

장호기는 진정한 혈란이 시작될지도 모른다는 생각이 들자 멀리서 떠오르는 태양의 붉은 빛이 마치 피처럼 붉어 보였다. 태양의 붉은 광휘가 무림인들조차 모르는 진정한 피의 전쟁이 시작되려는 징조 같았다.

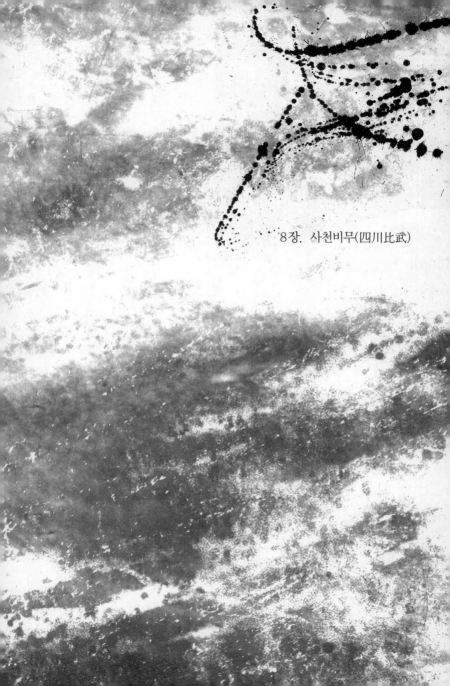

8장. 사천비무(四川比武)

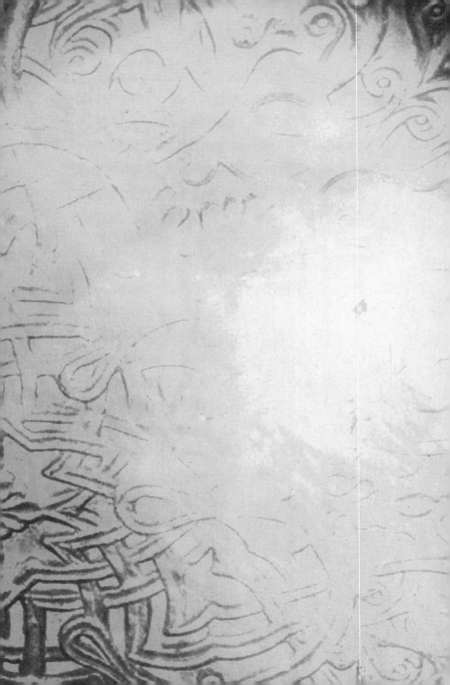

사천에 가면 힘자랑 하지 말라는 말이 있다.

무수한 무림문파가 둥지를 틀고 있는 곳이 바로 사천성이기 때문이다.

아미를 비롯해 청성, 사천당문 그리고 무수한 군소문파들이 각자의 세력을 뽐내는 곳이 바로 사천이었다.

군소문파 대부분이 세 개의 거대 무문과 직간접으로 연관을 맺고 있는 사천무림은 폐쇄적이기로도 유명했다. 중원과 떨어져 있어 배타적인 성향이 많아 타지의 무인들에 대한 텃세가 유달리 심한 곳이었다.

이런 사천무림에서는 단합을 다지기 위해 매 삼 년을 주기로 비무대회가 열려 왔다.

기존에는 사천무림의 단합을 도모하고 그간의 성취를 비교하는 취지의 자리였으나 이번에 열리는 비무대회는 그 의미가 조금 달랐다.

청성파를 제외하고 아미와 사천당가가 무림맹에 들고 난 후 사천무림인만을 대상으로 하던 것이 이제는 전 무림을 대상으로 열리는 것이었다.

사천성으로 향하는 관도에는 말을 달리거나 마차를 이용해 삼삼오오 사천성으로 들어서는 무인들이 꽤 있었다.

윤상호(尹像虎)는 당삼결과 함께 장백파에서의 오랜 수련을 끝내고 사천으로 오는 중이었다. 이번 사천에서 열리는 비무대회에 참가하기 위해서였다.

"우리도 조선을 천하제일강산이라고 일컫지만 사천은 역시 만만치 않은 곳이군."

"사형께서도 그리 생각하십니까?"

"그렇다네. 금수강산의 절경도 대단하지만 이곳도 곳곳이 기경이 아닌 곳이 없으니 말이네. 전에도 한번 와 보기는 했지만 정말이지 대단한 곳이네."

"그나저나 무림인들이 생각보다 많이 몰려들고 있습니다."

"당연한 이야기 아닌가. 이번에 무림맹에서 상당히 큰 출혈을 하며 무림인들을 모으는 것 같으니 말이야."

"그런데 정말일까요?"

"무엇이 말인가?"

"이번 비무대회에서 십육 강 안에 든 자들에게는 구대문파와 사대세가의 무공비급을 개방한다고 하는 것이 말입니다. 그저 자신들밖에는 모르는 자들이 그렇게 한다고 하니 도무지 믿어지지 않아서 말입니다."

"후후후, 거짓은 아닐 것이야."

"정말 그렇게 생각하십니까?"

"무공비급을 개방하기는 하겠지. 하지만 비전은 아니고 일류 정도의 것만 개방할 것이네."

"일류라도 대단하네요."

"당금 무림맹도 위기의식을 느끼고 있을 것이네. 무림맹을 지지하는 사람들이 늘어날수록 그들로서도 좋은 일이니 말이야."

"그렇군요. 하지만 그것만으로 실력 있는 사람들이 몰려들까 모르겠습니다."

"보면 모르겠나. 우승자에게는 묵린이라는 보검도 하사한다고 하니 무림인들이 불을 켜고 달려들 수밖에 없을 것이네."

"하긴 묵린이라면 누구나 욕심을 낼 만하지요. 낭인 무사들이나 정사중간의 자들에게는 이번이 기회일 테니까요."

당삼걸이 고개를 끄덕였다. 그는 묵린에 대해 누구보다 잘 알고 있었다. 묵린을 만든 곳이 바로 사천당가였기 때문이었다.

당가가 처음 세가로서의 기반을 세우고 난 후 심혈을 기울여 만들어 무당에 헌정했던 검이 바로 묵린이었다.

묵린은 처음부터 한 사람을 위해 만들어진 검이었다.

사천당문이 세가의 기반을 다질 수 있도록 물심양면으로 도와준 당시 천하제일인이자 고금제일검으로까지 일컬어지는 무당은 현허자(玄虛子)를 위해 만들어진 검이었다.

만년한철(萬年寒鐵)에 자금사(紫金沙)와 풍오동(風烏銅)을 섞어 만든 묵린(墨鱗)은 그 강도와 예기가 여타의 보검과 차원이 다른 것이었다.

너무도 강한 기운을 가지고 있는 것이라 웬만한 무인들은 검의 기세를 감당하지 못할 정도의 보검이었다. 검의 기준을 현허자에게 맞춘 까닭이었다.

하지만 묵린은 한 번도 주인의 손에 쥐어질 수가 없었기 때문이었다. 묵린이 완성되기까지 장장 삼십여 년이 걸렸고, 완성된 후 무당파로 호송하는 도중에 현허자가 고령의 나이를 이기지 못하고 우화등선(羽化登仙)했기 때문이었다.

그의 손에 쥐어지기를 갈망하며 만든 묵린은 그렇게 주인을 잃고 한동안 무당파의 장보고에 보관되게 되었다.

그런 묵린을 두고 무림인들은 안타까워했다. 천하제일인의 손에 맞도록 만들어진 천하제일의 검이 사장되어 버렸기 때문이었다.

장보고에 봉인되었지만 묵린의 이야기는 무림에서 끊이지 않았다. 장보고에서 끊임없이 흘러나오는 검명(劍鳴) 때문이었다.

덕분에 칠흑 같은 그믐이면 무당파에서도 묵린 때문에 골치를 앓아야 했다. 묵린이 그믐마다 자신의 주인을 찾는 검명을 흘렸기 때문이었다.

무당파에서는 검의 주인을 찾기 위해 그동안 많은 노력을 기울였다. 정파라 불리는 문파에서 웬만한 검도의 고수들은 모두 무당파를 방문해 검의 시험을 받았었다. 그럼에도 검의 주인은 지금까지 나타나지 않았다.

해서 이번에 무림비무대회를 통해 공개적으로 검의 주인을 찾으려는 것이었다.

"사제, 그런데 이번 사천행이 정말로 괜찮은가? 자칫 당문과 불화가 생길 가능성이 높은데 말이네."

윤상호는 당문과 감정의 앙금이 남은 당삼걸이 걱정이 되었다. 어쩌면 피를 볼지도 모르는 일이었기 때문이었다.

"출발하기 전에도 이미 말씀드렸다시피 이제는 해결을 해야 할 때입니다. 그들이 저를 받아들이든지 아니면 내치든지 양단간에 말입니다. 그리고 소아에게 벌인 짓에 대해서 응분의 대가를 받아 내야 하고 말입니다."

당삼걸의 결심은 이미 굳은 것 같았다. 지난 시간 동안 겪어 온 자신의 설움 보다는 동생 당소아의 일이 더 아픈 그였다. 그는 지금 그에 대한 대가를 당문으로부터 받을 계획인 것이다.

"어차피 사제가 해결해야 하는 일이지만 좀 걱정이야. 군사의 말로는 이번 사천비무대회에 음모가 개입되어 있을 수도 있다고 하니 마음에 계속 걸리기도 하고."

"걱정하지 마십시오, 사형과 저라면 놈들의 음모가 아무리 악랄하다 해도 충분히 헤쳐 나갈 수 있을 겁니다. 그리고 우리는 놈들이 어떤 음모를 꾸미든지 상관이 없지 않습니까?"

"하긴, 우린 그분만 만나면 되니까. 어서 가세."

면양(綿陽) 땅에 들어선 당삼걸과 윤상호는 길을 서둘렀다. 하루거리면 성도(成都)에 도착하기 때문이었다. 성도로 가는 동안 무림인의 수는 점점 늘어가고 있었다.

근 이십여 년이 넘도록 무림 전체를 아우르는 비무대회가 없었기 때문이었다.

*   *   *

같은 시각 서린 일행은 성도에서 가까운 덕양(德陽)을 지나고 있었다. 성도까지는 반나절 거리였다.

따각! 따각!

"주군, 무인들의 수가 상당합니다."

"오랜만에 열리는 것이라 그런 것 같다."

"그래도 대부분 이번 비무대회에 걸린 포상 때문에 오는 자들일 겁니다. 그런데 저자는 어찌하실 작정입니까?"

"놈들이 구출하기를 기다려야겠지. 아주 자연스럽게 말이야. 하지만 우리가 세워 놓은 계획이 실패할 수도 있다. 어르신들이 우리를 쫓는 자들을 방해할 공산이 크니 말이다."

그동안 혈교의 추적은 없었다. 아마도 사밀혼들이 그들의 추적을 제지한 것이 분명했다.

"그렇군요. 하지만 가만히 계시는 것을 보니 뭔가 복안을 가지고 계시는군요?"

"후후후, 두고 보면 알게 될 것이다."

희미하게 미소를 짓는 서린을 보면서 저량은 자신도 모르게 고개를 끄덕였다.

'재미있을 것 같군. 주군께서 어떤 식으로 일을 풀어 나가는지 지켜보도록 하자.'

어떤 준비가 되어 있는지는 모르지만 서린의 성격이라면 아주 철저히 준비했을 것 같았다.

"어서 가자. 몇 가지 알아볼 것이 있으니 말이다."

"예, 주군!"

저량은 마차를 빠르게 몰기 시작했다. 서안에서부터 여

기까지 말을 갈아 치우며 전속력으로 달려온 그들이었다.

'정말 대단한 이들이다. 주군이나 수하나 이렇게 여유가
넘치다니.'

구영호는 두 사람을 보면서 서린과 저량의 배포에 놀라
웠다. 자신과는 달리 초조한 기색이 하나도 없이 자신의 할
일을 하고 있기 때문이었다.

두 사람에 대한 구영호는 엽장청을 흘깃 바라보았다.

'그나저나 이자도 의식을 차린 것 같은데……'

혈도가 제압되었기는 하지만 엽장천은 이미 의식을 회복
한 상태였다. 모두들 알고 있었지만 다들 아는 체를 하지
않고 있었다.

엽장천은 서린이 자신에게 벌인 일에 대해서는 아무것도
모르는 상태로 제압하기 바로 직전의 기억만을 가진 상태
다.

"너희들이 아무리 날 사로잡았다고는 하지만 얼마 있지
않아 날 사로잡은 것을 뼈저리게 후회하게 될 것이다."

엽장천은 분노한 목소리로 구영호를 노려보며 말했다.

"이미 너희들로 인해 사천과, 섬서, 그리고 산서성에 이
르기까지 우리 하오문의 기반이 모두 무너졌다는 것을 안
다. 내가 잃을 것이 있다고 보느냐? 이제 너희 혈교에 대한
복수만이 남아 있을 뿐이다."

"그게 가능하다고 생각하느냐?"

"물론!"

엽장천의 의문에 구영호는 단호하게 대답했다.

"너희들은 우리 하오문을 우습게 생각하고 있다. 우리의 힘이 진정 어떤 것인지 모른다는 소리지. 나중에 알게 될 것이다. 너희들이 얼마나 우리에 대해 오판을 하고 있었는지 말이다. 삼야들이 건재하다는 것이 확인된 이상 너희들은 대가를 톡톡히 치러야 할 것이다."

하오문의 모든 것이 낱낱이 파악되어 있을 테지만 그건 상관없었다. 삼야의 존재가 혈교의 눈에서 벗어났으니 그들이 비수가 되어 혈교의 심장을 후벼 팔 것이다.

구영호는 속에 있는 말을 해 주고 싶었지만 그럴 수는 없었다. 저량에게서 들은 삼야의 일은 비밀 중의 비밀이었기 때문이었다. 아직까지 삼야들이 남아 있고 예전 그대로의 성세를 간직하고 있다는 사실이 의외이기는 하지만 그건 이제 무너져 가는 하오문에게 있어서 마지막 희망이었다.

말이 없는 구영호를 바라보며 엽장천은 눈살을 찌푸렸다. 어디서 저런 자신감이 나오는 것인지는 알 수 없었기 때문이었다. 무엇인가 자신들이 놓치고 있다는 생각도 들었다.

'혈승들을 잔인하게 없앤 저자들 때문인가? 하지만 그들은 하오문과 필요에 의해서 만났을 뿐인데……'

금의위가 적극적으로 하오문을 도울 리는 없다는 생각이

들었다. 사실상 하오문은 멸문한 것이나 진배없기 때문이었다.

멸문한 하오문에서 얻을 것이 없는 이상 금의위는 하오문에 도움을 줄 까닭은 없었던 것이다.

'그것은 저자도 잘 알고 있을 것이다. 그렇지만 저토록 자신한다는 것은 무엇인가 하오문에 남아 있는 것이 있다는 것을 뜻하는 것이다.'

생각이 거기까지 미치자 엽장천의 안색이 어두워졌다.

'큰일이로군. 내가 이런 꼴로 있으니. 본교에서 이 사실을 알지 못하면 이번 사천성의 행사는 낭패를 볼지도 모른다.'

구영호의 차분한 행동을 보면서 엽장천은 답답해져 가는 마음에 불안감을 가눌 수 없었다.

삐걱!

엽장천이 여러 가지 생각으로 고민하고 있을 때 마차의 문이 열렸다. 드디어 성도에 도착한 것이었다.

피픽!

"내리시오."

지풍이 혈도를 풀어 준 저량의 말에 엽장천은 자리에서 일어나 마차에서 내렸다.

'무후사(武侯祠)?'

마차가 멈춘 곳은 무후사가 바라보이는 곳이었다.

무후사는 촉한의 승상 제갈량을 기념하기 위해 서진 영안원년에 창건되었던 곳으로 사천 사람들에게는 유서 깊은 곳이었다. 하지만 지어진 지 오래된 탓에 많이 손상이 되어 있었다.

'이곳으로 오다니 이상한 일로군. 성도와는 좀 떨어진 곳인데. 누군가와 만나려는 것이 분명하다.'

엽장천은 서린이 무후사가 보이는 곳에 멈춰 선 이유를 미루어 짐작했다.

아니나 다를까 마차를 세우고 멈춰 선 지 반 시진이 지나지 않아 누군가 다가왔다.

장포를 입은 이가 서린에게 다가와 무엇인가 말을 하더니 무후사로 일행을 이끌었다.

무후사로 들어간 일행은 관복을 입은 중년인을 만날 수 있었다. 그는 서린에게 한 통의 서찰을 전하고는 급히 무후사를 빠져 나갔다.

'저자는?'

엽장천도 익히 아는 자였다. 사천성 도지휘사사에서 봉직하는 자였다.

'금의위에서 나온 저놈은 군문과도 연계를 가지고 있는 것이 분명하구나.'

엽장천은 새로운 사실을 확인하고는 불안감이 더해 갔다. 군문까지 개입할 정도라면 자칫 혈교가 몰살할 수도 있기 때문이었다.

"이제는 성도로 다시 들어간다. 사천당가의 눈이 있으니 저자는 변장시키도록 하고."

"알겠습니다, 주군."

'됐다. 혈혼빙결이 움직이기 시작했다.'

자신을 용모를 바꾼 후 성도로 들어가려 하자 엽장천은 머리를 굴렸다. 제압을 당한 후 계속해서 운용 중인 혈혼빙결이 이제 움직일 기미를 보이고 있었기 때문이었다.

'마차에서 해혈을 한 후 기회를 보아 이놈들을 피해 달아나야 한다. 이놈들이 무엇을 꾸미는지 반드시 알아야 하지만, 자칫 아무것도 알리지 못하는 수가 있을 터이니 일단 놈들의 손을 벗어나는 것을 목표로 해야겠구나.'

마차에 올라탄 엽장천은 구영호가 자신의 모습을 바꾸는 것을 보면서 생각을 거듭했다.

일단 서린 일행에게서 도망쳐 본교에 자신이 알게 된 사실들을 알려야 한다는 생각뿐이었다.

"이자는 끝났으니 어서 이리 앉으십시오."

엽장천의 변장이 끝나자 구영호는 서린을 불러 변장을 도왔다. 축골연형의 법을 익히고 있지만 서린은 구영호의 행동을 제지하지 않았다.

서린의 변장이 끝나고 저량도 변장을 했다. 저령도 서린과 마찬가지로 내공으로 모습을 바꿀 수 있었지만 말없이 있었다.

변장을 끝내자 서린과 저량은 마부석에 자리를 했다. 구영호는 부유한 상인의 모습을 하고 있었고, 엽장천은 환자로 변장을 했기에 그리한 것이다.

마차가 움직이기 시작하자 구영호는 아무 말 없이 골똘히 생각에 잠겼다.

'놈들이 바깥에 있어 다행이다.'

엽장천은 지금이 기회라 생각하고 제압된 혈도를 풀기에 여념이 없었다.

여산에서 서린이 제압한 상태로는 스스로 움직일 수조차 없었지만 지금은 아니었다. 서린이 제압한 대로라면 풀 엄두도 내지 못했을 것이지만 지금 자신의 혈도를 제압한 것은 저량이었기 때문이다.

움직일 수 있도록 서린이 혈도를 풀고 난 후 저량이 단전을 봉쇄했지만 혈혼빙결이 움직이기 시작한 것이다.

'크으, 조금씩 뚫리는구나.'

따끔거리는 고통 속에서 점점 단전을 봉쇄한 혈도를 풀어 나갈 수 있었다. 어느 정도 혈도가 풀리고 내공이 돌기 시작하자 엽장천은 주위를 살피기 시작했다. 빠져나가기 위해 기회를 엿보는 것이었다.

'으음, 아직은 아니다. 이놈을 제압하고 몰래 빠져나갈 수는 없을 테니까.'

내공을 되찾았지만 섣불리 시도할 수는 없었다. 바깥에 있는 저량을 따돌릴 자신이 없었다.

엽장천이 망설이는 사이 마차는 어느새 성도에 도착을 했다.

서린이 여장을 푼 곳은 금강빈관(錦江賓館)이라 풀리는 객잔이었다. 마차를 멈춰 세운 저량은 서린이 지키는 동안 객잔으로 들어가 방을 두 개 얻었다.

금강빈관은 사천에서도 비싸기로 손꼽히는 곳이다. 사천 비무대회가 얼마 남지 않아 빈방이 거의 없었지만 최고급 객실은 너무 비싸 그나마 몇 개 남아 있었기에 셈을 세 배나 치르고 어렵게 얻을 수 있었다.

두 개의 객실 중 하나는 자신과 서린이 머물 곳이고 다른 하나는 구영호와 엽장천이 머물 곳이었다.

"향주께서는 저자를 객실에 넣으시고 우리 방으로 좀 오십시오. 그리고 혈도를 짚는 것도 잊지 마십시오."

구영호는 서린의 말대로 개실로 들어선 후 엽장천의 마혈을 짚어 침상에 앉혀 놓았다.

"기다리고 있어라. 어차피 도망가지도 못할 처지니 괜히 혈도를 풀 생각은 하지 말고 말이다."

구영호는 객실을 나서 서린의 방으로 향했다.

'후후후, 기회다. 저놈은 내가 단전을 봉쇄하고 있던 혈도들을 푼 것을 모르는 모양이로군. 내가 혈을 이동시킨 것

을 눈치채지 못하다니…….'

엽장천은 서린의 말이 끝나자마자 이혈대법으로 자신의 혈도를 이동시켰었다. 혈도를 푼 지 얼마 되지 않았지만 간신히 마혈들을 이동시킬 수 있었기에 구영호의 제혈술에 제압되지 않은 상태였다.

'이대로 도망을 간다면 놈들에게 다시 잡힐 수 있다.'

기회가 생겼지만 엽장천은 고민하기 시작했다. 객실에는 밖으로 나갈 수 있는 창문조차 없었던 것이다. 일부러 이런 방을 얻은 것이 틀림없었다.

아무리 옆 객실이라지만 자신을 한순간에 제압한 초고수들이라면 분명 자신이 있는 곳을 주시하고 있을 것이 분명했다. 문을 통해 밖으로 나서는 순간 바로 그들에게 걸리는 것은 자명한 일이었다.

'으음, 그래. 그 방법이라면…….'

엽장천은 한 가지 방법을 생각해 냈다. 자신의 내력을 깎아 먹는 일이었지만 지금으로서는 자신이 생각해 낸 방법밖에는 없었다.

엽장천이 생각해 낸 것은 사시환루(斜視幻樓)라는 사법이었다. 어느 곳이든 침투하고 빠져나올 수 있는 고도의 은둔술이었지만 단전이 봉인되고 풀린 지 얼마 되지 않은 터라 시전을 한다면 상당한 내상을 입을 것이 분명했지만, 엽장천의 고민은 얼마 가지 않았다. 어차피 다른 방법이 없다면 시간을 끌어서 좋을 것이 없다는 생각 때문이었다.

'으, 으음!'

진기를 운용하자 단전이 아려 옴을 느꼈다. 운기조식을 통해 굳어 있는 혈도들을 풀어 주지 않아서였다. 치미는 고통 속에서 엽장천은 최선을 다했다. 어느 정도 진기가 돌기 시작하자 그의 몸에서 붉은 안개 같은 것이 흘러나왔다.

그리고 얼마 안 있어 그의 몸이 서서히 사라지기 시작했다.

'크으으, 성공이다. 두고 보자. 육시를 내줄 것이다.'

엽장천은 사시환루가 제대로 시전 되자 진기를 운용하는 데 박차를 가했다.

얼마 후 그의 모습은 객실 안에서 사라져 버렸다.

서린과 저량은 엽장천이 사라지는 것을 알 수 있었다. 자신들의 계획대로 된 것이다.

―갔군.

―그런 것 같습니다. 혹시 일부러 놓아줬다는 인상을 주지 않을까요?

―그럴 염려는 없을 것이다. 그자의 정신은 이미 내게 제압을 당한 상태니까. 그리고 놈들이 그자의 몸 상태를 살펴도 내가 그에게 금제를 가한 것을 알지는 못할 것이다. 그리고 지금 그자는 자신으로서는 상당한 출혈을 한 것이다. 자신이 가진 내공의 반 정도가 사라졌을 테니까 말이다.

―그렇다면 다행이군요.

사밀혼들이 자신들을 쫓는 자들을 잘 막아 준 덕분에 이런 수를 쓴 것이었다.

혈교에서 자신들의 의도를 간파하지 않을까 하는 걱정이 들었지만 서린의 말을 듣고는 성공할 것이라는 생각이 들었다.

"그런데 구 향주."

"왜 그러십니까?"

"사천의 하오문도들은 어떻게 된 것 같소?"

"밀마를 남겼지만 아무런 연락도 없는 것으로 보아 제가 거느리고 있던 조직은 이미 붕괴된 것 같습니다."

"으음, 안타까운 일이요."

"하지만 모두는 아닐 것이니 조만간 연락이 올 겁니다. 저희가 쓰고 있던 밀마와는 다른 것도 함께 남겼으니까 말입니다."

"그러면 당분간은 이곳에서 기다려야겠군요. 놈들이 낚시에 걸리거나 하오문에서 살아남은 사람들이 연락해 오기를 기다려야 하니까 말입니다."

"아무래도 비무대회가 열리기까지는 이곳에 있어야 할 것 같습니다."

"그럼 기다려 보도록 하지요. 앞으로 재미있는 일이 벌어질 것 같으니 말입니다." ·

"기대가 큽니다."

'상황판단이 빠른 사람이야. 삼야들이라면 복수를 기약할 수 있을 테니까.'

서린은 구영호가 왜 기다리려고 하는지 알고 있었다.

그것은 저량 때문이었다. 저량은 사천으로 오면서 여러 방면으로 삼도회(森韜會)의 삼야들을 찾았다. 사천성으로 들어와서 일부나마 삼야들의 단서를 찾을 수 있었다.

저량은 삼야들의 단서를 통해 사천성 곳곳에 그들을 찾는 밀마를 남긴 상태다. 그것을 알기에 구영호는 화를 피한 하오문도들보다는 삼도회의 출현을 기다리고 있었던 것이다.

'삼야가 나타나기는 하겠지만 그것이 온전히 하오문의 전력이 되지는 않을 것이오, 구 향주. 삼도회는 저량이 개인적으로 만든 조직이니까 말이오.'

하오문을 돕기는 하겠지만 삼도회의 삼야들을 내줄 생각은 전혀 없는 서린이었다.

저량이 사라지자 하오문과의 관계를 끊고 지하로 숨어든 삼도회였다. 앞으로 대륙천안을 상대하자면 삼도회는 자신에게 절대적으로 필요한 세력이었다.

그렇게 서린이 엽장천의 도주를 눈감아 주고 있는 사이 금강빈관에는 두 사람이 들어서고 있었다.

당삼걸과 윤상호는 안으로 들어선 후 빈 탁자로 가서 자리에 앉았다.

"사형! 오랜만에 먹을 만한 음식을 먹겠군요. 제가 이곳에 두어 번 와 봤습니다만 숙수의 솜씨가 그만입니다."

"후후, 그런가? 그런데 사제의 표정이 더 밝아진 것 같구만!"

"그렇게 보입니까?"

"그렇네. 마치 쫓기는 심정을 안 보이려는 듯 보이네."

"걱정하지 마십시오. 그저 기분이 좋습니다. 이보게!"

당삼걸은 바삐 움직이는 점소이를 불렀다.

"부르셨습니까?"

"먼저 어향육사(魚香肉絲)를 내고, 다음은 백즙리어(白汁鯉魚), 그리고 마지막으로 사천량면(四川凉麵)을 내오게."

"예?"

두 사람이 먹기에는 많은 양이라 점소이가 반문했다.

"오랜만에 고향에 와서 그렇네."

"아하! 알겠습니다요."

점소이는 부리나케 주방으로 달려갔다. 그도 이 세 가지 요리가 주방장이 가장 자신하는 요리라는 것을 알고 있었다.

또한 특별한 사람에게만 해 준다는 것도 잘 알고 있었다.

"사제, 무슨 요리를 그렇게 많이 시킨 건가?"

"후후후, 사형, 보고 싶은 사람이 있어서요."

"보고 싶은 사람?"

"조금 있으면 올 겁니다. 기다려 보십시오."

당삼걸은 빙긋이 웃으며 윤상호를 바라보았다. 그의 눈에는 진정 기쁜 빛이 역력했다.

'사제에게는 아주 특별한 사람인 모양이로군. 일부러 이리로 온 것도 그렇고 즐거워 보이던 것도 이곳에서 만나게 될 사람 때문인가?'

아니나 다를까 잠시 후 주방에서 누군가가 급히 뛰어나왔다. 커다란 덩치의 사나이는 무엇이 그리 급한지 단숨에 당삼걸이 있는 곳으로 다가갔다.

단숨에 달려온 그의 눈에는 눈물이 그렁그렁 매달려 있었다.

"대형!!"

"사내놈이 울기는! 우형이 이렇게 오랜만에 왔는데 배가 무척 고프구나. 유광아, 이야기는 배나 채우고 하도록 하자."

"알겠습니다, 대형! 잠시만 기다리십시오. 소제 최대한 빨리 만들어 올리겠습니다."

유광이라 불리는 숙수는 다시 주방으로 달려갔다. 도망가듯 사천을 떠나 자신의 의형에게 음식을 대접하기 위해서였다.

"대단한 체격이로구나. 칠 척은 되어 보이니."

"그렇지요. 떠날 때 육 척이 넘었던 것 같은데 그간 더 자란 것 같습니다. 잠시만 기다리시지요. 저 아이가 만든 삼합은 그야말로 일미 중에 일미니까요."

"후후후, 저런 덩치에 요리라…… 정말 기대되는구나."

일각이 흘렀을까. 점소이가 순서대로 요리를 내오기 시작했다. 원래는 순서대로 내오는 것이었으나 마음이 급한 유광이 한꺼번에 만든 것이었다.

"이 녀석이 마음이 급했나 봅니다."

잠시 후 유광은 술 단지 하나를 들고 좌석에 나타났다.

"대형, 이런 자리에 술이 빠져서야 되겠습니까?"

유광이 들고 온 것은 오량액(五糧液)이었다. 백주 중 으뜸으로 꼽히는 사천성의 명주였다. 유광은 자리에 앉자마자 커다란 대접에 오량액을 따랐다.

"드시지요."

"그래, 좋다. 오랜만에 한잔 하자꾸나."

탁!

세 사람은 기분 좋게 술잔을 비웠다.

"사천 사람이라 그런지 화통하구나."

"그런데 대형…… 이분은?"

당삼결을 만났다는 반가움으로 인해 이제야 윤상호가 눈에 들어온 유광이었다.

"사형이시다."

"사형이시라구요? 그러시면?"

"사천을 떠난 후 장백파에 입문을 했다. 이번에 비무대회가 열린다고 해서 사천으로 온 것이다."

"그러셨군요. 하지만……."

"뭘 말하려고 하는지 알지만 오늘은 널 만난 날이니 기쁘구나. 그 이야기는 하지 말도록 하자."

"알겠습니다, 대형."

사천에서 유일하게 마음을 기댈 수 있는 사람을 자신뿐이라는 것을 아는지라 유광은 애써 궁금함을 참았다.

"어디 한번 네 요리가 얼마나 늘었는지 보자."

당삼걸은 천천히 요리에 젓가락을 가져갔다. 그리고 얇게 채 썬 고기를 입에 넣었다.

"으음! 정말 훌륭하구나."

입안에 감도는 향과 맛이 일품이었다.

"정말 뭐라 말로 표현하지 못할 맛이로군."

윤상호 또한 그 맛에 감탄성을 터트렸다.

"다행이군요. 이번에 백즙리어를 한번 드셔 보세요."

유광의 권유에 두 사람은 이어의 살점을 발랐다.

"좋구나. 어향육사의 매콤한 맛을 씻어내는 담백한 맛이라……. 어디 이번에는 량면을 먹어 볼까?"

후르륵!

시원한 국물 맛이 일품이었다. 셋을 한꺼번에 먹었는데도 각자의 맛이 어울리며 조화를 이뤘다.

"네가 그동안 노력을 많이 한 모양이로구나."

"대형이 알려 주신 것이 도움이 많이 됐습니다."

"음식 맛을 보니 네가 얼마나 노력했는지 짐작이 간다. 그럼 이제 본격적으로 먹어 볼까."

당삼걸은 본격적으로 요리를 먹기 시작했다. 그것은 윤상호도 마찬가지였다. 두 사람은 바쁘게 젓가락을 움직여 요리를 먹었다. 그런 두 사람의 모습을 유광은 기쁜 듯 바라보았다.

'놈들이 가만히 있지는 않은 텐데…….'

유광의 눈가에는 그늘이 져 있었다. 자신의 의형인 당삼걸이 돌아온 이상 당문에는 풍파가 일 것이 분명했기 때문이었다.

쾅!

그때였다. 객잔의 문이 큰소리를 내며 열렸다. 그리고 청색 무복을 입은 자들이 안으로 들어섰다.

"대형!"

"알고 있다."

유광은 들어온 자들이 누구인지를 아는지라 다급하게 당삼걸을 불렀다.

당삼걸은 태연하게 대답한 후 유광이 만들어 준 요리를

계속 먹고 있었다.

객잔 안으로 들어온 자들은 사청당문의 외당의 무력을 담당하고 있는 청린당(淸瞵堂)의 무사들이었다. 그리고 그들의 앞에는 당추민(唐秋旻)이 서 있다.

당추민은 당무결의 둘째 아들로 당문에서도 익히기 힘들다는 청화사린공(淸火死瞵功)을 구 성이나 익히고 있는 자였다.

사천에서 성도는 당문의 터전이다. 당삼걸이 나타났다는 사실이 어느새 당문에 전해진 것인지 당추민이 청린당의 무사들을 이끌고 나타난 것이었다.

오랜만에 당상걸을 바라보는 당추민의 얼굴에는 득의의 빛이 가득했다.

"호오! 호로 자식이 사천으로 돌아왔다더니 이곳에 있었군."

당삼걸은 의자에 앉은 채 당추민을 바라보았다. 마음은 어떨지 모르겠지만 그의 입가에는 미소가 걸려 있었다. 당추민은 그런 그의 미소가 자신을 비웃는 것처럼 보였다.

"후후후, 오랜만에 왔더니 반가워하는 개들이 많군."

"네놈이!!"

당삼걸의 입에서 자신을 개로 비유하는 말이 나오자 당추민의 얼굴이 일그러졌다.

"천하디천한 놈이 감히 당 씨 성을 물려받은 것도 개가 웃을 일이거늘 날 희롱하는 것이냐?

그의 눈에서 푸른빛의 귀화가 일렁였다. 분노로 그의 독 문무공인 청화사린공을 끌어 올린 탓이었다.

"형이라는 놈이나, 너란 놈은 언제 봐도 못 말리는 종자 로군. 이 많은 사람 앞에서 청화사린공을 끌어 올리다니. 쯔쯧!"

"이, 이이!!"

당추민은 분노로 머리가 돌 지경이었으나 감히 출수할 수는 없었다. 당삼걸의 말대로 객잔에는 사람이 너무 많았 다. 청화사린공은 당문에서도 비밀리에 내려올 정도로 강력 한 독공이다. 펼치는 순간 주위에 적지 않은 여파를 미치는 것을 잘 알고 있었기에 분노를 누를 수밖에 없었다.

"그렇게 이를 갈 필요는 없다. 어차피 당문으로 가려던 참이니까. 하지만 먹던 것은 마저 먹어야 하니 기다려라."

"네놈이 본가의 얼굴에 먹칠을 하더니 이제야 정신을 차 린 모양이로구나. 스스로 찾겠다니."

"글쎄."

여운을 남기는 말 한마디와 함께 당삼걸은 다시금 젓가 락을 들어 유광이 차려 준 요리를 먹기 시작했다.

'오냐! 당문으로 들어서는 순간 너는 죽은 목숨이다.'

당추민은 그런 모습을 보면서 속으로 이를 갈아야만 했

다. 비록 가문의 절기를 빼돌렸지만 스스로 찾겠다고 했으니 기다려야 하는 것이다.

'그건 그렇고, 저자는 누구지?'

당추민은 그저 말없이 미소를 보이며 자신들과는 상관없이 음식을 먹고 있는 윤상호를 바라보았다.

금강빈관의 유광이 당삼걸의 의제라는 사실을 익히 알고 있어 항상 감시하고 있던 곳이다. 당삼걸이 돌아온다면 제일 먼저 이곳을 찾을 것이라는 생각 때문이었다.

누군가 함께 왔다는 연락에 금강빈관으로 오면서도 내내 궁금했었다. 사천에서는 당문의 눈이 두려워 당삼걸에게 도움을 줄 이들은 별로 없었기 때문이다.

'절대 평범한 자는 아니다.'

당추민은 범상치 않은 기도를 가진 윤상호가 누구인지 생각해 내느라 머리를 굴리기에 여념이 없었다.

'네놈이 머리를 굴려 봤자 사형이 누군인지는 알 수 없을 것이다.'

몇 년 전, 윤상호는 모용희와 사천에 오면서 변장을 하고 있었다. 당시에 지금처럼 본래의 모습이라면 당시 두 사람의 비무를 지켜봤던 당추민이 알아볼 수 있었겠지만 변장을 풀고 사천으로 온 윤상호를 알 수 없었던 것이다.

"먹을만치 먹었으니 이제 일어나셔야겠습니다, 사형."

요리를 다 먹은 당삼걸은 윤상호에게 일어서기를 권했다.

'사형? 저놈이 어느 문파에 들어간 것인가? 흥! 하지만 네놈이 입문한 문파라야 봤자 그저 그런 삼류문파일 테지.'

당삼걸의 입에서 사형이라는 말이 나오자 당추민은 그가 삼류문파에 들어갔을 것이라는 판단을 했다.

당삼걸과 당문의 관계는 이미 널리 알려진지라 명문대파에서는 그를 받아 줄 리 없었기 때문이다.

"무엇이 그리 급한가? 이미 당문의 텃밭인 것을. 차나 한잔 하고 가세."

"그렇군요, 사형. 광아."

"예, 대형."

"차나 한잔 다오. 네 차 달이는 솜씨도 일품이니 한잔 먹고 가련다."

"잠시만 기다리십시오, 대형."

어쩌면 마지막이 될지도 모르기에 유광은 불안한 표정을 한 채 서둘러 주방으로 향했다.

"으으득! 골고루 하는구나. 네놈은 이 빌어먹을 놈과 무슨 사이냐?"

당추민은 당삼걸 때문에 화가 난 상태였기 때문에 화살을 윤상호에게로 돌렸다.

당삼걸은 도반삼양귀원공(導反三陽歸元功) 때문에 함부로 손을 댈 수 없는지라 별 볼 일 없는 삼류문파의 제자에게 화풀이를 하려는 것이었다.

"후후후, 사제! 당문은 다 이런가?"

함부로 말하는 당추민을 보며 인상을 찌푸린 윤상호가 당삼걸에게 물었다.

"죄송합니다, 사형!"

"쯔쯔, 제 앞가림도 못하는 놈이라 그런 것 같구나."

두 사제의 대화를 듣고 있던 당추민의 눈에 불꽃이 피어났다.

"네놈이 죽으려고 환장을 했구나. 본가의 행사에 불만을 품다니 밖으로 나오너라. 네놈이 무시하는 본가가 얼마나 무서운지 뼈저리게 느끼게 해 주마."

성도에서 당문의 사람들을 모욕한다는 것은 죽여 달라는 것과 진배가 없었다. 비록 자신이 조금 과하기는 했지만 당추민은 이 정도 모욕을 받을 일은 아니라고 생각했다.

"그래, 좋다. 내 오늘 당문이 얼마나 고절한지 견식해 보도록 하마. 후후후!"

윤상호가 자리에서 일어나 바깥으로 나가는 당추민을 따라 나서려 했다.

―사형, 저는 괜찮습니다.

―아 네. 하지만 나 또한 장백파를 이을 몸! 본파를 능멸하는 것은 아무리 자네가 당문 출신이라고 해도 용서할 수 없는 일이네. 이미 자네는 본파의 사람이야.

윤상호는 전음을 마치고 밖으로 나섰다.

자신을 위해 나서는 것임을 알고 있는지라 당삼걸은 조용히 따라나섰다.

사실 이번 일은 윤상호가 일부로 시비를 건 것이었다.

그것은 자신의 사제가 된 당삼걸을 위해서였다. 아무리 지난 일이 인륜을 저버린 일이었다 하더라도 당삼걸은 당문의 피를 이어받은 사람이었다.

자칫 피를 본다면 당삼걸에게도 적지 않은 후회를 남길지도 모른다는 생각 때문이었다.

청린당의 무사들과 함께 당추민이 먼저 밖으로 나선 후 윤상호를 맞았다.

그들의 눈에는 승리를 확신하는 빛이 역력했다. 알지도 못하는 삼류문파의 제자라 여기는 탓이 컸다.

객잔의 바깥에는 사람들이 빙 둘러서 있었다. 사천당문에 도전한 윤상호를 보기 위해서였다. 비무대회가 멀지 않은지라 대부분이 무림인들이었다.

"사천사호(四川四虎)중 하나에게 비무를 청하다니 배포가 큰 사람이로군."

"그러게 말이네. 사천사호라면 저기 서 있는 청화린(淸火麟) 당추민(唐秋旻) 말고도 당가의 추혼사(追魂死) 당추인(唐秋寅), 청성파의 귀재라는 청성일수(靑城一秀) 유하문(儒賀雯), 그리고 점창의 풍운아라는 칠절귀상(七絕鬼像) 조문호(曹馼弧)가 아닌가? 지난바 실력이 후기지수 중

제일을 다투는 이에게 덤비다니. 저자의 배포가 커도 보통 큰 것이 아니로군."

"그래도 한 수 하는 모양이로군. 당추민과 마주 서 있으면서도 그리 위축되는 모습을 보이지 않으니 말이야."

"그래 봤자 별 수 있겠나. 어차피 승부는 결정이 난 것을. 그나저나 당추민은 한 번 손을 쓰면 끝장을 보는 성격이라고 들었는데 저 사람이 무사할지가 걱정이로군."

두 사람을 지켜보는 무림인들은 이번 비무가 당추민의 승리로 끝날 것임을 의심치 않았다.

당추민의 실력은 사천에서 정평이 나 있었다. 사천의 미래를 이끌어 나갈 후기지수 중 사천사호(四川四虎)라 일컬어질 만큼 인정받고 있는 고수였던 것이다.

'본가의 위명이 아직도 쟁쟁하군. 빨리 끝내자. 이 초를 끄는 것도 본가의 수치다.'

당추민은 중인들이 자신의 승리를 의심치 않는 것을 보며 자신감에 차 있었다. 가문에서 수치로 여기는 당삼걸이었다.

웬만한 명문정파에서는 당삼걸을 받아 줄 이가 없었다. 명문정파에 당삼걸이 입문했다면 벌써 사천당문에서 알았을 것이다.

오 년 전 같이 떠난 것으로 보이는 자들이 모용세가와 연관이 있어 보였지만 알아본 결과 당삼걸은 모용세가에 의탁

한 것이 아니었다.

그렇다면 당삼걸이 입문한 곳은 삼류문파일 것이 분명했다. 많이 봐주어도 이류문파가 한계일 것이라는 것이 당추민의 생각이었다.

'후후후, 네놈이 호기로 나섰다만 본가가 얼마나 무서운지 알게 될 것이다.'

당추민의 입가에 비릿한 조소가 스쳤다. 살생은 피하겠지만 다시는 무인으로서 활동하지 못하도록 할 생각이었다.

"네놈이 기고만장해 나에게 비무를 신청했으니 내 오늘 본가의 무서움이 진정 어떤 것인지를 가르쳐 주겠다."

"좋도록! 나 또한 사양하지 않을 테니."

윤상호는 가볍게 대꾸하며 당추민을 바라보았다.

"내 삼 초를 양보할 테니 먼저 출수하도록 해라."

주위의 눈을 의식해서인지 무명소졸이라 생각한 당추민은 윤상호에게 삼 초를 양보했다. 자신보다 하수라고 생각한 것이다.

"삼 초라……."

휘이익!

윤상호의 신형이 앞으로 쏘아지듯 튕겨 나갔다.

그의 발이 화살이 쏘아지듯 당추민의 안면을 향해 날았다. 빠르기는 했지만 그리 위협적인 공격이 아니기에 당추민은 신형을 뒤로 물리며 피하려 했다.

주욱!

당추민이 뒤로 한 보 물러나는 순간 윤상호의 발이 순간적으로 늘어났다.

"헛!"

당추민은 헛바람을 삼켜야 했다.

마치 또 다른 발이 있었던 것처럼 순간적으로 늘어난 윤상호의 공격을 보면서 보법을 밟으며 옆으로 피했다.

좌르르!

그 순간 공기의 파장과 함께 윤상호의 발이 순간적으로 늘어났다. 허상인지 실상인지 순간적으로 세 개의 발이 생겨난 것이었다.

'이것이 무슨 각법이란 말인가?'

타타탁!

당추민은 손을 뻗어 윤상호의 각법을 막아야만 했다. 삼초를 양보한다고는 했지만 가볍게 막을 만한 성질이 아니었기에 그는 비서장(飛絮掌) 일초인 천수일변(千手一變)을 펼쳐야 했다.

휘이익!!

'어째서 뒤로 물러난 것이지?'

막아 내기는 했지만 각법에 담긴 경력이 만만치 않았다. 자신이 익힌 비서장은 가문에서 전해지는 장법 중 가장 음유로운 것으로 솜처럼 부드러운 것이 특징이었다.

그런데 윤상호의 각법을 막아 내면서 손이 저리는 것을 느꼈다. 비서장의 일수라면 가볍게 막아야 정상이었다. 자신이 조금 손해를 본 것이 분명한데도 윤상호가 뒤로 물러난 것이 의아했던 것이다.

"이제 가볍게 몸을 풀었으니 한번 시작해 볼까?"

"응?"

삼 초를 양보했으니 분명 일 초가 남았다. 하지만 유상호의 말을 들어 보면 이미 삼 초를 모두 펼쳤다는 이야기였다.

자신이 본 것은 분명 이 초였다. 의아한 당추민은 중인들의 눈길이 자신의 가슴에 몰려 있는 것을 볼 수 있었다.

'어느새……'

자신의 가슴에 선명히 찍혀 있는 발자국!

자신도 모르는 사이에 윤상호가 펼친 일 초가 자신의 가슴에 흔적을 남긴 것이었다.

'으음, 만만히 볼 자가 아니다.'

당추민은 갑자기 등골이 서늘했다. 무명소졸이라고 생각했건만 어쩌면 자신을 능가하는 고수일지도 모른다는 생각이 들었던 것이다.

삼 초를 양보하겠다고 한 것이 얼마나 어리석은 일이었는지 새삼 깨달았다. 자신을 능가할지도 모르는 고수에게 최선을 다하기는커녕 허명에 사로잡혀 삼 초를 양보하겠다고 했으니 가슴에서 노화가 치밀었다.

'저놈이 입문한 곳이 어디란 말인가? 이 정도의 무공을 펼치는 것을 보면 예사 문파가 아닐 것이다.'

당추민이 장백파를 짐작하지 못하는 것도 당연한 일었다. 중원에 알려진 장백파의 무예는 대부분 검공(劍功)이었다. 윤상호가 익히고 있는 각법은 한 번도 중원에 나타난 적이 없었던 것이다.

당추민은 청화사린공을 끌어 올렸다. 보통의 무공으로는 윤상호를 상대할 수 없음을 알았기 때문이었다.

당삼걸이 입문한 곳이 예사 문파가 아니라는 것을 짐작했기에 최선을 다하기로 한 것이었다.

'청화사린공을 펼치려고 하는구나.'

당삼걸은 당추민의 눈에 푸른 귀화가 일렁이는 것을 보며 그가 청화사린공을 펼치는 것을 짐작할 수 있었다.

'청화사린공이 당문에서도 손꼽는 독공이지만 사형에게는 안 될 것이다. 오히려 사형의 노화를 돋우는 것은 아닌지…….'

당삼걸은 걱정이 되었다. 사형이라지만 장백파에 머물면서 자신에게는 실질적인 사부였던 윤상호였다. 지난바 무예가 어느 정도 인지 알 수 없을 정도의 고수가 바로 윤상호다.

주로 검법을 쓰지만 그보다 무서운 것이 윤상호의 투법

이었다. 자신의 소소오각을 완성하게 해 준 이가 바로 윤상호였던 것이다.

'사형의 택견은 지금의 나조차 삼 초를 감당할 수 없는 것이다. 청화사린공이 아무리 뛰어난 독공이지만 피부 호흡을 통해 사이로운 기운을 걸러 내는 사형이라면 아무 소용이 없을 것이다. 몇 초가 지나지 않아 패하겠군.'

당삼걸은 윤상호가 진정으로 화를 내지 않기를 바라고 있었다. 다른 것은 몰라도 윤상호가 독에 대해서 상당히 혐오스러워하는 까닭이었다.

독은 무인이 취할 바가 아니라며 자신이 당문에서 독공을 익혔다면 장백파에 받아들이지도 않았을 것이라던 윤상호였기 때문이었다.

당추민의 장심(掌心)에 푸른 기운이 맺혔다. 비서장을 시전하기에 앞서 청화사린공으로 동의 기운을 모은 탓이었다.

잘 알려지지 않았지만 청화사린공의 독성은 당문에서 자랑하는 무형지독에 버금가는 것이었다.

보기에는 그저 푸른 기운이 감싸는 것처럼 보이지만 푸른 기운 자체가 독성을 지니고 있었다.

다른 독공들은 주변에 영향을 많이 끼치지만 청화사린공은 거의 목표물에만 영향을 미치는 특징을 가지고 있었다. 그렇기에 다른 독공과는 달리 사공으로 취급받지 않는 것이었다.

당추민은 지금 청화사린공을 구 성이나 성취한 상태였다. 십 성이라면 장풍을 날릴 수도 있겠지만 지금은 직접적인 타격으로만 공격을 할 수 있었다.

파파팟!

당추민의 몸이 물 흐르듯 연환추혼(連環追魂)의 보법을 밟으며 윤상호를 향해 짓쳐 나갔다.

그가 시전 하는 것은 청화사린공의 기운을 담은 비서장이었다. 사천당문의 무공 중 가장 부드럽지만 파괴력만큼은 어느 것에도 뒤지 않는 것이 비서장이었다.

장력에 닿는 순간 적의 내장을 부셔 버리는 암경이 담겨 있는 장법이었다. 거기다 청화사린공의 기운이 담겨 있으니 맞는 순간 오장육부가 녹아내릴 것이 분명했다.

"으음, 악독하구나!"

윤상호는 자신에게 다가오는 당추민의 모습을 보며 *그가 살심을 굳혔다*는 것을 알 수 있었다.

푸르게 빛을 발하는 당추민의 장법에서 악독한 기운을 느낀 것이다.

두 사람의 비무를 보고 있는 사람들은 어째서 윤상호가 그런 말을 했는지 이해를 못하고 있었다. 장심에 감추고 있는 청화사린공의 기운이 어떤 것인지 모르고 있었던 것이다.

청린당의 무사들은 긴장된 표정이 역력했다. 청화사린공을 사용할 정도라면 강적이 분명했기 때문이었다.

"차앗!"

윤상호의 신형이 비쾌하게 움직였다. 당추민의 몸놀림에 맞추어 흔들리듯 당추민의 장력을 피해 냈다.

불필요한 움직임을 일체 배제한 채 세 치 정도의 간격만을 남기며 피하고 있었던 것이다.

특별한 보법은 사용하지 않는 것 같았다. 당추민의 공격을 보고 그에 맞추어 피하는 것이 분명했다.

"피하기만 할 것이냐?"

당추민의 자신의 공격을 피하기만 하는 윤상호를 보며 노성을 터트렸다. 중인들이 보고 있는 가운데 자꾸만 헛손질 하는 자신이 부끄러운 탓도 있었다.

"당문이 비록 독으로 일가를 이룬 가문이지만 편법이나 수법에 일가견이 있음을 알고 있다. 한데 네놈은 비열하게 비무임에도 독을 사용했다. 장력에 독의 기운을 담았으니 피하는 것이 상책이니 이리 할 수밖에."

"이, 이이!"

당추민은 자신의 수가 이미 들통 난 것을 알자 얼굴이 붉어졌다. 비무를 지켜보는 이들이 내뱉는 비난의 소리가 귀에 들리는 듯했다.

이대로 이긴다 해도 비난을 면할 수 없다는 것을 알자 당추민은 장력을 거두고는 뒤로 물러났다.

"흥! 비무에 질 것 같으니 헛소리를 하는구나."

"손바닥으로 하늘을 가릴 수 있을까?"

"버틸 수 없으니 별 시덥지 않은 소리만 하는구나. 오늘은 너와의 비무 때문에 온 것이 아니라 이만 물러난다만 이번 비무대회에 꼭 나오기를 바란다. 그때는 당가가 얼마나 무서운 가문인지를 알도록 해 주겠다. 그런 어설픈 이유로는 비무대회에서 통하지 않을 것이니 말이다."

"좋은 말이다. 나 또한 이번 비무대회에 참가하기 위해 왔으니 기다리도록 하지. 누구의 말이 진실인지는 그때 가려질 테니."

"넌 비무에 질 것 같으니 되지도 않는 핑계를 대는 저런 삼류잡배와 어울리다니 당문으로서는 수치가 아닐 수 없다."

윤상호의 기세가 죽지 않는 것을 보며 당추민은 삼걸에 눈을 부라렸다.

"후후후."

"웃어? 네놈이 이제 본가를 아예 안중에도 두지 않는구나!"

비웃는 듯한 당삼걸의 웃음에 속내를 들킨 것 같아 당추민이 노성을 터트렸다.

"하도 우스워서 그렇소. 청화사린공이 세인에게 알려지

지 않았지만 무서운 독공이라는 것은 당문인들이라면 잘 알고 있는 사실이오. 그런데도 하늘을 가리려 손바닥으로 아웅 하는 꼴이라니. 내가 당문 출신이라는 것이 부끄럽기 그지없소.”

당삼걸의 말에 부끄러운 듯 청린당의 무사들의 고개가 숙여졌다.

“네놈이!! 당문의 비급을 빼돌린 주제에 못하는 말이 없구나. 저놈의 부추김으로 도반삼양귀원공(導反三陽歸元功)을 빼돌린 것이냐?”

당추민은 다급하게 화제를 돌렸다. 당삼걸과 윤상호를 당문의 비급을 빼돌린 반도로 몰아붙이려는 것이었다. 반도로 몰아붙임으로써 자신의 행동을 정당화하려는 계산에서였다.

“되지도 않는 소리! 본문에는 그보다 더 고절한 비급이 많은데 사형이 그럴 리가 있겠소.”

“감히 본가를 무시하는 소리를 하다니. 네놈의 사문이 어떤 곳이기에 그런 헛소리를 한다는 말이냐? 하잘 것 없는 삼류문파 주제에!”

암기이외에도 당문의 무예가 고절하다는 것은 누구나 아는 사실이었다.

특히 수법(手法)은 타의 추종을 불허할 정도였다. 당추민의 말에 세인들이 고개를 끄떡였다.

"형님께서는 말씀을 잘못하신 것 같소. 이제 사형의 노여움을 어찌 감당하려고."

이제는 남보다 못한 사촌형이지만 당삼걸은 진심으로 당추민이 걱정스러웠다. 해서는 안 될 말을 한 때문이었다. 윤상호가 평상시에는 온유한 사람이었지만 사문에 대한 애정은 그 누구보다도 끔찍한 사람이었기 때문이었다.

"피하기만 하는 저놈이 뭘 어쩐다는 말이냐? 비무에 질 것 같으니 되지도 않는 핑계를 대는 저런 삼류잡배와 어울리다니 당문으로서는 수치가 아닐 수 없다. 그리고 너는 지금 나와 함께 본가로 가야겠다."

당추민은 윤상호가 손쉽게 상대할 자가 아니라는 것을 알고는 재빨리 상황을 판단했다.

지금 자신이 이곳에 온 것은 당삼걸 때문이었다. 윤상호를 삼류잡배로 몰아붙이고는 당삼걸이 데리고 가려고 한 것이다.

의도는 좋았지만 그것은 당추민의 실수였다. 잠자고 있던 대호의 심기를 건드렸던 것이다.

〈『혈왕전서』 제6권에서 계속〉